Eliéser Baco

CARTAS NO LABIRINTO

Cartas no labirinto - *Eliéser Baco. 2014*

Revisão
EM Comunicações

Foto de capa
EM Comunicações

Projeto Gráfico, Capa
Leonardo Mathias | leonardomathia0.wix.com/leonardomathias

Dados Internacionais de Catalogação na Publicação (CIP)
Bibliotecária Juliana Farias Motta CRB7- 5880

B128c Baco, Eliéser

Cartas no labirinto / Eliéser Baco; Prefácio Jucimara Tarricone.
São Paulo: Editora Pasavento, 2014.

364 p. .;il fotos. 16x23cm.

ISBN 978-85-68222-03-4

1.Literatura brasileira 2.Correspondências. I.Tarricone, Jucimara, pref.
II.Título.

CDD – B869.6

Índice para catálogo sistemático:

1. Cartas - Literatura brasileira
2. Correspondências B-B869.6

Editora Pasavento
www.pasavento.com.br

um pouco confidenciam

A luz angular, des

envolventes, segundo meu olhar

O vibrar dele. Recolho o mai

Faço parte de sua vida por de

que faria? Um

equação mental. Tempo e meta. Dias

entusiástica. Necessitamos de muito

Sou jovem. Leio um pouco

Ressecamento. Desumanização.

para não me sufocar. Retiro-me.

Agradecimentos:

Minha esposa, inspiração e raciocínio,

Aos meus pais, estrutura de tudo,

Minha irmã, amiga de sempre,

Jucimara Tarricone, o saber e o compartilhar deste,

Amigos de toda a vida, história e estórias,

Meus editores, confiança e honestidade,

Leitores?, apareçam e fiquem.

Um romance labiríntico

Em uma leitura superficial, *Cartas no Labirinto* talvez fosse entendido como uma retomada anacrônica do gênero epistolar, cujo auge, no século XVIII, nos legou obras ímpares como *Les Liaisons Dangereuses* (As relações perigosas), de Choderlos de Laclos, que, no Brasil, teve a magnífica tradução de Carlos Drummond de Andrade.

A semelhança, no entanto, termina aí. Embora esse primeiro romance de Eliéser Baco também se utilize do recurso da troca de cartas entre os personagens para mostrar o embate e o desgaste de relações por vezes conflituosas e esgarçadas, a trama urdida se alimenta de outras referências.

Constituído por vozes de diferentes acentos, o texto se estrutura em conflitos espiralados cujo maior mérito é exatamente fazer, do modelo epistolar, apenas uma das camadas que se somam às de outros suportes, como o bilhete, o poema e o teatro.

Dessa profusão, o leitor é desafiado a esboçar, da leitura de cada substrato narrativo, as histórias que se cruzam e se retroalimentam: amigos e amantes, escritores, poetas e o próprio autor (ficcionalizado em personagem) em busca do viver ao largo da solidão e do assombro da morte.

Manuel Antonio/Maneco; Ária; Bárbara; Joaquim e Carolina; George e Nina; Mhorgan e Judith; Mador, Adágio e Eliéser Baco: máscaras que encenam outras máscaras e aludem ao famoso mote: "a vida é um sonho". Sonho que combina, com uma estranha harmonia, o inferno de Dante, a música de Puccini, a tragédia shakespeariana e, talvez a alusão-chave, a atmosfera dos contos de Álvares de Azevedo.

Todavia, se o ambiente romântico envolve as escritas, essas não se realizam sem antes transformá-lo, alterá-lo para um novo contexto, para uma nova situação e identidade.

Sob este prisma, a organização do romance retoma o conceito de contemporâneo que Agamben enseja:

> pertence verdadeiramente ao seu tempo, é verdadeiramente contemporâneo, aquele que não coincide perfeitamente com este, nem está adequado às suas pretensões e é, portanto, nesse sentido, inatural; mas, exatamente por isso, exatamente através desse deslocamento e desse anacronismo, ele é capaz, mais do que os outros, de perceber e apreender o seu tempo[1].

Assim, nas narrativas que se somam a outras narrativas, acompanhadas das mais variadas citações (de Goethe, de Sêneca....), *Cartas no labirinto* recupera estilos cuja qualidade maior é recriar um universo mais fantasioso, assombroso, misterioso e lúdico - por vezes irônico – que só com plena consciência literária é possível proporcionar.

---

1 AGAMBEN, Giorgio. *O que é contemporâneo? e outros ensaios.* Trad. Vinícius Nicastro Honesko. Chapecó/SC: Argos, 2009.

Por sua vez, a linguagem tenta recuperar cada vicissitude humana colocada em destaque. Assim, Maneco, da Itália, em busca de Mador, o autor de peças supostamente desaparecido, apesar da escrita formal, imprime ao seu texto pequenas doses poéticas: "Poderia terminar esta com versos de Alighieri, mas devem estar cansados de ler o mais que escrevo sem objetividade. Cansaço? Não queridos, acho que é a pena deliciando-se aos poucos com o que escorre dos lábios do âmago, incertezas, tédio, e uma pequena dose de dúvida, medo e saudade". (...) "Volta a chover forte, eu quase me alegro quando está a chover por aqui, pois quando assim um som de celo invade aos poucos o ar. Ainda não consegui descobrir de onde vem, descobrirei. Um som limpo e calmo, quase como um ninar de mão de ninfa passeando por meus cabelos, um manso som que perpassa pelas alamedas e espinhaços, cobre o caminhar trôpego transmutando-o em mais gentil e firme. Quem dera fosse assim...é assim que ouço, é assim que abraça-me este som de celo. Quando os trovões cantam, cita mais alto a nota o celo, toca o ar com mais gratidão, com mais bravura ainda; se não fosse pelo caos das águas nas ruas, pediria que chovesse sempre".

A voz de Bárbara, ao contrário, é mais leve e traz, como marca, a gíria e vício de linguagem: "Como nos deixar em pânico ao fazer isso? Ninguém acreditou que pudesse fazer isso. Ninguém! Entende?" "Acho inconcebível que faça isso conosco, sabe? Pô meu, e agora?"

Como efeito inusitado, as cartas de Adágio, escritas em italiano, cujo tom preciso, didático e pausado lembra o libreto de uma ópera.

Esses pequenos exemplos contrastam com o livro de Mador, que aparece, aos poucos, por entre as leituras das cartas. São poemas em prosa em que o próprio autor participa de modo intenso. Aliás, também Eliéser Baco aparece como personagem e o responsável pela recolha de todas as histórias.

Nesse processo, a escrita de Eliéser (o autor ou o autor-personagem?) torna-se uma lâmina afiada: percebe-se um trabalho intenso com a estrutura narrativa, com os cortes das frases e a construção sintática e lexical a marcar cada personagem.

Seu mote – "saúde, fraternidade e vinhos" – é colocado na voz de Maneco, talvez um alter ego ou um duplo de Eliéser Baco, assim como também Mador. Labirinto também de autorias, ou a própria morte do autor, já há muito discutido por Barthes[2].

Para quem acompanha seu blog, essas características não são novas. Antes, Eliéser Baco já há muito vem se firmando como um escritor preocupado em repensar a literatura. *Cartas no labirinto* é, sem dúvida, um primeiro passo para a conquista desse seu intento.

Jucimara Tarricone

Doutora em Letras na área de Teoria Literária e Literatura Comparada pela USP. É autora de *Hermenêutica e crítica: o pensamento e a obra de Benedito Nunes* (EDUSP/EDUFPAA, 2011), finalista do Prêmio Jabuti 2012.

---

2 Cf. BARTHES, Roland. *O Rumor da Língua*. Trad. Leyla Perrone-Moisés. São Paulo: Martins Fontes, 2004.

Mais que relatar fatos com a base firme dos argumentos das cartas,
este registro visa elucidar acontecimentos.

A quem interessar possa, sobre o reluzir de essências,
recolhidas nos caminhos dessas palavras, certa caricatura nossa,
d'alma ventos.

O organizador das cartas.

Carta 1

Escrevo esta caríssimos, para dar mais detalhes de minha chegada e de minhas buscas por nosso querido companheiro e amigo. O cartão-postal enviado serviu para demonstrar o apreço da jornada. As manhãs estão menos frias do que esperava e as ruas são menos limpas do que supunha, o que trouxe a imagem fantasiosa de volta a mente do que pensamos ser o velho continente. Está, apesar dos escombros, com certeza melhor que nossa pátria, e o que pensamos ser frieza, encaro como polidez e astúcia. Esperava logo encontrá-lo em uma praça parecida com tantas que se tem na cidade natal dele, e confesso até ter sonhado com isso enquanto viajava, porém o sonho mostrou-se ser realmente apenas sonho, límpido e errôneo demais para o que nos vêm. Vejo que não será fácil, mas isto já fazia parte do meu refletir. O que importa realmente é encontrá-lo. Sei que ele não é mais uma criança e não está em fuga por ter trancado a faculdade ou abandonado o emprego, mas nossa preocupação foi maior que nossa paciência em tê-lo de volta.

Após reexaminar algumas cartas dele, percebi que o ocorrido quando Ária o encontrou na única vez em que se viram na Europa foi decisivo na proporção, que hoje sabemos serviu para que ele continuasse sua busca, que não mais sabemos qual é, nem fazemos ideia se persiste. Visitarei os lugares por ele citado, correrei olhos nos livros que leu e nos últimos escritos feitos por ele. Quem sabe nisto esteja parte do mapa que precisamos para sabermos onde e como ele está.

Estou agora no Caffé Greco, perto do que sobrou da Piazza di Spagna.

As ruas estão calmas e alguns músicos passam, senhoritas colegiais levam livros que pretendo ler, difícil não querer merecer um afago, porém são as universitárias de Turim que pretendo conhecer.

Lembro-me de todos nos dias constantes, assim que possível escrevo novamente, esperarei atento respostas e vaga-lumes, os segundos na sacada, e no decorrer das horas, admirarei o dia e refletirei nas noites, para que tudo se resolva o mais rápido possível.

Preciso do envio de cópias de todos os últimos manuscritos importantes dele. Alguns estão com Ária, principalmente os dirigidos ao vento.

Não compreendi ainda o significado de alguns, podem ser nada, podem ser apenas a enseada visitando as ideias daquele guri doudo, como podem ser o vernáculo responsável por termos algo de mais concreto sobre o paradeiro. Torno-me repetitivo não? Rio de mim mesmo quando percebo. Talvez seja a vontade de conversar por conversar, visto que estar sozinho ou sentir-me sozinho deixa-me mais necessitado de escrever por escrever, assim como de falar apenas por falar, mesmo que nada de melhor seja dito ou escrito.

Morghan e Judith estiveram comigo, mas já partiram para seus destinos, não estamos a turismo, portanto, peço para que tão logo possam mandem-me novas leituras, tolas que pareçam. O dinheiro não será desperdiçado com intuito que não seja essa jornada, que apesar de ter mãos frias a princípio podem nos presentear com o abraço do queridíssimo, abraço quente e verdadeiro, como todos sabem ser aquele abraço.

Prometi-me voltar ao cachimbo somente depois disso transcorrer. Sei que dirão ser tarde para tal, porém um tintinho de astúcia ainda beira meus neurônios e é preciso aproveitá-los enquanto é tempo.

Poderia terminar esta com versos de Alighieri, mas devem estar cansados de ler o mais que escrevo sem objetividade.

Cansaço? Não queridos, acho que é a pena deliciando-se aos poucos com o que escorre dos lábios do âmago, incerteza, tédio, e uma pequena dose de dúvida, medo e saudade.

Que esta os encontre sempre no melhor, na mais pura e íntegra manifestação de nós mesmos,

Saúde, fraternidade e vinhos,

Manuel Antonio/Maneco.

Carta 2

Crisântemos na sala. Hospital da alma tal perfume.
Recupera. Inclusive olhos lacrados como aqueles tais prédios abandonados.
Vulcões de estima. Calor em sina. Sem rima a fina perpetuação da saudade.

Não querem ver os olhos dela? Nem ela receber visitas vis.
Valsas falsas feminis. Tal som maldade...
Querem explicações de seus poemas. Sem ironias e alusões.
Estima em frangalhos de quentes ilusões.

Bárbara

Olá, como está?

Adoramos ler sua carta sabe?

Só achei que fosse contar mais, uma atividade inusitada quem sabe, do Maneco que tão bem conhecemos.

Depois foi só enfileirando suas dúvidas sabe? Quase supérfluas. Sentimos muito sua falta. Tudo que conversamos depois de lermos sua carta foi sobre isso. Espero que termine a peça que escrevia antes de partir. Seria interessante nas horas vagas, o que acha? Sabe terminar bem algo que iniciou? Então meu...

Estamos enviando o que pediu, falei com Ária. Ela está bem, somente fica mais triste quando tocamos no assunto. O olhar fica amuado sabe? As palavras arrastadas. Conversei com uma amiga dela para saber melhor se ela está se cuidando, se conseguiu resolver os problemas com os pais. Tudo corre para que se compreendam melhor.

No final da carta irá uma hipótese minha sobre um textinho que achamos na agenda antiga dele. Não sou boa em examinar nada, percebi algumas coisas que quero dividir com você inicialmente. Se achar que tem cabimento eu peço a opinião dos outros. Se achar necessário converse com Mhorgan e Judith também. Ária gostou da ideia. Analisarmos os textos para tentarmos compreender algumas coisas. É entrelinhas não é? Ele escrevia poucas vezes sobre o que vivia, apenas dava uma ideia de uma tal margem. Chamava de febre. Joaquim disse que era para não deixar muito claros seus pensamentos reais para quem fosse ler o texto. Nós podemos, quem sabe, desvendar ao menos em parte as tais mensagens escondidas? Podemos? Existem? De fato? Meu, espero que elas existam. Aos poucos comentamos com você. Enviamos o parecer de cada um sobre o mesmo texto. Ou prefere sobre diferentes? Tenho pouco tempo para dedicar. Olhando junto algumas anotações pessoais dele talvez fique mais fácil, não?

Bem, sobre minha opinião a respeito de uma anotação que ele fez na agenda dele, no dia da viagem que o afastou de nós... Até aqui definitivamente, não é? É essa:

"Do dia em que o furor do temporal bravio

Ante o Epiro apartou do vosso o meu navio.

No exílio, desde então, que alarmes não sofri,

Por vossas aflições, que prantos não verti!"

Bom, eu achei interessante. Trata de viagem. Essa citação, Joaquim, diz que é da obra Andrômaca, de Racine. Quando Pílades diz louvar o céu por retornar e estar na presença do amigo Orestes. Agora, voltando ao nosso amigo. A situação antes da viagem era meio complicada recorda? Tudo muito tumultuado, confusões com o irmão adoentado. Com Ária, lembra? Dificuldade de aceitar que tudo estava difícil, como tal mar bravio da citação. Por não compreender será que ele sentiu apartado? De todos eu digo. E por isso colocou essa citação antes de viajar? As palavras chave para isso parecem ser: "bravio", "apartou", "exílio", "aflições". São mesmo?

Pode parecer maluquice minha e isto foi o que pensei ao ler recordando do dia em que ele partiu. Ele pode ter premeditado desaparecer com a desculpa de ir procurar a família dos pais verdadeiros em Roma. Nós nunca tivemos certeza que os avós biológicos ou a família deles estava em Roma. Ele mesmo afirmou isso, embora o irmão discordasse, não foi? Com uma certeza impressionante. Depois disso Lupus adoeceu de vez, houve o rompimento com Ária né? E isso, dele próprio:

O Poeta em febre

Ele já chorou abraçado a ela quando quase foram atropelados. Hoje, ouve a voz fria, da mulher para quem cedeu seu lar poético, o peito inflamado que arranhado... Fechou-se!

Ele já compôs um soneto e prometeu estar ao lado dela indubitavelmente, e hoje, por um erro grave, ela o deixou para trás na estrada da vida! Ouve seus próprios passos solitários agora.

O canto dos pássaros é passado, o calor do sol evita, Canta sua compreensão e incompreensão aos ventos e clama a piedade ao fim de tudo.

Conformou-se se vier a envelhecer só, o modelo da cadeira de balanços já escolheu, embora falte ainda um tempo para esse ato, o da amargura de estar só no leito febril da despedida!

Á água é fria no seu rosto, tenta afastar a febre de agora! A água será sempre assim tão fria?

Carta 3

As próximas páginas, meus amigos, são escritos deixados em uma taverna que conheci.

Disse-me o taverneiro que foram escritas em madrugadas distintas, pela mesma pessoa, que segundo a descrição dele taverneiro, poderia ser nosso amigo Mador. Sim, Mador. O nome que angustiado não saía nas cartas anteriores de nenhum de nós, nome que muitos associaram com o nada, com perdição e desespero, mas também, com humanidade, alegria e intensidade no viver.

Acostumado que fui a buscar somente o palpável da jornada da vida, esse nome que é sutil, sempre me trouxe a aspereza de ir contra o senso comum, a imprudência de não querer usar as máscaras sociais, sexuais e políticas que praticamente todos nós sempre usamos.

É como um mar novo o que li. Não sei se foi ele, porém, a ventania das linhas tem muito do que nos acostumamos a ler e ouvir daquele elegante bagunceiro. De acordo ainda com o taverneiro, quem escreveu chegava sempre desacompanhado, e os escritos foram guardados a pedido de uma senhorita que parecia sempre o seguir, sentava-se pelos cantos, com um punhal bem aparente, e só deixava o local depois do tal misterioso jovem senhor partir.

Que então possam ler:

Carta aos Ventos.

Martelando os telhados, como que abençoando as ruas e as árvores. Foi assim que vi primeiramente a turba de movimentos da natureza se manifestando na tempestade mais forte em meses. O balé de corpos fugindo, correndo, eu a inventar motivos para acreditar que alguns se salvariam. Compenetrado nas buscas de outrora percebi claramente que a rapidez daqueles acontecimentos era o torpor maior, os sons que mutilavam os erros do recente passado. A breve calmaria, como notas de piano soando depois que os outros instrumentos cessam, dava lugar ao medo pouco a pouco, revirando os olhos da discórdia e do falar alheio; apenas ouviam o tilintar do céu, abrupto e caótico, como nos maiores indícios que pouco sobraria dos mais pobres e asquerosos da sociedade, que finge amparar.

Alguns ventos mais tenebrosos zumbiam ao longe e algumas crianças olhavam-me tontamente por segundos, como se pudesse salvá-las da inocente morte, apenas com meu olhar de compaixão e desespero.

Pude fitar alguns destroços caindo ao longe. Mas fechei os olhos e o casaco. Vi que minha vida nada é, nada merece ser depois daquele dia. Eu, preso, acima do rio que se formou na rua, a benção descendo ruidosa, raivosa, reiterando que abençoa aqueles que podem pagar os melhores salvamentos. Vi três heróis da municipalidade morrerem, tentando puxar uma criança do fundo do rio formado na rua. Ratos deliciavam-se com os pedaços deles todos.

A calmaria trazia esperança e afugentava-a com mais rapidez do que poderia eu, zeloso por minha vida, piscar os olhos. Talvez um pouco mais lento que isso, mas cabe a frase, visto o que vi, posto o que pude perceber.

Inúteis tantas dores na manhã daquele dia, tantos sorrisos, pois na tardinha já estariam definhados deste mundo. Por causa disso tudo deixei aquele resto de cidade italiana. Perguntei-me das minhas coisas e nada mais tinha eu, um estrangeiro no velho império. Os focos mudam diante do nada. E sendo eu um nada diante daquilo tudo, diante daquelas perdas, deixei-me levar pelas ondas que há tanto me puxavam para o açoite. Caí leve e perturbado, lembrando dos ratos que poderiam me ter em pouco tempo, lembrando das crianças que olharam para mim antes da morte, dos heróis que perderam a vida tentando resgatá-las.

Bati a cabeça algumas vezes e meus dedos foram mordiscados. Tentação, eu diria. Sentir o corpo ser machucado, mordido, lascado, arranhado. O sabor era de morte, de fetos, de restos, de sangue e de areia, de meia-noite – o olhar mais firme e sombrio -, minhas pernas ardendo, imaginei que esfaceladas.

Ouvi brados de ordens e mais ruídos. Pareciam cantos de pássaros o alarde todo. No caos tudo parece melhor. Até a morte parece melhor do que sofrer. E sofrer eu já não imaginava como era. Tão doce a dor de estar-se indo embora, daquela prisão chamada corpo, daquela limitação chamada vida. Haveria outra chance de melhorar no âmago? O que as moedas de ouro poderiam comprar agora que merecesse atenção? Nada. Somente vida é o que importava diante da cabeça se rebatendo no caos daquela entrega. Entreguei-me então, vitória da natureza. Espólio de guerra meu corpo, deliberado se esvaindo em tombos no rio formado na rua antiga.

Ouvi gritos de socorro quando momentaneamente alguém tentou me salvar... Rasgaram-se as vestes podres, ratos atrapalharam o salvamento? Como aqueles ratos, que no findado parlamento atrapalharam salvar o povo. Idiotices políticas até nesta hora? Os "ics" perto do meu ouvido, sim, os ruídos dos roedores tentando ceifar parte de mim para seu suculento apetite.

Precisava disto para lembrar da vida? Do caos, da guerra final da natureza contra o homem? Abri os olhos, três vultos, uma dor por todo o corpo. Limitado novamente ao corpo, preso à vida. Bela emoção. Até andar novamente, mesmo que lentamente, poderia então?

Carta à Esperança

Tempestades a parte, cria-se no renovar do dia, mesmo que ainda o corpo manque, mesmo que não tenha nada material pra me orgulhar, um reinício. Como aqueles das manhãs primaveris onde os últimos estragos não despejariam a chance de a flor tentar se recompor; ou, como nos dias de solidão onde o absurdo do silêncio nos faz cantar na escuridão. Lições da vida a parte, ainda sorrio ao recordar dos dias com aqueles que tanto me ensinaram sobre a nobreza da atitude, e o meu sorrir, mesmo machucado de leve em um canto da boca e dos lábios, é sincero, como talvez poucos ainda sejam nesse manifestar primordial. Quando as cordas me inspiram, e digo cordas do celo ou do violão, e não a corda do apelo destrutivo e final para o fim da existência, é quando me renovo ouvindo a canção da natureza em forma de chuva, ouvindo os passos da imaginação em forma de dias e noites.

Tempestades no renovar das forças cíclicas que nos compõe, o fim do que conheço seria não ter mais o porquê de renovar-se, e mesmo que os machucados externos nos detenham um pouco, os machucados internos são absorvidos pela esperança, que tudo vem para ensinar, para nos fazer evoluir, crescer enfim; e não crescer na quantidade de poder de consumo, que foi o mote deste tempo, mas principalmente crescer no âmbito que nos levará para o mesmo fim, sejamos cavados, queimados ou despejados no poço de Poseidon. Poseidon, que leu o olhar de Antônio e seus escritos no ultimo dia deste neste mundo, lerá também esta simples carta que coloco no redemoinho deste cais?

Tempestades a parte, ouvindo agora no meu refletir tudo que já passou e que me manteve rochoso no âmago e com as guardas de proteção altas, tal qual o que se defende de golpes nas ruas, foi comovente ver o cuidado que as pessoas tiveram com meus ferimentos, para que eu pudesse voltar a ser como era, ao menos fisicamente, pensemos bem. No fio da pior noite uma centelha de atitude verdadeira, mesmo eu não tendo como ser banhado por quinze dias por ninfas das terras glamorosas, as atitudes dos que cuidaram de mim foram ímpares, mesmo eu sendo apenas um velho guri marchando sem rumo para a alma de alguém, e isto reverbera em mim como algo definitivo na minha compreensão deste mundo de escombros. Agora penso: a via escolhida por mim é o caminho dos derrotados?, retorno dos fortes? Eu sei, por vezes caminho em círculos com as palavras, tentando não equivocar-me perante tua atenção, esperança.

Tem prestado atenção em mim?

O cálice ainda está cheio? Enigmas decifrados?

A mão esquerda ainda está boa para pestanejar nas folhas brancas?

O alvo da perfeição é estranhamente colorido por esta mancha, quase moura, no esteio da vida.

Eu sei, é febre o que sinto agora.

Percebe que mesmo assim quero ouvir os latidos que me desaprovam? Quando alguém caminha por uma rua desconhecida prefere o uníssono da falsidade ou entrecortados de vozes que tentam acalmar e proteger, mesmo que sejam gritos dispersos?

Tempestades a parte, manterei o cadeado armado, pronto a fechar-se abrupto, pois é assim que precisa ser, a altura não ajuda, a pele não ajuda, o pergaminho de liberação também não. Assim que somos forjados agora, de limitações e buscas que não terminam, o navio precisa partir cheio de ouro e quem não tiver portando o seu será deixado na ilha do infortúnio sagrado. Os vencedores mantém suas cadeiras e os outros são os outros, são mais do mesmo no singular momento de vida, o das comparações.

O cálice de esperança ainda está cheio do vinho da vida, eu diria, após alguns goles do vital líquido. Os enigmas que me deram no primeiro choro de existência decifrei alguns muitos, e poucos ainda estão nos bolsos. Preferir essa reflexão não me torna menos importante, apenas atrai as palavras de nomenclatura densa que reservam para os incompreendidos deste momento. A mão esquerda fora pisoteada e se recompôs bem, as fibras ingeridas ajudaram na destemida aquarela de melhorias. Eu sei, é febre o que sinto agora, mas uma febre diferente, tonteada de um calor que forma-se no medo, adquire certa palidez nas terras de Maupassant e discorre seus tremores pelo corpo quando lembranças vêm, quando a memória não falha e nos traz até os sabores de volta, os perfumes, as texturas da pele, até o formato do toque. Febre por esperança, que o sorriso irá voltar completo, e os passos irão passear.

....

Fim do escrito.

Amigos, esqueci-me de mencionar a caligrafia. A mesma letra bem formada e leve, por vezes brusca, atacando o papel, mordiscando a palavra, acentuando as iniciais com um tom de tinta mais negra ainda.

O mais interessante do que li nesta segunda carta foi o nome Antônio e a citação: "Poseidon, que leu o olhar de Antônio e seus escritos no ultimo dia deste neste mundo". Lembram-se, obviamente, que nosso amigo, poeta e professor Antônio morreu afogado e uma parte de sua obra estava com ele no naufrágio. Acho a pista mais importante.

Quando caminhava com essas duas cartas, a filha do taverneiro me chamou. Perguntou-me de onde era e porque procurava o autor dos tais papéis. Disse eu então que se tratava de um amigo, e novamente dentro da taverna, ela pediu permissão para o pai para me entregar o restante, que não eram cartas endereçadas, mas sim folhas avulsas, algumas manchadas, outras continuamente escritas pareceu-me em diversos momentos, com tintas diferentes, com pausas e arranques novos.

Não posso chamar de primor, posso apenas mencionar que tem o estilo dele.

Envio-lhes, pode parecer estranha a atitude do desapego, alguém que sempre costumava guardar tudo que escrevia de repente largar partes de si pelos caminhos estrangeiros deste continente esvoaçado das pessoas, dado os acontecimentos terríveis do quase fim de tudo. O taverneiro lembrou-se depois que outras pessoas em diferentes lugares, acharam outros escritos sem assinatura, e que muitos ansiavam por saber quem era "o tal bruxo que enfeitiçara algumas senhoritas com sua possessão em forma de frases", palavras do taverneiro, endossadas por sua filha, através de um sorriso lascivo, e de um suspirar suspeito.

Eis os avulsos:

Um caminho incrível, sussurrou, enquanto o sol queimava a pele de todos.

_ As faces são mais importantes não são? Perguntou, enquanto os valores que as pessoas queriam caíam do céu.

_ Por enquanto são sim, disse uma voz suave.

_ Quando terminarão as buscas deles? Retrucou então... Olhando os olhos de quem ouvia.

_ Quando perceberem que perderam a chance intensa.

_ E quanto a mim? Perguntou finalmente.

_ Continuará sua busca por sinceridade sem encontrar. Encerrou a então voz serena.

_ Mantenho a esperança?

_ Sim, se ela se distanciar um pouco, o que é bom para os pés voltarem a caminhar corretamente, não a perca de vista.

Abraçaram-se e foram para direções opostas.

....

Lados que projetam pressa, quatro cartas sobre a mesa...

Loucos, traga-me poetas loucos, traga-me o corpo dela no ar.

Todos ouviram tudo ao caos se perder, fatos que só miraram o teu querer... Como não derreter de desejo a mais, teu beijo ao cais me traz por quatro lados. Não vá me dizer o vento que segui!

Quem você não é ao luar, ao despir pecados nas mãos...

Cartas, cheia de veneno e cartas, cheia de desejo e pernas pro ar.

Tão soturna, seminua. Como não derreter de desejo a mais? Não vá me dizer o que vento que segui. Não, não vá!

....

Que tanto há no teu semblante, que fez mudar a rotina de um poeta que pensou disso tudo se afastar? Que tanto há no teu não dito, inspiração que é como aviso, rumo incerto ponto em luz, cresce aos poucos e produz mais da alma nesse mar?

Retirada das circunstâncias do dia, lembrar-te é parar no limite do tempo, partícula de segundo a encantar, cada recordação.

....

Os detalhes não seduzem como antes, tudo que cerca o cotidiano é atraído pela chance de perder-se por algo que o comerciante diga que é o ideal de vida.

....

Manancial de bons momentos alonga-se a se retirar magistral no crepúsculo... Ordenador do balé de nosso sistema solar, em minha alma há um assim.

....

Notem as labaredas saindo dos olhos, a boca, os traços da boca, os talhos no rosto, na alma então... Mas a vida é algo digno, dádiva, presente, e as labaredas do olhar são inspiração.

Carta 4

Cama e lençol fresco, sem mais suor com um estranho.
Paisagem do rabisco em nanquim no pequeno quarto.
Lá vêm os anseios quando fita o rabisco e olhar se perde.
Vozes nos cantos da sala, mar na jangada e esperança e vontade.

Há artista em cada um? No estranho havia,
tal menosprezo não se via como nos olhares destas tardes.
Mulheres que não suportam gozo alheio ou queriam...

Na arte há mais humanidade.

Bárbara

Meu, emocionante sabe? Não consegui não me emocionar, querido Maneco, lendo os textinhos que podem ser de Mador. Sua carta me animou, os outros também, sabe, todos, nos deixou apreensivos também. Imagine... As coincidências que Joaquim chama de estilo de escrever e a citação de Antônio, da maneira como as pessoas percebem o texto, é típico daquele sumido. Faz frio por aí? Sabe, não sei se foi Carolina ou Joaquim que chamou o sumido de ansioso destruidor da calma e do silêncio. Meu, o mais importante é o que podemos retirar de lógica nos textos, né?? Isso claro, se tiverem sido escritos um depois do outro. A tragédia seguida do retorno da esperança pela cura, depois em outra cidade escreve e bebe, talvez impressionado com tudo que foi difícil pra ele. É impacto mesmo. Sabe, é importante que continue por esse caminho, o das tavernas. Infelizmente pode ter sido esse o desfecho do queridíssimo. Não compreendi o relato da jovem que o seguia, será possível essa descrição? Talvez um pouco bêbada demais para ser verdade? O que acha? Perguntou para frequentadores se era isso mesmo? Alguma pista nova? Desculpe tantas perguntas seguidas. Imaginei que ele pudesse ter apegado a alguém, a algo que encontrou nesse lugar. Poderia Maneco? Mas por que iria a outros tantos escrever, beber e deixar tudo por lá? Um tanto estranho demais me parece, sabe? Quem sabe vários amigos foram a lugares distintos por várias noites e fizeram isso em forma de brincadeira. Algum jogo insensato para quem não conhece. Eu não conheço e parece insensato sabe? Ou algo assim com esse caminho. Carolina acha possível e concordou depois que eu falei. Ela disse que pode ser importante e inteligente para os que de dentro o olham. Ouvi sobre isso ocorrendo no interior de algumas capitanias e províncias. Capitais também, sabe? O mais intrigante meu, é a citação quase sempre da alma, como se o restante não tivesse mais importância. Não é mesmo? Você encontrou duas cartas e uma folha com os avulsos, quase pensamentos desencaminhados pela bagunça de escrever livremente. Apenas concentrado em inovar aquele minuto em que não faria nada. Louca eu, Maneco, por pensar assim? É triste saber desses acontecimentos. Estará mesmo bem de saúde? Quero que o encontre são e saudável, que os amigos cuidem dele se precisar de algo. Quem sabe a filha do taverneiro saiba mais dele e não queira falar. Quem sabe por trás da entrega das outras folhas esteja também vontade de levar você para ele.

Apegue-se em tudo, ao improvável, na tolice, compromisso de não esperar nada do próximo dia, perto que seja, longe meu, longe que pareça, assim mencionou Joaquim.

E você como está? Tem lido o que mandamos junto desta? Gostou de tudo? Como estão as dores nas costas? Sempre esqueço de perguntar. Nina está mais tranquila. Apronte-se para voltar e não ter ela mais solteira, nesses momentos os aventureiros se vestem de nobres e tentam as mulheres. Nina parece tentada a esquecer você em outros braços e beijos. Acredito que era o que você pretendia com sua partida, que ela se comprometesse com outro para que você pudesse não ter a dor de enganar ou de dizer que não a ama mais. Correta eu? Lastimosa demais? Correta demais? O que importa é que esteja bem, sabe... Nós como sempre conversamos muito sobre tudo isso, continuamos nossa vida com o pensamento por boas novas.

Quanto a mim, estou cansada de estar sozinha sabe? George é ótimo comigo, mesmo sendo somente meu amigo agora. A proximidade dele me causou chateação, e a solidão é companheira. Preciso dela, converso com ela, a solidão tem feito que a compreensão esteja ao meu lado também. Não somos mais jovens como antes quando as aventuras nos uniam como algo diferente e vadio. George parece não compreender isso. Parece querer voltar no tempo e ajustar alguns deslizes que não podem mais ser ajustados. Por isso pedi que George leia suas cartas na casa de Joaquim. É bom que a distância prevaleça, penso que com a distância de George de mim a prudência se aproxime novamente. Nossa meu! Quantas besteiras escrevo sem nem saber se quer disso. Na carta parece que adormece uma segurança de contar pra alguém confiável algo que talvez titubeasse para ser dito frente a frente. Parece isso, não é mesmo?

Sabe, volta a minha mente sua saúde, a de Judith, Mhorgan e Mador. Da última vez, Antônio naufragou perto de casa, Casimiro foi encontrado morto bem longe e George desapareceu nas ilhas gregas. O que mais quero neste momento, mesmo que não tenham grandezas e vitórias para contar, mesmo que somente o fardo do retorno infeliz, o que mais quero é que voltem, todos, juntos.

Um beijo carinhoso,

Bárbara.

Carta 5

Olá. Venta muito neste momento, chove forte. Algumas águas passam mais alto pelas portas, posso dizer que me lembrei rapidamente da carta quando iniciou isso tudo. Judith adoeceu muito e Mhorgan não sabe o que fazer, talvez eu tenha que me retirar momentaneamente da busca inicial.

Goteja mais rápido e se acalma, parece uma brincadeira das nuvens isso aqui. Estou preocupado e ao mesmo tempo ansioso. Não consegui conversar com a filha do taverneiro novamente. Fui uma única vez lá e ela não estava, confirmei com alguns que realmente aparecia uma jovem senhorita com um punhal, cabo sempre visível, radiado de algumas pedras que disseram ser safira; por vezes a lâmina era mostrada, intimidadora. Perguntei se eles a veem ainda e dizem que mais raramente. Os nomes dos homens com quem conversei: Carlos e Gus. Talvez Gus me ajude mais abertamente, não sei, não consigo confiar de pronto sabe? Um estrangeiro procurando alguém sempre foi algo fácil demais para se escrever sobre e para se roubar. Vez por outra saio, caminho pelas ruas que sobraram, algumas mais antigas que existem por perto, olham-me como sabendo ser eu apenas mais um estrangeiro, com sangue velho de bárbaros, misturado com sangue de índios e sangue recente de tudo que no caldeirão das novas navegações pode-se experimentar e contemplar.

Preciso do livro de Mador, por favor, ao fim de cada carta mande cópia de um capítulo, são poucos não? Quinze? Dezessete? Enfim, envie-me Barbara.

O que posso dizer, minha amiga, sobre tua solidão? É visitante que conheço de muito. Olha-me agora a eterna companheira dos poetas desta esfera, olha-me e sorri, parece que com lábios mortuários, em outros momentos com uma língua que se esconde no canto da boca, querendo saciar em mim tudo que não pude ter no paladar da vida. Acompanha-me de tempos em tempos, e eu, que sou célebre pelas companhias mais feminis e belas desde o tempo em que minha barba era pelos finos, encaro o espelho do meu eu quando sozinho, quando me visto e cubro o corpo da escolhida, quando caminho até o vitral e enxergo-me na meia-luz. Quando estar acompanhado traz o lume da ventura ao pé do ser? Resposta esta, senhorita minha amiga, merece a távola dos alquimistas bem próxima e alguns de seus rituais no carteado da conversa. Há harmonia na solidão assim como há harmonia na união de duas mãos que querem caminhar sempre juntas. Quem sabe o agir de ambos, George e você, não tenha sido sempre o disparate da harmonia? Para esta pergunta, só verificando o passado e codificando o presente, quem sabe nisso resulte o resultado do passo futuro.

Agora, olhando para o assunto Nina, posso apenas escrever ou dizer aqui para as paredes amadeiradas deste quarto: é passado.

Novamente chove forte, eu quase me alegro quando está a chover por aqui, pois quando assim um som de celo invade aos poucos o ar. Ainda não consegui descobrir de onde vem, descobrirei. Um som limpo e calmo, quase como um ninar de mão de ninfa passeando por meus cabelos, um manso som que perpassa pelas alamedas e espinhaços, cobre o caminhar trôpego transmutando-o em mais gentil e firme. Quem dera fosse assim... É assim que ouço, é assim que me abraça este som de celo. Quando os trovões cantam, cita mais alto a nota o celo, toca o ar com mais gratidão, com mais bravura ainda; se não fosse pelo caos das águas nas ruas, pediria que chovesse sempre.

Desculpe-me. Acha que escreve besteiras, eu faço elevado em décima potência. Deve ser preocupação com tudo que nos veio novamente. Andei pensando sobre isso, e quando digo dessa forma, é que andei pensando mesmo, quase tropecei caminhando por quase ruas que não conheço pensando sobre os amigos que já se perderam neste continente. Pode rir se quiser, pois, o riso está tão próximo do choro como dizem os antigos...

Voltarei a conversar com os taverneiros e irei noutros lugares, as chuvas castigam um pouco este lugar há dias, mas logo irei. Mhorgan acabou de bater em minha porta. Terei que escrever depois. Envie-me, por favor, na próxima carta o primeiro capítulo de Mador, estou saudoso dessa leitura. O último livro que tentaste enviar foi perdido na bolsa de algum rato dos correios daqui, penso eu. Trovão do Norte!! Mhorgan entrou ensanguentado, seu olhar é abismal. Corpo molhado. O som do celo parou, a chuva não. Escrevo mais tão logo essa nova tempestade eu desvende.

Cuide-se querida Bárbara, beijo.

Manuel

Carta 6

Poetas e suas noites errantes,
cegos dentro de um turbilhão do coração.
Desmentem e disfarçam o que sentem.
A verdade está nos versos feitos de instantes

Perpetuados nos olhos da apreciação;
de musas e flores e estranhos em camas pequenas
com páginas e cenas do gemer sofreguidão.

Bárbara

Estou muito chateada contigo. Muito. Como termina uma carta como se estivesse terminando um capítulo de um livro barato qualquer? Como me deixa assim sem saber o que ocorreu e não escreve mais nada antes de enviar a carta? Como nos deixar em pânico ao fazer isso? Ninguém acreditou que pudesse fazer isso. Ninguém! Entende? Não enviou nem um bilhete depois do final da ultima carta. Joaquim mencionou que você Maneco, é ainda um guri bêbado mesmo ao meio-dia, um tolo mesmo com a lógica rasgando as noites. Acho inconcebível que faça isso conosco, sabe? Pô meu, e agora? Como saberemos como estão Mhorgan, Judith e você Maneco? Como? Enviaremos quantas cartas, quantas mais para mandar respostas tontas e com finais idiotas como a última? Eu não me conformo de ter feito isso sem enviar mais nada no dia seguinte. Logo agora que estava repensando alguns desacertos com relação a você, enquanto admirava os versos que certa vez disse que eram pra mim. Te chamam poeta das madrugadas, mas prefiro inovar contrariamente a este apelido ridículo para acrescentar-lhe um sobrenome: Maneco "Idiota". Ou quem sabe prefira... Manuel Antonio Imbecil? Sabe, assim, sem mais sobrenomes de família.

Depois retomo esse infantil assunto.

Joaquim está muito preocupado, e sabe, às vezes ele sofre convulsões e você sabe disso, esqueci o nome agora do que é corretamente, Carolina teve que ficar um dia cuidando dele, ele leu sua carta, foi tentar dormir um pouco depois no final do sábado passou muito mal. Antes de terminar suas idiotas cartas nos deixando preocupados, deveria lembrar que os seus amigos aqui gostam muito de você, independente das suas tolices. E que a preocupação alcança de tal forma nossos pensamentos ao ponto de deixarmos o que estamos fazendo pra pensar nisso tudo. E pensando sobre isso, estou cogitando falar com Joaquim e George, para que vocês voltem imediatamente pra casa, a situação saiu do controle completamente, o que seria um mês atrás de Mador está se tornando a espera pelo desembarque de amados amigos que foram jogar carteado e se esqueceram de algo, e isso seria no ridículo pra qualquer um de nós.

Como estão os pulmões?

Espero que com esses tempos de chuva que está enfrentando não esqueça que está curado, mas, que não pode deixar aquilo voltar novamente. Precisa estar precavido e alerta a qualquer sintoma que relembre. Esqueça o carteado e as bebedeiras das madrugadas, isso já não é tão divertido quando se está como estrangeiro em terra que ainda nos julga pelo local de origem.

Sabe o que acho mais chato de tudo isso? Parecia que estávamos perto de sabermos algo de mais concreto com relação ao paradeiro de nosso amigo sumido, meu, o que conseguiu levantar foi valioso e aos poucos, conversando com essas pessoas e indo em mais tavernas acredito que conseguiria. Agora não penso em outra coisa senão que traga

Judith e Mhorgan pra cá. Todos os passos dados até aqui foram corretos para que conseguissem achar Mador. Ocorrendo tudo isso e ainda nos deixando preocupados, quem sabe mais do que você deveria vejo que é melhor que voltem logo. As famílias envolvidas ficarão tristemente aborrecidas se qualquer coisa ocorrer, um arranhão que seja.

Um pouco de amenidades: Ouvi uma música linda cantada por três pessoas em uma esquina do centro novo, perto das avenidas de maior comércio, era um domingo tranquilo e alguns se aglomeravam para ouvir. Três vozes lindas, dois homens e uma mulher, a música tratava de uma senhorita que tinha um jeito estranho, que já foi galhofada pela vida e que tentaria recomeçar em outro lugar, que o olhar dela era diferente. Vou tentar me informar sobre a música e escrevo na próxima carta. Lembrei-me de você e de Mador. Por motivos distintos, obviamente.

Um conto barato, pobre e idiota sua última carta. Martelarei isso até essa ideia enferrujar, até que não queira nem relembrar isso, até que sinta raiva por eu retocar o assunto com minha chatice, sabe...

Termino a carta com pesar e preocupação. Com apreensão e ansiedade. Espero que resolva os novos ocorridos da melhor forma possível Eu tento, não consigo deixar de pensar em Mhorgan e Judith, o que fizeram pra Judith teria sido alguma coisa em cima de um algo que Mhorgan teria começado? Que momento chato pôde ter sido realizado para que fizessem assim uma cilada contra eles? Ou seria contra você Maneco? Que as notas musicais do celo possa ouvir sempre, com ou sem chuva. Difícil admitir isso e a verdade é assim hoje pra mim. É preferível meu, perder Mador uma vez mais a perder vocês todos. Parece egoísmo e talvez seja. Posso chamar de cautela? Medo? Beijo, sabe, querido, nos avise rapidamente. Anexo o capítulo primeiro do livro de Mador.

Bárbara.

I

(Num quarto em noite densa, na janela aberta uma voz abre as cortinas)

_ Venho banhar com minha brisa
triste dos tristes, anjo puro
Que ao som do piano adormece
num descanso terno neste quarto.

Hoje criança cheia de sonhos
aprenda a viver a melancolia,
de ser entre todos, o mais tristonho
destes que existem.

Quem te visita é a força nos céus,
quem faz revoltas
as águas dos sete mares;

Aquele que sopra as nuvens ao léu,
e quando irritado
com fúria a tudo varre,

Sou o vento e contemplo-te Mador.

(No piano, James lamenta...)

_ Pelos cantos da casa eu junto
teus trajes, teus traços pintados,
em todos os quadros guardadas,
cada emoção que sentimos...

Nas teclas, no piano derramado,
em notas incertas, meu pranto dolorido
ao ver-te morrendo, teu corpo adoecido
entregue à doença do bacilo demoníaco.

Ouço no choro do rebento,
no teu arfar mais sonolento,
ouço a derrota galopante
chegar no cavalo purulento.

Fostes tão bela "sponsa",
formosa rosa em minha vida...
hoje a madrugada pálida convida
a compor a trova do teu passamento.
(Pausa)

_ E eu até o momento sem conseguir finalizar
composição minha qualquer,
ao som das primeiras notas
ouço inundar a porta
um sussurro de mulher;
(sai atender)
(No quarto de Mador, uma aparição)

_ Tu és Mador, repousando...
descansa pois na vida injusta
terás dias amargos criança,

Serás uma linda passagem
neste mundo rude e odioso,
verás na tristeza a miragem da satisfação.

Abençoado com dom poético
desde o prematuro nascimento,
serás a própria poesia,
vagando nos versos da composição...

Não chores ao meu toque pequeno,
hoje ele é de compaixão;
é certo que em outro momento
ele será de redenção.

O anjo da morte contempla-o Mador.

(James atende ao chamado)

James
_Leonora minha senhora, o que tens?

Leonora
_Sinto chegar a hora James. Flores cobrem os trilhos até a entrada do túnel; jarros de fogo intenso os anjos derramam pelo chão.

James
_Acalma-te! Dissestes o mesmo ontem, anteontem além disso, é mais um surto febril.

(Deixa a porta do quarto, apressado volta ao piano)

Leonora
_ Traga-me Mador, um último afago em nosso filho... (em tom baixo)

James
_ Daqui um pouco querida, escorrem dos meus dedos as chagas da inspiração.

(Em cada nota, cada acorde, um suspiro de alegria. Olhos fechados, os compassos vão formando a alegoria. Destreza rara no piano muitos anjos vem chegando, todos dizem: "Glória a Deus". A madrugada chora comovida, é tão bela a harmonia)

(O anjo da morte vai até o quarto de Leonora)

Leonora
_James... por favor... Mador.

James (ergue uma das mãos no alto)
_ Sim! As notas vão caindo lá do céu em sucessão. Enfim abençoado componho minhas primícias, o sonho de uma vida não é mais ilusão.

(Os anjos rodeiam a cama de Leonora e fazem uma oração)

Anjos
_ Glória a Deus, levamos boa alma para reinar entre os seus, Aleluia, Glória a Deus.

James
_ Leonora consegui finalizar..., (Chega ao quarto e vê o inadiável) minha querida, o médico já vem, espera mais um pouco, espera! É só amanhecer que eu chamo o Doutor Hans, não me deixe sozinho, espera!

(E chora...)
....

(Amanhece; ao som do choro triste do violão, chega o Dr. Hans. James embriagado)

Dr. Hans
_ De tristeza também se enche o meu peito, ao ver tão jovem senhora levada de nosso convívio.

(James nada fala)

Dr. Hans
_ Sem ter palavras para confortá-lo quero lembrá-lo apenas que meu coração partido também chora, pois aqui jaz tua senhora... minha filha. (James deixa o violão e o abraça)

James
_ Parece-me neste momento, que, se muito, a vida é um emaranhado de ilusões que sufocam nossos corações com palavras vagas, com promessas tolas, que nos fazem acreditar que viver é bom. E agora amigo Hans?

Hans
_ Agarra-te ao teu filho, que só tem um ano. Ele será tua espada e teu escudo neste momento.

James (olhando para os céus)
_ "Até quando Senhor? Esconder-te-ás para sempre? Arderá a tua ira como fogo?"

Hans
_ E pela insolência de tuas palavras agarra-te a Deus também, o ocorrido é a vida James, infortúnios ocorrem a todos, será... (James bruto interrompendo)

James
_ Estás um tanto conformado pelo visto, tinhas amor por tua filha?

Hans (enervado)
_ Choro esta morte desde o dia em que soube que Leonora estava com tuberculose; vim de longe para cuidar de minha filha, e como médico, sabendo que és leigo, posso apenas dizer-te que o tratamento pelo pneumotórax chegou tarde. Quando cheguei, Leonora tinha recebido alta com mau prognóstico. Bem... (vê James calado), reflita.

No mesmo dia...
(A noite chega, nos murmúrios do velório, James perdido).

Trôpego a entrar na triste sala
debruça o seu pesar no frio rosto
e a multidão pasmada então se cala
quando degusta o beijo, rubro gosto.

Em tom perdido James vaia
todo o silêncio que se faz,
tomba vencido e gargalha,
no chão cinzento encontra paz.

(Hans arrasta James num canto, as pessoas reúnem-se e recitam):
_ Na estrada da vida
impura, escura, sofrida;
tu és a minha vela,
tu és sagrada Luz...

és a força eterna
a mão que as dores encerra
és a benção terna, Cristo, Jesus.

(E partem para o cortejo, James caído).

James
_ É praga que infesta o puro
o cheiro que me causa a morte,
ânsia que se alastra a mente.

Cólera que derruba a fé
o cheiro que me causa a morte,
e todo o amargor se sente.

(bebe no gargalo)

Há pouco vi teu corpo e sinto
o gosto que ficou na boca...
do beijo? Pálido momento.

Estava contornada em rosas
de branco como sempre bela,
e bebo todo o meu tormento.

Uma morte em vida
o legado da preferida,
luz que me ardia a mocidade;
E arde, mas agora é tarde.

(James dorme, desmaia, entre sonhos e tribulações, acontece)

Uma voz
_ Faças o que quiseres, mate a ferida, que ofusca o teu ímpio viver. Não penses que esquecer é a saída; morte é saída... faças sofrer. Ouça o que

dizem pelas tuas costas... os falsos que te cercam, amigos teus? Ouça esta voz, que se abram as portas, sinta a verdade... não há o teu Deus!!!!

James
_ Cale a boca, (grita chorando)... tu nem existes, és loucura em minha mente!!!

A voz
_ Demente! Então achas isto... Queres provas ao certo! Quer u... (cala-se interrompido)

James
_ Cales a boca voz do cão!! Deixa-me em paz... és loucura e nada mais!

A voz
_ Ahhh... então sabes quem sou... hahahahaha, Calas em teu peito esta dor... sei, tens vaidade... aceita-me agora, sou um salvador! Queres fortuna... mulheres... ahhh sei, sucesso, queres sucesso???? Dou-te... Aceita-me agora... sou tudo, diga-me sim e serei teu Senhor!

James
_ Perdi tudo, o mais importante; e esta loucura invade o meu lar... prefiro a morte, não quero outra sorte, eu sei não sou forte... pois vou é matar!

A voz
_ Ahhh... matar; é um bom início realmente! Quem sabe queiras começar?! hahahahahaha...

(James apanha seu revólver)

James
_ Apareça cão miserável, apareça!!!! (grita)

A voz, o cão
_ Aqui estou... (aparece em uma forma que nem a mais sensata perspicácia ousaria prever ser real). Vamos, estava um tédio esta noite mesmo! Vamos!!! (grita). Hahahahahahaha.

(Enquanto a aparição ri junto da janela e de braços cruzados, James faz mira até que se ouve apenas um estampido seguido de um grito... e uma risada. Mancha-se de sangue a janela, a aparição some. Enquanto o sangue escorre no vidro, James caminha atordoado até a porta)

James
_ Acertei o desgraçado??

(Abre a porta, um corpo caído junto d cadeira, na entrada; o sangue cobre boa parte da varanda, James perplexo!)

James
_ Senhor??... hei senhor.!?

(vira o corpo que estava de bruços)

James
_ Hans!! (Um tiro certeiro no pescoço, morto).

Carta 7

1.0 – De quem escreve:

Joaquim. Rua da Cruz Preta, nº...

1.1 – Do recebimento

Recebemos, eu e Carolina, a visita de Bárbara. Mostrou-se inconsolável por não ter respondido em vinte dias a carta que enviou. A teia do destino compôs de forma trágica tua viagem, meu amigo? Escrevo, pois, Bárbara não conseguiu, tentou por quatro vezes estilizar no papel toda a dor, saudade e preocupação. Não hesitou em derramar lágrimas. Não demorou em compreender o tamanho do bem querer. Não congestionou o pensamento com ideias que não fossem de ajuda. Apenas reitera o que na carta escreveu minimamente.

1.2 - De algumas intenções:

Quero que deixe de lado qualquer pormenor rouco que o afaste dela. Quero em nome de nossa amizade que é imensa como a imagem límpida dos melhores laços, que disserte a mim tão somente, por um tempo, tudo que vier a espernear no teu cérebro e no teu coração sobre os acontecimentos até o momento. Sabíamos que a viagem não seria de passeio, ou tranquila como um nado no lago sereno do sono, porém, nas divergências e nas cismas tiramos do fundo do bem querer todo o zelo por quem nos quer bem e nem sempre consegue formalizar isso em palavras. As árvores que plantamos no último outono já apontam seus dedos em direção ao Criador, e o animal de estimação, filhote do teu premiado cão, desponta suas narinas por tudo e suja-se naquilo que tenha cor marrom ou vermelha; portanto, apareça-me aqui com tons de azul ou diferentes destes que Cubas se enrosca, para que possa acomodar-se na varanda sem resquício das patas na tua roupa.

1.3 – Da continuidade:

Os livros de impérios continuam os mesmos, os vírus continuam a embalar corpos para a outra vida, as canções continuam a piorar e os literatos mais jovens continuam a procurar o que chamam de fama, descartando o sumo do bem escrever, sumo este, que é benéfico como o abraço e deixado de lado em prol do níquel. Carolina continua sorrindo como um ser de outro mundo, eu continuo velho ainda que jovial na idade, e meu andar continua a miúda, ainda que o olhar paire ao ar como quem quer ver o mais longe possível. Risos na alma por lembrar-me de ti, meu amigo. És o anjo devasso mais interessante que já surgiu nessa terra da garoa, que, se dizem lembrar a quase finada Londres por esta peculiaridade, lembra o purgatório pela falta de educação dos espectros que aqui ainda habitam. Tenho ido pouco ao teatro, depois que percebemos que a viagem de busca por Mador tornar-se-ia a busca pela fantasmagórica presença dele, e que as folhas das vontades volveram-se a repousar todas juntas no solo do assombro, intuímos que a arte teatral seria mais a frente degustada como merece. Cânticos sempre serão cânticos, melodias que nos detém atentos, como a captar o próprio som do além, o próprio remexer dos anjos e ninfas sob o véu deste mundo, como diria Mador, e, pensando nos cânticos é que me atenho na súplica.

1.4 – Do que se espera:

Que em breve possa ouvir juntamente com som das trombetas dos navios aproximando-se do porto, teus estalidos no chão, quase a sapatear, como fizeste tantas vezes quando retornou a nós, contente, esperançoso por este mundo vil, sorriso teimoso querendo se esconder nas baforadas constantes, mãos a tatear nossos casacos, cabelos, chapéus, lágrimas, até o ar tuas mãos tatearam na volta para casa... Volte, senão por um país que tem na estirpe nos roubar tudo, volte pelos amigos, pela família, pela arte que te acomete somente ao saber que está enredado do lar, adentrado ao lar, encostando o rosto nos móveis do lar, e, com isso, novamente familiar com todos, algo que não ocorre quando um estrangeiro em terras pedantes. Perceba, caro Maneco, que com isso, com todo esse argumento, que banhado em mim mesmo parece banhado no torpe movimento do escrever, acanhado ritmo de se declinar perante o algo que se escreve, embaraçada forma de manifestar a coerência e a coesão, que a preocupação é tamanha que farei como Bárbara o fez por carta, e Carolina verbalmente: pedirei que retorne o quanto antes, com Mhorgan e Judith, ou com o que sobrou deles.

1.5 – Do que aflige:

Pareceu-me pela forma que encerrou a carta que foi um atentado contra Mhorgan, que este conseguiu ir até tua morada, e que mesmo nervoso e surpreendido, terminaste a carta e nos enviaste rapidamente, ou, pediu para alguém o fazer. Difícil dizer o que é mais triste nisso tudo.

1.6 – Do que a vida traz:

Os ventos trazem capítulos da vida que nem sempre gostaríamos de ler, uma busca por um amigo que pra nós é um ente querido, transformou-se em um elo com o infortúnio e suas quebradiças artimanhas de nos concluir dor. Esqueça todos os bravios dizeres de Bárbara. Encaminharei o segundo capítulo do livro de Mador. É curto, encerra de forma trágica o que soube ter ocorrido com os pais biológicos. Marcante. Reli algumas vezes antes de colocar no envelope. Incrível como se insinua mais forte a nostalgia quando releio cada linha; talvez não mude o caminho dele próprio ou o nosso estes escritos, mas é bom saber que foi a mão esquerda do nosso amigo que escreveu, sim, isso faz um bem imenso. Desespera-nos não ter contato nenhum. Explique-nos também como farão para retornar e do que precisarão para o feito.

1.7 – Do término desta:

Abraço honrado, do amigo de sempre, Joaquim.

II

"...quando do erro, quem
erra; não pode voltar
atrás." Gonçalves Dias

(Mãos entregues ao solo tocam o sangue, molham-se os joelhos)

De novo, o cão
_ Queres meu colo?

James
_ Ainda não estou por total insano!

O cão
_Ledo engano, não há mais retorno, tua madrugada será eterna; nuvens negras? Não mais passageiras, para sempre tuas companheiras. Pois então... desistes?

James
_Insistes mesmo?

O cão
_Claro. Achas que estou aqui a esmo? Por um mero acaso? Que fique público e raso: tua alma para mim é como um licor único...

James
_Sabia que voltarias... (caminha; por minutos)

(Pesando o quanto e o que é certo, escorrem por seus passos a sanidade, abate-lhe a culpa e o medo; já não existe serenidade.)

(Para. A arma, fria, avermelhada, dispara uma vez mais. O cadeado do Portal dos Últimos Cânticos cai. Dentro, aves voam pela inesperada visita e ruído. Imbuído da certeza dos loucos chega até o Mausoléu Bendito)

(ao longe, passos)

James
_Uma estátua na entrada estreita, espera minha chegada afoita, açoita-me com olhar que invade a calma, transtorna a minha mente e intriga a alma.

(Vira-se atordoado para o portão, arromba. Olha o sepulcro da bem-amada, a mão corre nas paredes, suada. Febril? Senta-se ao chão, tão lento ! Passos...o latido de um cão desfaz do rosto a compreensão).

(Um vulto)

Demétrio, o coveiro
_Profanadores, merecem do sossego da noite a justiça!

(Adentra ao local, um cão avança sobre James; suja-se de mais sangue, a arma de James atira descompassada. O velho cai quando atingido).

James
_Não tarda o nosso encontro, estou ferido bem-amada. Resta-me o nada, pois agonizo.

(atira uma vez mais no cão, voz baixa, garganta meio aberta).

James
_Vim orar por tua alma Leonora, e isto ago¬ra. Visto que demora a "indesejada" chegar, visto que a dor é demais a suportar...

(geme de dor, encosta-se a parede)

James

_Senhor meu Deus, perdoa-me Pai, nesta extrema decisão. Perdão! Espera-me contigo, dá-me a salvação!

(A arma, ainda morna, coloca-se abaixo do queixo de James, hesita. O ato o faz chorar. A garganta, pelo cão ferida, sangra. O revólver coloca-se no ouvido. Apenas um estampido).

(O corpo tomba para o lado, em uma das mãos um escrito, o qual seria colocado entre as lembranças ali deixa¬das. No papel, o primeiro e último cântico).

Saudade

Começou tão lindo o dia, como há muito não se via, depois de dias sombrios o sol reapareceu. Mas aquele dia tão lindo então se ofuscaria; e a tristeza tomou conta de todos que a conheceram. Não mais veríamos o brilho daquele olhar, eu não mais sentiria o seu sorriso ao adormecer, o seu beijo na alvorada. Todos estavam tristes sem saber o que dizer aos familiares dela e a mim, eu não envelheceria ao seu lado como havia prometido. Todos estavam tristes!
A natureza então mandou a sua mensagem. Um arco-íris banhou o céu, pássaros cantaram felizes; e eu não estava compreendendo nada. Por que num dia tão triste para mim e para os outros o céu se abriria magnífico com um lindo arco-íris e os pássaros cantariam músicas e sonetos famosos? Mas súbito tudo se encaixou. O sofrimento de minha amada tinha acabado. Por isso havia alegria; e eu me conformei, afinal ela estava em paz. Eu perdi um grande amor, e ganhei uma linda saudade.
Com amor, James.

(Amanheceu. A contagem de corpos começou tão logo se viu o corpo do Dr. Hans caído junto da varanda da casa de James. Horas depois, acharam Demétrio o coveiro, e James. O desespero dos parentes, órfãos e viúvas foi um espetáculo para os curiosos).

Sobre James
Tão breve o sonho, que a felicidade tocou James só de leve.
Sua mocidade afoita, instável, deu-lhe a paz num ato extremo; insanidade? Deixou um pequeno, perdido sem mais por esperar, senão a indiferença dos outros; feitos da cristandade.

Sobre Leonora: pintora; jovem senhora autora de obras tão belas!
Deixou com sua doença, a presença em James de algo que este não tinha: musicalidade.

Sobre a vida
A vida, doutora em ensinar a saudade que a maestria de viver de uma perda efêmera ou eterna, é tirar de cada momento, no silêncio de cada lembrança, a mais pura poesia.

Carta 8

De: George

Para: Quem sabe o núcleo de algum cérebro que saiba ler.

Sabiamente, mando essa pedindo que declarem a morte...
ao morador da pocilga ou quarto ou como chamarem isso;
indo ao meu passado, já caminhei por sangue, bocejei com cotovelo enfiado em
banhas e crânios ardendo pelo
aço que condenou ao sofrimento.
muitos caíram nessa confusão atual.

Quem me dera fosse Curitiba o lugar final dessa carta.
um barulho incomoda nessa putaria toda, nem sempre conseguimos
[ficar conformados
e dignos de encarar a verdade.

Indo por isso, estranho, que se diverte lendo cartas dos preocupados,
realmente esclareça como morreram, se quer recompensa pelos restos,
e se prefere dar o real por carta com mínimas provas da verdade que pode ou
idiotamente não quer afirmar.

Ao contar meus passos, conheci piratas nas terras gregas, bebi com
os mesmos e lutei, ressurgi das areias quando me recobrei.

Inferno meu aqueles dias; vendido como escravo; escravo branco em
nosso tempo não é raro, tem épocas que as
filhas dos donos querem se divertir com o sexo dos amarrados,
[dos encapuzados;
e, porém, digo isso apenas, se quiser crer para que compreenda que
realmente sei como são as coisas...
não pense que não sei sobre isso, de esconder corpos, sujar-nos com
[a vulva de uma
outra estrangeira e depois apagá-la de pouquinho, quando curra
[uma vez mais.

Sim, direi não a vingança, nem ao menos a orelha de quem o fez,
e tão somente quero a oportunidade de enterrar o que sobrou dos três,

Para que o descanso deles venha mais rápido,
rispidamente cuspo ao chão, não irei profetizar nem lastimar,
e nem arrepender frases e enviar cartinha pedindo desculpa.
como não querer a verdade, crua, sangrenta e vil apenas?
inda que a única pura mulher peça, não irei enviar poemas malditos
[nem orações
santas carregadas de dor, apresentar armas militares com as palmas
[das mãos ou
oferecer virgens, bruxas, anjas, putas ou rameiras quaisquer.

Formem acordo comigo. O destino dessas vidas se dá na conversa
[com os céus;
ofereço o silêncio, dinheiro para envio dos pedaços dos corpos e a
recompensa. Se ainda estiverem vivos, algemados em alguma viela
[para que os

Santos insanos deste mundo possam aproveitar, pago recompensa
[maior ainda.
ah, tenho que pedir: Não os mate para ter a recompensa dos pedaços.
inda que seja complicado, cuide deles que a recompensa será maior.
bem maior, garantido. Peço e darei o silencio dos loucos,
além do que, inescrupulosos. Não tenho o jeito de cadenciar conversa
[como artifício
minguado de historinha infantil, como Joaquim fez ou faz.

O lodo do mundo faz compreender que lodo podemos ser, se assim
[a vontade.

Mas, portanto, seja lá quem for, leia com o sabor do sangue na boca,
ainda que sangue de inocentes ou de delinquentes. Quero apenas
[saciar a vontade
lúcida dos mortos, se assim estiverem, e a preocupação dos vivos.

As sentenças da vida, discordâncias, taras, vontades, sempre
pulsarão, correrão no leito incrementado de vilania. Todos têm esse
[animal rastejando
ao peito, hora ou outra ele, o bruto ser que em nós mora nos condena
[uma atitude
ridícula e diferente do que a chamada sociedade vê como sensatez, justiça
e calmaria. O que ofereço está oferecido, e espero uma resposta para
continuarmos o evento.
enviarei a continuação do capítulo para que possa satisfazer curiosidade.

Joaquim, autor da carta, contou que tinha enviado, para que, se outro
Ávido e puto amigo quisesse enviar que fizesse enviando junto,
[o próximo capítulo.

Eis que então. Deve ter lido facilmente alguma joça bem melhor,
mas para que o tempo passe menos retardado, junto desta vai o próximo
[capítulo.

Muito importante: Se estiver com Maneco, o ar precisa estar menos
[carregado de
infestação quanto possível. Tempos atrás bacilos infestaram seu
muito péssimo pulmão. A saúde até a viagem era mais ou menos.

.

Do ambiente de um momento propício, escrevo. Os pedidos são pelos
[boêmios de todos
os lugares e terras, de todos os continentes, línguas, aflições e folias.

Finalmente encerro retornando ao acordo que poderemos ter.
inevitável: Recompensa pelos vivos será maior; se estiverem mortos,
[que os restos
mortais sejam enviados, terá recompensa, porém menor.

De mais a mais, se preferirem um contato mais direto, conheço
[as sombras de todos
os caminhos estranhos desse continente,

Meu passo atrofiado já dobrou desfiladeiros, cruzou fronteiras,
uniu joelhos em pântanos, iniciou fuga nas madrugadas,
nos bosques, vilarejos, capitais, províncias, e portanto, posso
direcionar viagem até onde melhor seja apurado.
oh, que a lua do céu observe cada frase, atente cada zumbido,

.

.

.

George, que um dia chamaram Gordon.

III

" Os duendes já foram
faz tempo, nós mudamos
moldados ao vento." Mador

(O menino que outrora chorou pelo leite suculento cresceu. Em seus braços, uma mulher)

Mador
_ ...vinte e um anos exatamente.

Lia
_Há quantos frequenta este pensar? Virtudes, poesias...

Mador
_Não sei, importa? (Sorri.)

(A mulher nada responde. Deitada sob o corpo encosta a cabeça em seu peito como de costume. Ele acaricia suas costas.)

Lia
_ De qual mais gostaste de todas que já conheceu em sua vida? Saímos há algum tempo...

Mador
_ Ouça querida: (pausa) nossa relação sempre foi bonita assim, não? Adoro estar contigo, quando queremos algo em especial, nos vemos. Deixo partes de mim contigo sempre que venho, não deixo?

Lia
_Sim, adoro teus versos, mas de tempos para cá tens ficado mais em meus pensamentos do que antigamente.

Mador
_Enquanto está só nos pensamentos tudo bem, fica complicado quando preenche o espaço vazio no peito. (pega o cálice ao lado da cama e bebe do vinho, Lia bebe)

Lia
_ Disso é que tenho medo.

Mador
_ Não tenha, não valho o desgaste.

(Fitando os olhos de Lia beija-lhe a testa, levanta-se, veste-se. Retira do bolso interno do casaco alguns escritos e os deixa na cômoda.)

Lia
_ Quando virás?

Mador
_ Talvez daqui...não sei. Quando ele viajar novamente me avise.

(Mador parte. Lia, ainda nua, se levanta e lê um bilhete que estava com os escritos. Veste uma camisola longa, quase lilás; cabelos longos e castanhos claros caem sobre a pele. Caminha serena até a cama. Guarda em uma gaveta os escritos que depois lerá, o bilhete guarda em uma caixinha de música, presente de Mador. Tenta dormir. Ele desce a escada que o levou até o quarto de Lia, entrega biscoitos aos seguranças que olhavam atentos, da grama, a rua. Deixa o local. Os guardas latem quando sai, um rapaz vem ao seu encontro)

Lupus
_ Pensei que dormiria lá hoje. Demorou, não?

(Abre um sorriso maroto, esperando alguma confidência. Caminham em direção a casa deles, quadras adiante)

Mador
_Sabe como é... Lia estava muito carente, falou-me sobre... bem, entendi que está gostando de mim mais do que como um simples amigo.

Lupus
_ Ih, vou te dar um conselho...

Mador
_Ela está apegando-se muito a mim, não?

Lupus
_O jeito que a trata provoca esta confusão, concorda? Ela é nova ainda e viu o parceiro perfeito. Presentes, galanteios, fazem pensar que quer uma relação completa.

Mador
_Com Lara não aconteceu?

Lupus
_ Eu tive que explicar que aquele era o meu jeito!

Mador
_Tenho passado dos limites então...

Lupus
_Quer apenas o envolvimento do corpo, não? Se for isto feche o peito senão feitiço invade também. Lia é uma mulher bonita, insinuante... (interrompido)

Mador

_Pare, entendi, entendi! E casada!

(Chegam em casa, portão fechado, trancado com cadeado. Entram pelos fundos, pela cozinha; Lupus vai na modesta adega. Abre um vinho, Mador pega os cálices, vão até a sala)

Lupus

_Para ela seria um presente bom envolver-se mais contigo. Não parece querer somente sexo como dizia de início, encontrou sua alma. Mulheres têm um feitiço... (bebe do vinho)

Mador

_Este feitiço eleva-nos aos céus, e vem dos olhos, luz que nos inflama. Veneno competente atira-nos contra o vento, atiça-nos, paralisa o tempo, e logo nos engana.

Lupus

_Exato meu irmão. (bebe vinho, pausa) Sente por Lia o quê exatamente?

(Mador, com a mão acariciando o queixo, barba por crescer, olhar fixo num ponto ao chão, esboça um sorriso)

Mador

_Apesar de ser para ela apenas um objeto que murmura, Lia entende a minha alma mais do que as outras que já conheci. E além do que todas. Gosto de tê-la em meus braços, depois de tudo, do estremecer dos corpos, gosto de conversar com Lia, minha confidente, a perfeita amante.

(Ergue a taça como que brindando ao pensamento)

Lupus
_Delirante!
(e tocam os cálices num brinde)

Mador
_É o que sempre acontece: no laço que se faz de um beijo, ouço a voz da mulher, cura que me chama. Em êxtase completo volto a encontrar paz em sonhos, na lua, pousada de quem ama.

(E assim acaba a garrafa de vinho. Vão para seus aposentos minutos depois)

Carta 9

In questa reggia, or son mill'anni e mille,
un grido disperato risonò.
E quel grido, traverso stirpe e stirpe
qui nell'anima mia si rifugiò!

– Giacomo Puccini.

Il mio nome è Adagio, lo sono italiano.

Sub-Roma estou. Região moradores língua latina. Todos língua latina obrigados a morar cá.

Convivo sulamericanos. Alguns aqui.

Salto nel buio, no escuro. Percebi vento apoderado de circunstâncias. Mãos espalmadas, ofegante dentro do ser. Escuridão cada linha. Marcado cada renovar ciclo dos dias. Imaginado a pena esquivando no papel, dar forma mensagem. Estilo próprio, figuras colaborando ideal texto formando. Sentei quando reli. Tentando compreender vamo mais. Mais longe. Tentamos colocar lugar do outro, quanto sia difficile, egoísmo afeta, sempre afetará. Ondas altas. Escuridão maior, imagem contra olhos. Encontro percepção q silêncio das cartas traz. Trazer tanto a tona. Breve silêncio, não deixa escapar nada, nem fagulhas escuridão teimam esconder embaixo doutras. Outras sombras mais densas, negativas.

O cair revolucionário em nós. Il salto. Cair é saltar. De cabeça jogar já q non suporta alicerces convicção mais nada. O quanto sofreram né momento?

Não sei como ficar sem notícias amigos o entes queridos, persona care; compreendi parte agora, nas cartas q encontrei. Neste quarto q adormeço. Sou região do Lácio. Ero preoccupato, preocupado estranhos, tanta dor vista espalhada nas linhas. Sou estudante, q veio para arruinada capital melhorar, deixar fardo menos pesado recebido dos pais.

Ma vedi q preocupação transmitida por cartas è piú urgente che la mia preoccupazione. Non tenho condições empreender busca grande escala, ma do q conheço dessas terras, e leio aqui, podo tentar ajudar, parlare con la gente q tiveram contato sus amigos, principalmente Sr. Maneco. E' questo il nome: Manuel Antonio? Segundo carta de Sra. Bárbara estoi correto. Segundo carta de Sr. Joaquim quase rompimento entre amigos. Segundo carta de Sr. George, amigos qui presentes considerados mortos, velho continente q assombra. Non saberia dizer. Converso com il proprietario di questa stanza, quarto, q ora alugo. Sr. Manuel Antonio Maneco sai desesperado en companhia doutro. Este outro ferido, lastimar, resmungar, chamar nome q talvez seja o na carta lido: Judith.

Quero tirar escuridão maior. Sem notícias dos amigos. Se quiserem confiar. Farei necessário for ao curto alcance. Alguns amigos, já estavam nes cidade vindos doutros pontos Lácio en anos anteriores "quase-fim". Quem sabe conheçam algum nome, de algum lugar. Tavernas frequentei, non molti, geral mente tento ficar um lugar só, vindo doutra cidade se corre algo alguém terá de mim visto mais vezes. Conversar ei con amigos meus primeiro para não dar com estranhos, das tavernas logo de abrupto. Aspetto la prossima carta. Encaminhar ei esta Sr. Joaquim, parecer sensato cordial. Peço desculpas non enviado antes. Esperar mais cartas saber se realmente verdade. Também q as cartas cessassem. Que

Sr. M.A. Maneco já feito contato. Faz tempo não o faz? Espero sincera mente minha carta chegue outras sete do Sr. Maneco. Possam desfazer tormenta. Nada pior tormenta. Aflitosos e temerosos. Certa vez. Quando vivevo nella cittá antica, perdido no mar Tirreno. Precise vencer desafios con migo para manter confiante alerta. Ness horas tudo preciso é: respirar seguir adiante. Sem lastimar q trouxe ali. Sem parar pensamento barrancos q ainda vir. Somente tomar fôlego desbravar, seja o esteja davanti a noi. Non contarei toda história. Sobre cidade para que possam raciocinar outra forma senão vias da tragédia grega, choveu muito aqui, tempestadeou mesmo. Chagas merecidas o ocorrido. Talvez possa pensar q machucado do Sr. Mhorgan tenha sido ocasionado por isso. E por ter ele companhia feminina cuidados possa ter sido direcionados ne ela. Irei Hospital dos Frades, na Aliança Misericordiosa e Círculo Vermelho. Todos lugares onde possa estar estrangeiro q por qui se ferem. É melhor do q nada.

Vasto caminho q estrangeiro pode seguir diante de problema é grande. São jogadores os senhores? Carteado? Artimanhas de forasteiros para vencerem nas mesas? Pergunto. Se trazem trapaças nas mangas vestidos facilmente con última mortalha. Em momentos mulheres estrangeiras cortejadas por irresponsáveis locais, isso causar desafios. Duelos. Con punhais ou não. Expondo q ocorre por nova imperial cidade escombros e carinho no passado. Cheias de escombros morais. Carinho pelo maligno em vielas mais afastadas. Funebres. Atrás de famosas catacumbas, dos passeios ma gentile inesquecíveis existe aguardando hora certa. Tudo quilo permeia alma do homem, quilo feito destruir vizinho por terra fértil, matar irmão por mulher fértil, enganar pai por ouro fértil. Olhar fértil do homem enraiza mais q rápido falar fétido, agir fétido, mascarar fétido e indescritível do mal.

Pararei qui, deve história minha confundir con presente, querer a mostrar real futuro q aguarda. Faze isso sempre non è vero? Cartas expomos quilo por vezes coramos quando tenta dizer. Avevo um amico, assuntos normais falava como pássaro das redondezas do Éden, assunto encaminhasse dissertar pilares da vida, trancafiavam palavras entre nervos da garganta, entre dentes restavam, entre restos da comida mastigados. Calado, tentado discorrer ma os pilares da vida non mais pertenciam a sua alma, e por razão disso, nem falar sobre, nem imaginar o sonhar sobre, conseguia. Colpa dei Lord cuidam de nossas vidas em política? Sim, sì, sì, em muito sim, eles escapam de mazelas praticam contra o povo. Refazendo ideia principal perdida: meu amigo perdeu pilar da vida, destruído p outros q detinham o mal desde muito em práticas públicas o privadas. Nem falar conseguia o pobre. Passou a escrever, por escrever verdade q não conseguia con articulação dizer, foi morto como inútil cão, estraçalhado em vielas afastadas, e porisso chamo vielas funebres, lá resiste resquícios de corpos maltratados, entre chão e olhar atento dos simples. Rude minhas lembranças. Nas capitais imperiais até mas jovens viram de tudo, non è necessario velhice chegar para possamos nos embebedar de lembranças marcantes.

Acolherei próximas cartas. Como escritas por amigos distantes. Conhecidos e reconhecidos de muito. Exponho incertezas dessas terras antes lindas e convidativas. Encobrir o real seria criar idealização de inexistente, senão sonhos. Expor o real em pessoas distantes é prevenir las, cobrir chão com cores verdadeiras, sem equívocos mil. Non tenho armas dos guerreiros, non tenho ouro dos reis, non febre dos poetas, non corpo tampouco sorriso de ninfas, non fantástico viver dos deuses. Tenho a pena e leito, madeira e coração, vestes e melhores atitudes. Cérebro e alma, real e hoje, visual e ontem, ancestral e porvir do bom. Con isso forjo dia e adormeço no conhecido, noutro dia forjo novo dia e adormeço pensar no q conheci. E assim escapoli da mão q cura o tempo, e na mão q fere destruo mazelas q machucam. Sou isso: simples do sonho e real do dia vivido. Con isso ajudar ei.

Sei q cedo para gracejos amigáveis. Tuttavia, gostaria de lendo escritos do amigo procurado. Treinar língua brasiliana di nuovo. Se quiserem, como prova do gosto faço ler os capítulos, posso escrever lendas conheço, de minhas terras das terras de estrangeiros q ouvi poetas e novos escribas contarem. Non vi è niente di speciale, ma algo que faria tempo se esgueirar con simplicidade.

Che gli angeli e ninfe protetoras guardem senhores e senhorita. In questa dimostrazione segue vontade de tudo resolva rapidamente, q louros da vitória ostentados nos cabelos, q prata dos agradecidos doadas aos que enfermos seguem tentar respirar.

Cordialmente, Adagio.

Carta 10

Aos tantos dias do mês corrente do ano de escrita desta, reunidos em primeira convocação do destino. Em organização de palavras e dúvidas, representando parte do capital social das longínquas amizades, de acordo com o que foi verificado na carta enviada, conferida com os boletins orais de subscrição, assumiu a escrita por aclamação...

2.0 – Da localização geográfica:

São Paulo, capital do Estado de mesmo nome. Rua da Cruz Preta, nº ...

2.1 – De quem escreve:

Joaquim. Poderia mencionar declarante, ou mesmo outorgante, como por ofício acostumei-me a fazer, mas, quem sabe seja mais simples e didático assim.

2.2 – Do recebimento:

Recebi de uma forma quase tranquila sua manifestação escrita, jovem senhor. O que ampara meus pensamentos é a forma como se desencadeou isso tudo que relatou.

2.3 – Da aspereza da vida e alguns pormenores:

Áspero porvir, considero, creio que admissível. Latinos não são bem aceitos nem mesmo no próprio continente ao cruzar a fronteira, imagine na força branca do velho e sangrado continente. Uma latina carrega em seu sobrenome e seu andar o estereótipo predileto para os que ali querem se recolher, mas ainda assim é um ser apequenado diante de tão frondosa terra. Compreende? Sei de meus erros e os erros dos meus diante do que fora da redoma do meu mundo ocorre, será que seres superiores o fazem também?

2.4 – Das desculpas de um ser quase constante:

Desculpe o tom quase a reclamar, alardeado de caracteres quase estúpidos. Sou o mais sensato dos três que escreveram cartas? Então meus amigos realmente escreveram com os pingos dos "is" atravessados em fileiras de emoção descabida. É o que posso pensar. Estou triste, muito. Mas, nesses momentos de tristeza maior só consigo pesquisar alguma saída, ainda que a tristeza me tire o chão, tento segurar-me estupefatamente nos cantos do "porém", nos símbolos e significados do "agora", no artefato mínimo do "se", e assim tento caminhar na realidade. Espero que possa minimamente nos ajudar. Creio que só posso te pedir o mínimo, visto algum sangue ter sido derramado.

2.5 – De alguma explicação sobre o que se passa:

Era para ser algo de mínimo risco. Três amigos, capitaneados por Maneco, saíram de São Paulo na direção de Roma. Dividiram-se em dois lados. Mhorgan e Judith, o casal, e Maneco, o capitão da jornada. Mador é nosso amigo desde muito, partiu anos atrás para a Europa, bem antes da última hecatombe, dizendo que parte de sua família biológica estaria lá. E sumiu. Como tinha intenção de descobrir resquícios familiares não nos atentamos ao fato da possibilidade do sumiço, ou de que poderia alguém sumir com o mesmo. E embora conversássemos sobre isso, nós os amigos, não tínhamos ainda feito um esboço do que seria a viagem dos três, que ora somem também. Espero sinceramente que estejam bem, enfermos, no máximo. Seria péssimo sob qualquer perspectiva recolhermos um caixão, que dirá três, e ainda continuarmos com o fantasma madoriano rondando nossos pensamentos.

2.6 – Das segundas desculpas e inquietações:

Desculpe a rusga inicial, é traquinagem antiga essa de rebolir politicagens e culturas soberanas de si. Nada pessoal ou continental, apenas o olhar de um latino desprovido de força governamental sorrindo a mostrar os dentes contra cães mais altos, famosos e fortes. Aprecio sua firmeza nas colocações e na integridade de como vê sua própria cidade, ainda que não tão sua assim. Inquieta-me saber que o proprietário não suspeitou de nada errado, não procurou nada, deixou que as cartas fossem se acumulando. Estranho e suspeito, ou apenas normal e provinciano? Se fosse um local possivelmente algo fosse feito, mas estrangeiros sangrando pelos degraus de uma propriedade erguida na austeridade imperial... "deixemos que os estrangeiros se sujem nas encruzilhadas desta saga, seja qual for". Inquieta-me saber que, se o mesmo proprietário aqui aportasse seria tratado com pompa, suntuosidade. Rolha de Priapus o cubra por trás, ora essa!

2.7 – Dos pedidos:

Pedirei favores iniciais: divulgue entre os amigos mais próximos os nomes dos três, e mais o do fantasma, Mador.

2.8 – Sobre Manuel Antonio, Mhorgan e Judith:

a) Manuel Antonio é conhecido entre nós como Maneco. Ele e Mhorgan já foram companheiros de carteado e suas vertentes e suas parceiras, porém, nunca foram dados a fortunas ou azares das disputas. Mador ainda menos. Maneco tem como primor o tédio dos beijos noturnos, como ele já o dizia ainda moço doido e nada exemplar, embora tratasse por cartas aos pais e a irmã sempre sobre roupagens e estilismos dos habitantes de São Paulo. Mhorgan tem por amor Judith, que assim o responde dignamente; não tem Mhorgan o apoio de punhais em suas discussões, mas sabe-se lá o que um homem destemido não faria para defender de lobos sedentos sua doce senhorita.

b) Judith, um misto de leveza e astúcia, com suas mãos já moldou argilas e dizem outras coisas mais, dignas de historietas escritas por marqueses. Nos três sempre confiamos e muito, embora Mhorgan e Judith não sejam assim tão contemporâneos de Mador como nós. Mador nunca os citou com proximidade nas linhas, mas o disse em parcas frases. O fato é que como as notas do piano que crescem em situados momentos, a voz do casal crescia quando dizia querer ajudar na busca por ele, que sem ter mais nenhum familiar, nem ao menos o irmão Lupus, contava apenas com a sobriedade dos amigos para ainda se fazer presente nas conversas, escritos e ladainhas quando nomes caros à estima eram bradados.

2.9 – Das menções:

Maneco havia mencionado algo, sobre tavernas exporem de alguma forma, escritos de alguns frequentadores. Possíveis textos de Mador foram achados em uma delas. Não sei se é isso realmente, agora a lembrança enrosca-se na preocupação e descarta na mesa do hoje, o às da incerteza. Quem sabe mais alguém saiba? Quem sabe mais alguma o faça? É um bebericar no poço mais escuro do lago mais escuso, confesso e admito, mas o que há de se fazer quando não temos algo mais palpável? Menciono principalmente refletindo que talvez se impossibilitados de voltar a este lugar que ora o jovem senhor dorme, estejam eles perseguindo ainda essas tavernas ou tão logo o façam, sem demora melhorem da saúde ou dos receios vívidos, ainda.

2.9.1 – Do chá e alguma digressão:

Refrescando as ideias vou fazer um chá.

Volto-me à pena e ao papel.

Não saberei discorrer sobre nossas melhores ruas, pois são tão comuns que em sua terra parecerão o mudo explicando ao cego como faz a forma dos melhores dias, ou seja, habitual bizarrice. Posso então discorrer sobre seu ódio quase explícito: nossos políticos são tão dignos, mas tão dignos, que se pudesse acometeria quase todos de singelezas típicas dos fenícios, como o ato de escalpelar, diga-se. Cospe a lenda que ratos das profundezas do esgoto do Hades conseguiram vir à tona, à superfície. Esconderam-se por muito, sofreram mutações com ajuda de emplastos roubados, emplastos estes dignos de um célebre comerciante latino. Pois bem, acertaram-se com ciganos e piratas, feiticeiras e alquimistas, e quando estavam prontos para aparecer diante do mundo, foram denominados "politikós". Arremedo de lenda não? Pois sim, concordo. Deixo a veia da ira, e me direciono novamente para a do zelo.

2.9.2 – Dos contrastes e das perguntas espelhadas:

Contraste em cima de contraste.

O que seria o encontro de um amigo, quem sabe enfermo ou louco precisando de auxílio torna-se a preocupação com os que foram. Esqueçamos o fantasma madoriano e nos ocupemos com os que até o ontem sabíamos poderem respirar.

Esqueçamos o fantasma madoriano? Esqueçamos? E se ainda estiver necessitando de nós, os amigos, aqueles que nunca olharam para ele com os olhos do consumismo desenfreado, que nunca olharam com os olhos da soberba, com os olhos do julgamento fácil, do pragmatismo ultrajante da nova ordem imperial, com os olhos da burrice amebiana de combinar na estrada maior o ímpeto de ignorar a vivência e aceitar a oferta do caos de menosprezar o que uma alma tem a dignificar por sua existência. É isso que nos motiva na busca. Portanto, as sombras da razão que rogam "esqueçamos" devem ser ouvidas? Devem Sr. Adágio? Devem?

2.9.3 – Das repetições de dilemas:

Da minha tentativa de realismo quase concreto, veja que repeti o quase por vários momentos, quase estou delineando os passos para as portas que se abrem, não diria portas propriamente, mas janelas. Alvoroçadas tendem a perceber meu quase pulo; do lado realista e projetado, cheio de metas e conclusões, para o instante de perda, de desacerto, de descompasso, sem próximas reuniões para assinar o café da manhã do novo dia, apenas um névoa que me tira do sério, que me inerva, que me deixa quase completamente em estado de euforia negativa, quase a berrar para os quatro cantos deste escritório que: "realmente sim, sim sim, pode acreditar Joaquim, seus amigos, inclusive o fantasma que deveriam buscar, estão quase totalmente perdidos da tua racionalidade ímpar, de tuas conclusões singulares e corretas, que eles estão quase completamente mortos, pois não teve coragem de ir, de deixar sua vida acertada pelas ruas arborizadas para adentrar na aventura do abraço inesperado das névoas peroladas de desencanto, que trazem também a chance de arriscar."

2.9.4 – Do que resta do espelhamento:

Impregna-me a sensação de que me olhando no espelho cotidianamente, barba quase longa a espantar mosquitos e o aspecto anteriormente jovial-frágil do corpo, olho o próprio homem que se deixou levar pelo status, pela formalidade da vida, pela segurança do erro maior, o de não querer correr o risco de banhar-se nas águas agitadas da emoção, com receio de querer mergulhar e se perder nos caminhos atlantes do ser, por completo. O que me diz, jovem Adágio?

2.9.5 – Da tutela do ser sobre si mesmo e algo assim tão confuso quanto:

Antes que responda, antes que eu possa escolher novas palavras para iniciar o novo quadro breve e sutil, o outro lado da moeda cai de fronte meus olhos. Mador foi o que nenhum dos seus amigos e nem mesmo seu irmão falecido quiseram oferecer-se, levou consigo a tentativa de desafiar uma sociedade materializada pelo sentido de ser o que se adquire de bens e tão somente isso. Enfrenta, jovem senhor Adágio, as manifestações que aqui lê? O autor concorda copiosamente com as afirmações que aqui se instalam? O leitor oferece vinho ou reprova sagazmente o direito de expor o que olhando ao espelho vejo? E a cada dia que passa, pergunto-me vez por outra o que expus nesta carta, que teria preocupação maior com os amigos, e ainda tem, mas se deixou levar em parte a carta pelas mazelas que na alma e na mente reverberam como os próprios dizeres da consciência.

2.9.6 – De um chá um tanto amargo:

Refluxo e fluxo psicotrópico-latino, saciando o torpor que apenas o espelho dizia, e agora aqui escrevo, para um estranho senhor Adágio, que se preocupa com estranhos latinos, que por sua vez preocupam-se com as amizades, com os laços firmados no panteão decoroso da afinidade fraterna.

O chá esfriou.

Novo chá aqui está, e posso finalmente despedir-me.

2.9.7 – Dos pedidos:

Após ir aos hospitais citados, quem sabe na companhia de amigos para sentir-se menos exposto, por favor, vá à taverna cujo dono tem uma filha jovem e bela, parece-me que a mesma foi cativada pelo fantasma de Mador, quando este ainda era um cidadão comum a todos. Não é possível que todo proprietário de tavernas de Roma tenha uma filha jovem e bela! Com ela estavam alguns escritos, cujo teor e estilo se parecem muito com o de nosso glorioso fantasma.

Tente conversar com ela, quem sabe alguma amiga sua ou de seus amigos possa ir até ela, as mulheres confidenciam-se pequenos prazeres, pequenos segredos, pequeninos sabores, que dentro delas fazem revoluções. Quase realista novamente me encontro, após colocar para fora dessas janelas interiores tudo aquilo que só ao espelho dizia. Os passos precisam ser apenas estes, de pronto. Se puder fazê-lo já seria de grande ajuda. Não encontrando Maneco ou seus companheiros nestes hospitais poderia quem sabe verificar nos melindres da justiça, que acredito se reforce em sua terra de homens cuja conduta não se manifesta somente na corrupção, ainda que os tempos sejam de reinício da humanidade. Pode ter ocorrido registro público de algum crime, algum enterro popular em covas apertadas de estrangeiros. Apenas isso, cerque-se dos melhores amigos e amigas. Como pode perceber, os dedos do desespero encostaram minha face, deixaram-na fria, soturna. Enviarei o próximo capítulo para que se envolva ainda mais com a escrita do fantasma mais simpático que poderia acreditar existir. Quem sabe um dia o senhor mesmo possa dizer pessoalmente: "Li seus escritos Sr. Mador, apreciei, porém, não chega a ser literatura".

2.9.8 – Da despedida:

Não há remédios neste momento para esta percepção duvidosa sobre tudo.

O mundo continuará a girar mais frio ou mais quente, mais corrupto ou mais materialista, e dentro de nossas sagas pessoais tentamos colher o melhor que achamos merecer.

Obrigado por nos ler, por nos compreender e ajudar-nos.

Se não pudermos pagá-lo com o ouro que merece, faremos o possível para ressarci-lo de alguma forma.

Até o mais,

Joaquim.

IV

(Lupus e Mador caminham, cada um carrega em seus braços um grande buquê de flores. É a terceira vez que cumprirão o trajeto desta madrugada, caminham quietos. Um homem os espera em frente ao Portal dos Últimos Cânticos)

O coveiro
_ Entrem rapazes...

(Sem muito a dizer, cumprimentam-no e seguem. Por instantes apenas olham o epitáfio)

Mador
_ Assassinados!...

Lupus
_ Quando cheguei, estavam agonizando... mamãe sussurrava, olhar de terror...

(Deixam os buquês entre os bustos e rezam. O coveiro que os observa de longe se lembra de um fragmento do passado:)

(Passado - Ajoelhado no altar da Catedral)

Padre Teófilo
_ Senhor Deus, nosso Pai, abençoa o pedido que ora faço pois um louco deixou vidas aos pedaços e os entes que ficaram têm ódio. O cansaço que eu tenho, corpo fraco, impede-me que resista a força bruta; e os filhos que ficaram bradam luta pois eu tenho o jovem Mador em meus braços !!

(num canto assustado, o jovem Groto, ajudante do padre, rezava para que tudo acabasse bem. Alguns filhos de Demétrio queriam por justiça a morte do mancebo. Nada ocorreu, homens da lei intervieram. O órfão, após o ocorrido foi encaminhado ao juizado correspondente e meses depois adotado por um casal amigo do juiz, Claudius Avllis e sua esposa Norma, os quais já tinham um filho de dois anos, Lupus)

(Presente - voltando das lembranças e inconformado com a cena que se repete há três anos, o coveiro aproximou-se)

Lupus
_ Groto, obrigado, que Deus o abençoe.

Groto
_ Quando quiserem, podem vir, qualquer hora.

Mador
_ Obrigado amigo.

(Partem. Dias se passam e os dois veem-se presos na nova rotina de um mundo, dizem, a caminho do fim. Algum trabalho, algum estudo e ajuda aos que precisam mais. Sexta-feira à noite, como acontece há pouco mais de um ano, reúnem-se na casa dos dois irmãos, amigos e amigas, para os encontros já consagrados. Movidos por vinho e pelas conversas sobre os autores preferidos, tocam músicas de estilos variados, recitam poemas e atualizam-se quanto aos movimentos quase esquecido no mundo das artes. Reunidos no horário de sempre, juntos bradam:)

_ Velas, piano, castiçais...
sonetos, danças, recitais...
vinho, conhaque e muito mais;
o destino eu mesmo teço.

Poetas, cantigas, esponsais...
pinturas, ensaios teatrais...
boemia, corpos sensuais;
e isso é só o começo. Viva!!

(brindam as taças, acomodam-se nas almofadas jogadas no chão da sala. O vinho servido logo na entrada é chamado de novo às pressas. Os casais joviais e os solteiros buscam a arte que é viver. Mador, Verônica, Maneco, Nina, Carolina, Mariane, Lupus, Lilith, Gordon, Marrie, Clarisse e o marido, Sut. Após o minueto de Bach tocado por Maneco, Nina surge:)

Nina
_ Esta que fiz há pouco, dedico ao què virá! Chama-se Ácido Libido!

Cores e vultos
invadem minha mente
a viagem inicia,
começo a gritar... (e grita)

Quatro paredes
se integram ao sonho
e viram demônios,
pra se libertar.

Fôlego curto
mártires vivas,
o céu que se pisa
é um salto no ar

Dores que somem
risos consomem
a roupa desliza
o nu é meu par,

Aninho-me à outra
bom mel em minha boca,
grunhidos são música
na valsa a transar,

Mãos que se perdem
o chão é meu Éden
na busca do gozo
a cama é meu mar.

(quando termina, a taça cai da mão de Mador e o vinho banha o tapete, o clima causado por Nina provoca sussurros, ela se senta enquanto aplaudem entusiasmados. De pele clara, o rosto de Nina fica avermelhado, os cabelos negros que realçam sua beleza deslizam gentilmente sobre os ombros. Ao seu lado Mariane, que diz elogios ao texto. Mariane, que já namorou Casim, parece mirar seus olhos esmeraldinos em outra direção agora. O grupo de amigos é praticamente sempre o mesmo, alternando vez por outra. Enquanto chegam Casim, Joaquim e Juvenal, a arte é expressa num ensaio. Como numa conversa matinal...)

Verônica
_ Olha, lá vem o mago...

Carolina _
Não te preocupes, pois ele vai ao lago, procurar a tal espada. dizem que lá a jogaram, e o pupilo dele, sem ela... dizem, não é de nada.

Verônica
_ O feitiço que o acomete dizem, é obra de Bete.

Carolina
_ Por isso ele anda...

(interrompida, começam a bater fortemente na porta principal da casa)

Lupus
_ Calma ou derrubará!!

(abre a porta, uma garota desesperada)

Mia
_ Por favor, ajudem, uma tragédia Lupus!

(cansada, mal fala)

Lupus
_ O que há?!?!

Mia
_ Acharam há pouco na rua atrás da universidade os corpos de João, Emanuelle e Bernardo...! Por favor, leve-me até lá, avisaram agora em casa. Meu irmão!

(Lupus chama os outros. Alguns são colegas de faculdade e outros conhecem João e Bernardo da vizinhança. Saem apressados nos cavalos disponíveis. A faculdade fica alguns quilômetros distante da casa. Após um tempo, chegam)

Marrie
_ Caídos, mortos no chão. As más línguas já diziam, os corvos anunciam que estavam certas.

(Ficam estarrecidos, os homens confortam como podem as moças. Mia atordoada abaixa-se para ver o corpo do irmão, policiais tentam impedi-la)

Mia
_ Oh João, é tão novo meu irmão, por que isto?

(Coloca a mão sob a face de João. Carolina e Nina afastam-na. Pedem calma. João debruçado sobre a calçada agora vermelha, perto dele o corpo de Emanuelle quase despido, o vestido branco rasgado evidencia o trágico desfecho. Mais a frente, o corpo de Bernardo, outrora um grande amigo. Um policial após conversar com Gordon, entrega-lhe um achado)

Gordon
_ Vejam o que foi achado junto ao corpo de João, ao que parece escreveu antes de morrer.

(Enquanto as moças conversam com Mia um pouco mais distante da cena dos corpos, eles observam as letras trêmulas no papel sujo de sangue)

Adeus
A lua cheia
em sincero desgosto,
manda o céu chorar
para que eu lave meu rosto,
do sangue que fiz rolar
como um rio revolto.

E arrependido,
beijando teu rosto r
ogo teu nome à Deus
como num último esforço,
que perdoe o erro meu
embora já frio o teu corpo.

O grito, inútil e rouco
ecoa perdido, ecoa envolto
na lua amarela que atrai abutres
e desperta a fúria
do punhal ditoso.

Em segundos, caio torto
o peito ferido,
gemendo aos poucos;
palavras sem rumo
palavras de um louco.

De um lado o amigo
do outro a amada...
varridos à faca. e
eu, cá traído
num poço de sangue
xingando os infames... morto.

João

Carta 11

"Ma se il tuo destino doman sarà deciso,
noi morrem sulla strada dell'esilio."

– Giacomo Puccini.

La sua ironia stupisce, espantou. Conseguiu cordial con uno estranho acabado por ler cartas q não ele endereçadas. Si tratta di un conflitto e quindi presumo, conflito do real interage con conflito pessoal, exposto forma intrigante. Poucos admitem estar conflito, ainda para estranho non tem qualquer relação direta. Percebi riqueza na amizade. Non sempre visto, mesmo entre iguais, entre irmãos, ainda da forma como parece. Un signore una volta mencionou q maior riqueza da vida dele amici e alcuni parenti. Nem familiares podem mesmo aspecto q seu na índole, todavia, amigos sinceros podem ser, visto afinidades norteiam amizades. Concordei. Ho accettato. Sempre d'accordo. Amizades, rito essencial para manter fidelidade nós mesmos.

Visitei hospitais mencionados. Nada de novo relatar. Ao menos q diz de Mhorgan e Maneco. Una donna di nome Judith acudida com ferimento no ombro, feito por punhal. Ninguém preso. Acredito piamente ferimento dado por motivos levantados por caro Joaquim, che ora lê.

Latinos sempre latinos, - sono sempre - parcos sobrenomes europeus geralmente portugueses ou roubados dos, e espanhóis jamais charmosos na essência, assim sobrenomes também non lo são, segundo dito a mim. A carga di empreitada ser suportada por seus amigos senhor Joaquim? Soube por enfermeira Enriqueta, senhora q cuidou de un amigo, apenas un senhor trouxe, a Judith, e era bem velho, depois levou embora. Era italiano. Irei saber a respeito. Enriqueta disse q o velho italiano pode ser dono de lugares no lado oposto estou. Quem sabe compadeceu senhorita latina. Enriqueta, trabalha no Círculo Vermelho, ouviu nome Mhorgan algumas vezes enquanto cuidava dos ferimentos.

Penso che lentamente conseguir emos saber disso senhor Joaquim. Corri para escrever. Por saber dessa carta importante ser escrita e enviada. Sorri ao saber da jovem. Tenho, ilusão minha, rica imagem senhor sorrindo também ao ler. E si paga qualquer andar, qualquer perguntar q possa fazer em nome de sus amigos e su preocupação. Seria facile rasgar tudo, esquecer, mas un mundo deonde tudo importa menos o humano, como fazer senhor? Quem perguntará forma modesta e breve: io, eu, Adagio. Sabendo coisas q fazem sermos tudo menos humanos, com motivo deixar isso pra trás? Influência de leitura tais frases?

Estava a ler Sêneca. Aquele mesmo nascido Córdoba e transferido con i genitori a Roma. Uno straniero con il talento e denaro, estrangeiro con talento e dinheiro, ei o diferencial presumo. Diferencial desta época porque antes todo qui era império da união europeia. Ecco la frase:

"O sábio não tem pouca estima de si caso seja de baixa estatura, embora desejasse ser mais alto. Se for de porte franzino fisicamente ou carente de um olho, assim mesmo manterá a consciência do seu valor, preferindo, sim, ser robusto, mas sem esquecer que dentro de si existe algo de mais valioso."

Livro em lingua brasiliana su una pagina, na página, italiana noutra. Sono sicuro che são homens astutos e sábios sus amigos, ainda dados a gostos extravagantes, fantasiosos. Senhorita Judith precisa ter personalidade forte de estar con alguém como Mhorgan parece. Dizem quando temos mais dúvidas sobre a jornada, seja qual, pilares do destino formam em nosso dia, para q atravessando dúvida, possamos avançar para nos perdermos, pois nos perdendo de nós, descobrir emos o final de tudo quem nascemos para ser. Sem máscaras o falsos arrojos a transformar a nós naquilo que somos, senão perecemos. Queira ou não senhor, seus amigos se perdem das cartas, das vontades próprias, de própria busca iniciada. O destino traçou um caminho q eles percorrer para encontrar a si mesmos.

Conversa de bêbados in un naufragio senhor Joaquim?

Pensando che eles não procuraram infortúnio, pode ser momento trágico da despedida silenciosa e abrupta; ou momento erguerem-se diante da vida, acordando para reais valores che sempre detiveram adormecidos. Adormecidos em cada um. Realmente bêbado estou, ansiedade alegria ter conseguido primeira jornada nessa estrada algumas boas novas. Note existência toma sentido diferente quando esta febre abre trilhas da morte. Esta febre che faz q nos esqueça de tudo q antes era essencial. Esquecendo tudo, nos volta para devidamente importante: vita para uns, saúde para otros, laços de amizade perdidos como parece ser este caso. Então aquilo antes essencial na verdade não o é, senão continuaria sendo. È come un fiume, rio, che porta seus pertences ao mar, e dado momento para outro se torna mais reverenciado q próprio mar, q abriga pertences de tantos otros rios. Mar da vida senhor Joaquim é q neste momento sentem importante, e non aquilo que otros rios fazem ou fizeram pensar ser. O caos e a paz batem porta diariamente. Para quem abrirei sossegada a mente? Desculpe tais ideias. Preocupado fiquei con relato che fez de si próprio. Non quero con isso levar acreditar q io sei mais, q estou mais correto. Non é isso e longe disso. Quero apenas che o senhor como um homem preocupado com os seus note che dentro de su preocupação estão valores essenciais che talvez sempre buscou i sempre deteve consigo.

Uma frase inteiramente correta em vossa linguagem? Meraviglioso. Torna-se então aquilo q nasceu para ser amico signore Joaquim? Q tanto buscou nos rios q desviaram do mar importante e sagrado? Lembrando Sêneca, mesmo franzino fisicamente ou necessitado de un óculo para deslumbrar-se melhor, sabe o real valor de sua estrutura interior, sua existência, q não precisa de rios menores para navegar. Senhor Joaquim, devolvo as interrogações espero forma coerente.

Espero não incomode mudança de rota momentânea, tento, tentar ei conduzir para mar menos chuvoso antes tomar o assunto "fantasma madoriano".

Vejo, tem talento diferente senhor Joaquim, e ademais talento q evoca tudo q trata, desculpe elogios q não sei agradam, parece ser senhor sábio apesar un idade não distante da minha. Eis q pedirei una ajuda. Non escreverei q me ensine como galantear a senhorita q me agrada. Ela: portuguesa, da cidade dos estudantes. Conheci lá, quando visitar primos diante funeral de pai deles. Perdi nos caminhos tortos paixão e retornei sem caminhos. Como disse, perdi nos caminhos e penso deixei os meus próprios por lá. Até resolvi por conselho dus amigos q cá encontram, estudar na capital. Pedirei então q apenas leia texto curto q fiz para tal portuguesa. Esta região q hospedo é geral mente "reservada" pessoas como eu non são assim "italianos puros", e, portanto descobridores das impurezas de outras puras culturas. Talvez ria de texto meu, gargalhe, talvez chore de rir, importante é leia e diga se estou em caminho bom no texto. Io, eu, leio pouco non consigo nem pouco colocar no papel o que imagino escrever per lei. Para ela. Então é:

Vilarejos de saudade, tanto há para visitar, nas colunas da cidade há um coração no ar, onde posso então te procurar?

...

É isso somente. Foi q consegui depois vinte tentativas extrair mim mesmo. Vale a pena q fez uso do tinteiro? Io, eu, gostaria de ter sombras do escrever comigo, quem sabe soprassem versos inteligentes, enquanto enchiam palavras doidas de dar dó do cachorro q soi diante dalgumas literaturas. É possível algum feitiço o deslumbramentos de alquimistas melhorar q fiz senhor Joaquim? Posto q não quero honrar de mim nenhum nobre o gracejo diante da rapariga, queria somente cue ela compreendesse lembro dela de forma diferente de escrever. E talvez compreenda q meu lembrar é diferente dotros lembrar q está sujeita ouvir, pois, creio, a maioria dirá quase do mesmo trejeito, con mesmo sussurrar, con mesma trajetória des palavras, até tom de voz o mesmo, então diante disso, perceberá q meu dizer diferente então meu lembrar também é. E io, eu, mereça mesmo a distância vermelhidão de sorriso q percorrerá todo o rosto, traços do rosto, infiltrará nos olhos, e q olhos! Infiltrará ouvidos e pele toda até vencer percalços. E dos poros chegando diante da morada melhor minha nesta terra, precioso coração da pequena. Espero explicado q quero senhor caro Joaquim. Por vezes distraio na luz da vela, e por caminhos diferentes da mensagem q antes queria escrever. Minha língua brasiliana melhora? Ria senhor caro Joaquim, sei pareci tolo por agora. Io, eu, também rirei.

Dopo questo tentativo di spiegazione, vou onde primeira preocupação surgiu nel cuore della sua terra. Fui visitar tavernas próximas, mais frequentadas, seguras para latinos. Acharam q fosse força especial a procurar tal "fantasma", já outras pessoas, mesmo estrangeiros como senhor "Maneco" Manuel Antonio fizeram. Procurou sem medo, respeitado por linguajar e formas de tratamento. Infelizmente, procurando "fantasma de Mador" esqueceu procurar se alguém escreveu sobre. E fizeram senhor caro Joaquim. Isto espanta mais q havia espantado diante essa história toda. O Mador é figura diferente. Mas mulher q seguia de punhal também. Pensam aí mora toda questão central-tema de jornada.

"Decifra-te ou devoro-me". Ess o caos q tornou súbita busca. Inverte o ato de levantar cortinas de dúvida. E dúvida paira menos serena q io, eu, gostaria de observar. Tantas possibilidades. Peças q adianto nesse xadrez podem equivocadas, por isso preciso saber se passos necessitam esses mesmos. Darei guinadas em consertar trajeto.

Primeiro o nome: Mador. Non é nome comum, mesmo terras como estas q abrigam singulares presenças de singulares lugares. Se Mador quisesse desaparecer por tempo, non difícil conseguir otro nome, o otros nomes. Cá como lá facilidades muitas quando pelo caminho negro de fazer sumir. Se perseguido por jovem de punhal a mostra, io, eu, sumiria por tempos. Sendo estrangeiro sumiria duas vezes. O Mador não teria a perder, a não ser vida. Perdeu pais biológicos, de criação e o irmão de criação. Se veio se resgatar o apenas passear em alvoradas de familiares não sei, só consigo dizer q informações passadas na taverna é q tinha personalidade, apesar de calado por vezes. Quando de voz ao vento declamava, sentava ao pianoforte o pedia nele alguém arriscasse alguma peça interessante aos ouvidos. Q por otros lugares brisas traziam mesmas informações. Q non era dado confusões, q arte era vista em nos seus olhos, seus lábios a vida ganhava sentido, mão esquerda caíam dizeres raros para os comuns qui vinham. Dizia preferir fel sincero das sombras tavernas do que luz vil, hipócrita dotros lugares. Parece q mal q achou cá assemelha ao na sua terra senhor Joaquim. E preferiu ter mesmo trajeto inicial q em São Paulo. Fez leais amigos, inimigo de ninguém. E não se sabe se feriram ele por amizades ou amores. Mencionar em amores, encantado não densamente, mas, encantou.

Quem sabe aí resposta sobre senhorita de punhal à mostra. Não tem nome ou família essa mulher? O capuz q usava nunca retirado do semblante, do semblante non conheceram sorrisos, se non havia sorriso percebe caminhos dos motivos: Ou não sabia sorrir, q seria lenda triste, ou non queria fazer sorriso, q parece explicação mais verdade q primeira. Disseram q além de caminhar sozinha até tavernas q Mador frequentava, non lo procurava em diálogos. Apenas seguia, distância de trinta ou quarenta passos duplos. Pelas noites, chuvas, pelas névoas. Estranho pergaminho q relataram. Nas gotículas de certas histórias narradas sempre fazem mais bacilos q otras, nada nunca menos. Q parte isso q relatado para mim e q escrevo seja verdade. Agora deixo con leitura do texto achado, e q fala do senhor Mador, assinado por otro autor.

....

Eliéser Baco na casa de Mador

_ Ademais a tudo isso, aos fatos que se escondem do caos, aos murmúrios que se ouve ao longe, ao sexo feito friamente na calçada feita de leito às pressas... noto com atenção os olhares, o leve caminhar de alguém e os gemidos de escárnio quando fecho a porta do amanhecer...

(Pisca rapidamente para quem degusta o resto do que havia no cálice)

_ Todas as atrocidades feitas em nome do melhor pano, da melhor embarcação, do melhor colar.

(para e abre um pouco as cortinas das janelas amplas, senta-se novamente e serve vinho aos presentes)

_Tudo isso para a vida se transformar em uma meta de deixar a vida de lado, e querer apodrecer tudo e todos.

(levanta como a querer fazer um brinde diante de um abismo)

_ Nossa vitória diante desse caos é o gemido na calada dos escolhidos - (sorri e coloca aspas no ar), é o folhear das páginas da arte na cara estupefata dos desprovidos de espírito, é o desnudar-se da vontade de se entregar à marca escolhida para representar o status de só ter e não ser.

(alguns se levantam para brindar, inclusive Mador)

_ Eu cuspo no chão da tolice de nos julgarmos pelo poder que aqui não entra. Estamos aqui pela amizade que nos enlaça e por nossas afinidades. Nunca estaremos juntos pelo o que o outro pode adquirir ou deixa de poder. Que isto passe as gerações futuras no líquido que escorrer nas coxas das nossas escolhidas.

_ Um brinde à arte que nasce nas nossas almas e se materializa nas aquarelas, nas esculturas, nos poemas e nas partituras - diz Mador, sorrindo.

(os que ainda se mantinham sentados levantam e brindam com os outros convivas)

....

Senhor Joaquim, confesso sinto mais amigo dos seus amigos por compreender texto como próximo em minha realidade, penso q este objetivo do autor non è vero? O nome soou estranho, hebraico e pagão em mesmo tempo. Mas o q se fazer, é o nome do pobre diabo. Sobre ideias formuladas na casa de Mador, se for teu amigo isso dizer q tinha muitos contatos cá. Io, eu, procurar saber desse q escreveu o texto. Una buona scrittura? Ácido. Realidade estranha perceber escrita tal como está. Mas é realidade dessa época em a minha visão. Minha visão non das melhores, chi sono io o quem é o autor para assim fazer? Mas é q muitos acharão se tiverem acesso, se está guardado como peça souvenir importante de taverna, significa teve significado para alguns, talvez muitos. Tenho q encerrar logo esta para envie rapidamente para senhor, mas percebo ideias compartilhadas por os convivas citados, e q o tal Mador, se for teu "fantasma", os recebeu de forma tão grata, q encerrou aquele período com belas palavras. Discurso deles embasado por atitudes sociais? Atitudes de Mador e texto q tenho dele em mãos dizer sim. Agora este texto escrito pelo pagão demonstra mesmo. Pode ser teu amigo sendo visitado nas ideias e na morada.

Comentar sobre o livro Mador, q me enviado por carta, ma em otro momento. Minhas buscas precisam continuar, minhas coisas q faço cá idem.

un abbraccio onorato,

Adagio.

Carta 12

3.0 – Da localização geográfica:

São Paulo, capital do Estado de mesmo nome. Rua da Cruz Preta, nº ...

3.1 – De quem escreve:

Joaquim. Dei por instalada, como presidente desta, digamos assembleia, e determinei, o que fiz como secretário, a leitura da carta a mim enviada. Li, convoquei os meus por mensageiro, que não era eu mesmo e sim outrem, anunciei os fatos. Menciono após deliberar com eles, portanto...

3.1.1 – Da honra:

Que honra! Que honra! Três vezes honra! É assim, essa é a única forma de iniciar esta, jovem senhor Adágio. Algo diferente ocorre neste momento e eu tenho certeza disso. Uma vitória imensa para nós aqui de São Paulo esses teus relatos de achados. Bárbara e Carolina foram renovadas por sua carta com a esperança de tê-los em breve conosco, ao menos Mhorgan, Judith e Maneco. Como é bom um habitante local poder ajudar, facilita e muito isso. Não tenho níqueis suficientes para agradecer. Posso apenas dizer que não há mensuração que baste nossa alegria. Que honra é sua amizade e seu interesse em nos ajudar. Tentarei aos poucos ir atentando-me a tudo que escreveu.

3.2 – De Enriqueta, de George, de mim mesmo:

Espero que a senhora Enriqueta esteja certa quanto ao senhor que acompanhou Judith no hospital. E que este senhor seja agraciado com seus melhores sonhos por se compadecer de nossa amiga. Eu tinha dúvidas de que alguém pudesse nos aliviar a preocupação com responsabilidade. Mas estava errado. Sobre suas dúvidas em relação à jornada que hora se instalou de forma diferente que nós havíamos imaginado, creio ser a tempestade que cada um pode absorver na pele e na alma: Que molhem nossos ossos esse torrencial momento, para que possamos adiantar o passo na vida. Se as vidas dos quatro foram tiradas de nós, não farei como George faria, retirar do baú suas quinquilharias de vingança. Irei aceitar a dor até o momento que a reflexão ceda o lugar à vontade de escrever, e escreverei um conto, um poemeto, um rascunho de lógica ou de sentimentalismo. Mas se suas vidas estão somente espalhadas por cidades diferentes - os ares ainda a passar conscientemente pelos corpos - moveremos, eu e George, todos os diferentes obstáculos para que os quatro possam voltar. No momento, só nos meus devaneios isso parece estar confortável.

3.2.1 – De Judith, de Mador, do espelho e o pensar:

No cotidiano que nos abraça em forma de suas cartas é fel que nos espera, e é dúvida que o ampara. Mas as duas súbitas novas, sobre Judith e seu ombro ferido, e sobre o escrito feito na casa de Mador, foram um brilho na escuridão mais esquisita.

Depois de desferir contra o papel aquelas minhas verdades, passei a olhar mais calmamente o espelho. Digo isso como sinal de que suas palavras foram acolhidas em minha sincera e leal amizade, jovem senhor Adágio. E que não posso mudar minha essência, posso apenas tentar me readequar aos novos pensamentos do meu ser, e tentar ser coerente nas atitudes. Um dia, sei que podem dizer que não fiz nada por essa causa ou outra, mas espero ser melhor compreendido e respeitado por minhas limitações e dificuldades em estar aqui, ainda respirando. Uma vida é uma obra, não precisa de obra para se tornar digna, mas mesmo assim alguns pensam em retirar da obra da vida seus méritos e debochar. Que a rolha de Priapo cubra o larápio que desdenha da vida e da obra que ali se aninha no peito. Muitos não sabem o que uma pessoa teve que ultrapassar pra continuar sendo sua essência, ou como diria Mador, "por demais humano", mas que isso fique entre nós, caro amigo Adágio. As minhas críticas próprias bastam para compreender-me como ser que busca, que erra, que tropeça, que epileticamente esbofeteia a si próprio e os dias em nome da honra de seguir caminhando vivo. Caminharia morto, ó Joaquim?

3.3 – Da defesa do pensar:

Acho que essa revolta guardada se refletiu na última carta, quando defendi os latinos. A própria denominação dos povos daqui como latinos explica minha revolta: latinos são povos da região do latim, correto? Então qualquer exacerbada discriminação seria no mínimo burrice. Mas como ninguém exceto o senhor lerá esta, deixemos o assunto a sete palmos ou mais, pois sim, enterrado.

3.4 – Das interrogações:

Que outros assuntos temos a tratar mesmo? Mador e o escrito sobre? Próximos passos seus ou de seus amigos ou de seus amigos por você acompanhados? Sua frase que quer meu parecer? Enfim, enquanto tento recordar-me visitarei Carolina no cômodo ao lado e já retorno, com minha xícara de chá em mãos e um tinteiro novíssimo, que veio de algum lugar do pacífico como presente.

Ela estava um pouco febril, mas Bárbara está cuidando da amiga.

O chá está quente. Aprecia chá?

3.5 – Das palavras tuas:

Vamos à sua frase: "Vilarejos de saudade, tanto há para visitar, nas colunas da cidade há um coração no ar, onde posso então te procurar?"

Gostei. Agora precisamos saber em que emoldurar os sentidos todos aqui delimitados por comparações. Sua rapariga compreenderá? Isso que precisa atentar-se. Senão ela poderá perceber somente o vinho derramando palavras em tinta cor da noite. O que pude perceber é que se conheceram em um vilarejo, e por isso tem saudade, no teu peito também se formou um vilarejo, visto que ela mora em um. Portanto é de muito bom grado comparar o que há em ti com o lugar que ela mora. A coluna principal da cidade geralmente é o lugar que ampara o mais importante, ou ampara a própria cidade inteira, se pensarmos nas cidades da região balsâmica. Era mais seguro construir a cidade cercada por uma fortaleza ou amparada ou suspensa. Posso então concluir que em ti há um vilarejo similar ao que ela mora, e que na sua cidade há um coração no ar. Então a enxerga de todas as regiões importantes da cidade, ou importantes para a sua pessoa, exclusivamente. E que se não a procura em tudo, ela está dentro de ti, leva-a consigo sempre. É o que pude extrair da minha molesta visão, jovem senhor Adágio.

3.5.1 – O que pensam elas:

Perguntarei sobre o que acham Carolina e Bárbara.

Ela continua febril e aqueci mais um chá para mim. A febre está cedendo e Bárbara acha que precisamos conversar com o médico.

Carolina não leu tua frase, somente Bárbara. Tentarei reproduzir: disse-me que é um sentimento importante de ser demonstrado à sua enamorada, o da saudade que detém seu pensar por onde vá; disse que se ela tiver o teu olhar sobre esse lado da vida, ela entrará em contato, caso não, ela poderá desdenhar. Agora meu amigo é enviar e esperar. Mas não se surpreenda com o desfecho mais negativo. No hoje, essas coisas que sente são tidas como tolas, quase imbecilidades. A maioria delas, na minha percepção; noventa por cento, na opinião de Bárbara. Mas só saberá a que grupo ela pertence se arriscar. Portanto, envie. Estaremos aqui esperando boas novas.

3.6 – Do escrito:

O escrito na casa de Mador: Interessantíssimo realmente. Apenas um detalhe, o texto copiado e colocado na carta não consta o nome do autor. E pela forma que foi escrito o autor não foi Mador nem Eliéser Baco. A impressão primeira é que o próprio Eliéser escreveu, mas sem sua assinatura e com a descrição feita como alguém que relata a cena, posso sugerir que não foi ele. Portanto meu amigo, se não foi ele, quem foi? Note que o discurso inicia-se como quem fala de forma observadora, para depois ser mensurado o aspecto social, pois eles têm afinidades que ultrapassam as questões socioeconômicas e talvez étnicas também. No final, a fala de Mador, e se for o nosso Mador, seria uma fala característica dele, mensurando a arte como parte da vida, extensão dela, senão ela mesma. É texto que a princípio é somente um texto, simples, mas que pode ter interpretações variadas diante das diferentes possíveis leituras. Talvez uma pessoa conhecedora do mundo das letras possa explicar melhor. O que arrepia é pensar que se o texto era guardado e bem guardado na taverna, é em razão do autor frequentar ou já ter frequentado por muito tempo, ou em razão de algum dos envolvidos ter se tornado saudade, deixando o aspecto de sua presença física, para apenas a presença ideológica ou poética. Pense a respeito, jovem senhor Adágio.

3.7 – De quem vem e o que envia:

Bárbara veio até mim. Trouxe Carolina consigo.

Escreverei apenas mais um tanto por hoje e, logo mais a carta enviarei.

Bárbara mandou lembranças e disse que entregue algo para Maneco, se o vir.

Parte do Soneto 44 de William Shakespeare:

"Fosse-me a carne opaca pensamento,
a vil distância não me deteria
e de remotos longes num momento
até onde te encontras eu viria."

Não tecerei trabalho maior ao confidenciar-te, amigo Adágio, os porquês desse período de texto do Bardo. A amizade pode fagulhar gentilezas quando a nostalgia nos espera a beira de algo. Percebendo os olhos de Bárbara ao fitar alguma recordação na parede mais afastada, percebo a melancolia, quase a derrota estampada nos balbucios de alguma palavra, de algum nome. Se eu tento ajudar erro, pois, dados momentos necessitamos deixar a febre escorrer dos olhos, lamentar os dedos uns com os outros, esfarelar a certeza com unhas no couro cabeludo, retesar os olhos com machucados invisíveis a qualquer íris, vestida de lentes ou não. É nisso que se apega o outro, a dor, para no final do dia rememorar algo que no quadro da memória estava riscado, quase diluído. Bárbara tem nostalgia, e eu me compadeço da sensível categoria que ela expõe e retira seus dedos dessa ferida, às vezes é assim, faz em si a dor, noutras dói só de relaxar o andar. Esperemos que tudo se resolva.

3.8 – Do mergulho na jornada da vida:

Enfim, precisamos de outro laço detalhar.

É como mergulhar no mar quando penso demais nesses assuntos.

Mas ainda que em conflito comigo mesmo sobre as questões levantadas na última carta, preciso continuar a lida feita nesses anos, cuidar de Carolina, ter um descendente de lastro puro ou não; preciso alcançar novas divisas no escritório, visitar os familiares de Carolina mais vezes, e nesse arroubo de lutas diárias, onde calculo certos passos como quem olha sempre na agenda para fazer um desjejum, fico trancafiado aqui, sem saber como reagir a essas emoções perturbadoras, sobre meus amigos que estão sumidos em terra estranha. Acredito que esteja aborrecido de ler essas coisas. Quem sabe um pouco de outro assunto qualquer para me fazer menos sério do que sou, menos velho no gesticular das frases.

3.9 – De pedidos, do que se crê, do que se precisa:

Se puder delimitar em quais tavernas as pessoas que conheciam Mador frequentaram, quem sabe os nomes das tavernas, os nomes dos donos e o nome da filha de um deles, a que teve contato com Mador. Apenas para que se precisar disso depois, eu tenha escrito. Creio não ser necessário aventurar-se saber sobre Eliéser Baco, é mais um, é só isso. Precisamos saber a importância real desse escrito para quem quis colocar esse texto exposto em uma taverna, precisamos saber de Judith e do seu senhor salvador. Precisamos saber de tantas coisas que nem sei mais por onde recomeçar os pensamentos. Ansiedade e nervosismo em um homem pregado na madeira da lógica. Peço essencialmente que tente ser mais racional que eu em suas buscas. Eu preciso parar um pouco de me culpar por tudo isso.

3.9.1 – Da próxima leitura:

Sobre o próximo capítulo do livro de Mador: É sobre um fato curioso na vida dele. Relata de uma forma diferente. Nada de novo obviamente. Mas que dá a sensação de proximidade, uma proximidade de quem sabe terem sido momentos turbulentos. Quem nunca pisou no cadafalso? Quem nunca foi colocado próximo de um, para de lá sucumbir?

Boa leitura.

3.9.2 – Daquilo que se corrói:

Não estou bem como percebe.

Acho que esse olhar mais firme ao espelho me condenou às minhas verdades. Temos as nossas verdades, as do senso comum desse país não contam, pois, são alicerçadas por informação dirigida à massa, e a massa desse país crê nos sorrisos de escroques, é boiada guiada por sinos de astros, é lampejo falso que via a redenção da nação em um esporte. E depois das hecatombes não se tem mais qualquer esporte. É um caos isso tudo. Tentavam equivocadamente mostrar um mundo de projeções perfeitas no cotidiano publicitário, tentavam dar valor para criações indignas de qualquer atenção e a maioria irrompia certos caminhos crendo nesse pergaminho insensato e sem rumo.

Distraí-me e fui noutra direção. Minha verdade é a culpa que aponta meus erros em tudo que vejo.
Não estou bem.
Embaralhe-me o nítido na visão.
Bárbara está aqui, achou que ouviu algo cair.

3.9.3 – Despedida:

Jovem senhor Adágio, vou enviar a carta como está. Desculpe pela falta de mais informações ou detalhes, preciso descansar.

Honrado abraço,

Joaquim

V

(Ária olha-o enquanto ele cheira o que lhe é vital, agora que o mundo mudou muito. A garota vê e chora, não crê na imensa solidão do homem. Quando tenta tocá-lo é expulsa a tapas, ele ri. Continua a bater. Após o açoite, murmura algo, por mais que se compadeça talvez seja absurdo se nele não existe compaixão)

(O vento sopra nos galhos da escura rua palavras que soam como zumbidos a quem ouve)

_ Perdida em extrema desilusão encontrarás um anjo imaturo. Tornar-se-á a parte que completa - destino de tua criação. Como uma janela aberta para um furacão, ampliará os sentidos dele, tornarás os seus passos calmos até que brade por completa solidão...
E mesmo que pareça útil lutar para que cesse a sublime canção, serás a calmaria do mar na alma de uma intensa composição.

(O vento passa e os galhos calam. Até os ventos podem se enganar, podem ter ilusão. Ária ao afastar-se ao chão é jogada. Ela corre e tropeça. Ele ri, chuta-a e a deixa. Na garoa seu rosto sangra; machucada, chora. Aos poucos se aconchega no solo esperando que acabe o pesadelo. Como num ninar do criador ao leito do anjo mais pálido, parece ouvir uma voz ao longe, tenta se levantar. Ergue-se, com as mãos apoiadas num muro, caminha. Duas, três quadras... risadas e vozes ao longe. Voltar para casa?... os pais a matariam! Que passem logo as horas, ao amanhecer, a casa de uma amiga será o refúgio. Perto de uma esquina avista alguns; na conversa dos rapazes pousa sua audição. Senta-se atrás de um latão de lixo enquanto na boca o gosto de sangue parece um eterno paladar. Desmaia. Aproxima-se dos rapazes um homem, trocam algumas palavras e o homem desabafa)

Trêmulo

_Pedi para morrer e não fui atendido, vi-me obrigado a cortar meus pulsos; sangrei por minutos, meus olhos fecharam esperando nunca mais abrir, mas em meu leito ao acordar só a presença dela mereci. Como sempre estava linda, como sempre, não era minha. Amava-a, em vão por sinal, o amor dela pertencia ao outro; ironicamente ela não o teve e assim como eu, sofria por alguém. Comi algo envenenado e meu corpo resistiu, sendo eu naquele momento um peso a ser carregado por minha família. Minha alma morria, estava louco e não sabia; se é que querer morrer é loucura. Um traste... admirava o amor dela por ele. Álcool e as últimas anfetaminas alimentavam-me e me sentia cada vez mais perto da morte, gostava de sentir-me assim. Fui aos poucos descobrindo as razões de minhas perturbações, não quis tornar sério e culpei-o. Imaginei um atentado. Assim a causa do sofrimento dela e do meu estaria morto, ou assustado. Assustei-o. Ela chorou em meus ombros e ainda mais o amaldiçoei. Por que não morreu o infame?

(pausa - toma na garrafa de conhaque que carrega, os outros se olham. Continua)

Trêmulo

_ Estava cada vez mais insano e sentindo-me forte, havia me encontrado. Fui visitar com ela o amaldiçoado, se tivesse um punhal comigo, teria vencido. Dias se passaram, ele se recuperava e ao brigar numa festa, de faca me furaram. Agora estava eu lesado por minha loucura. Soube de uma notícia que ela veio me dar, o amaldiçoado estava de partida para o leste. Mais uma vez fiquei ao lado dela enquanto sofria. Estava certo de que próximo encontrava-se o fim daquela história, mas nunca pensei que ela seria a responsável pelo desfecho. Fiquei preocupado quando me contaram que ele, meu irmão, não havia partido só e sim com uma colega de trabalho. Enlouqueceu, a confidente dela a traiu. Assim como eu em loucura, ela cortou os punhos, obtendo êxito na pretensão. Fui ao funeral de minha amada ontem pela manhã. Estava em ódio puro e não contive as lágrimas...

(pausa... segura a garrafa enquanto chora. os que o ouvem não sabem como agir. alguém ri baixo)

Maneco (faz sinal de silêncio)
_Olha, ouvimos com atenção teu pesar, mas não sabemos o porquê de parar aqui sem nos conhecer e não cessar mais de falar. Por quê?

Trêmulo (aos poucos, mais nervoso)
_Por quê? Ouça-me bem moleque: seria muito mais fácil deixar uma carta, não? Como todos aqueles fizeram, não sou igual aos outros. Pouparei o trabalho da polícia, ao invés de pensarem se poderia ou não ter sido assassinado, deixarei isto para encerrarem logo o caso.

Casim (afastando-se do homem)
_Como?

(Trêmulo quebra a garrafa)

Trêmulo
_ Pergunta-me como? Serão testemunhas oras...

(Enfia o que restou da garrafa na garganta. o sangue jorra nas camisas enquanto o suicida escorrega as costas na parede, Juvenal começa a vomitar, Casim tenta limpar a camisa, Lupus e Maneco olham estarrecidos o corpo que se debate, esperando agoniado a morte. Pássaros sobrevoam o local em retirada e os quatro espectadores saem apressados com seus cavalos... Após algumas quadras:)

Maneco
_E agora? Não deveríamos chamar a polícia?

Lupus
_Seríamos interrogados até o amanhecer, quer isto? Acha que seria fácil acreditarem? Suspeitarão de nós!

Casim
_Tudo porque esperávamos Mador...

Juvenal
_Sorte a nossa o imbecil não querer levar um de nós junto.

(Mador aparece, caminha até o lugar que deveriam estar. Passou por diferentes lugares, pubs e tavernas fechados. Poucos metros longe do local marcado com os outros, vê... O homem trêmulo com uma paralisante expressão de paz no rosto, garganta arrebentada mostra a fúria com que ele desferiu o golpe; olha ao redor procurando os quatro, nada. Apressado vai até a esquina, nada. Olha o latão de lixo e a figura que se hospeda ao lado)

Mador
_Envolvida com a morte? Ou estarão meu irmão e os outros?
(Os poucos que passam estão preocupados demais para notarem algo. Aproxima-se do corpo de Ária. Vê o sangue, toma o pulso, o toque de pele faz-se junto de uma brisa que rebate o cabelo da mulher ferida. Toca a fronte, sua mão na face dela. Esquece-se momentaneamente do ocorrido, do corpo, do irmão e dos amigos, até que a frieza da verdade lembra-o que a garota que agora repousa em seu colo está ferida e pode estar envolvida com o morto. Levanta com ela nos braços e se pergunta se é correto fazer isto. Voltando, coloca-a em cima de Fausto, seu cavalo da raça Thoroughbred, rezando pelo bem dos quatro companheiros;

puxando Fausto lentamente avança em direção das ruas procurando em cada vulto o irmão. Pouco depois avista-os perto de uma praça, sentados, conversando. Vai encontrá-los. Explica o motivo do atraso, eles contam sobre o suicida trêmulo)

Mador
_ E onde está Joaquim?

Casim
_ Encontrou Carolina no Largo e lá.

(enquanto diz isso, ouvem-na acordar, cair e erguer-se em um susto de desespero)

Juvenal
_ Acordou, a tua protegida!(surpreso)

(Ária espanta Fausto, que ergue as patas dianteiras)

Casim
_ Ôa senhor perigo!

(Mador dirige-se a Ária)

Mador (Maneco acalma Fausto)
_ Calma calma calma calma....

Ária (segurando um pedaço de madeira)
_ O que fizeram comigo?

(Mador admira-se com a rebelde. Calçados pretos, blusa preta manchada de sangue, cabelos loiros caindo ao longo das costas, olhos de fúria admirados, talvez, pela própria noite.)

Mador
_ Acalma-se e ouça.

(Enquanto explica o ocorrido os outros completam os relatos, principalmente sobre a morte do trêmulo. Ária acalma-se)

Ária
_Lembro-me apenas de sentar ao lado do latão de lixo e ouvir vozes, mais nada.

Mador (olhando o rosto de Ária)
_ Tem nome o calhorda que fez isto contigo?

Ária
_ Não quero falar disto, por favor...

(No caminho da volta, poucas palavras, os quatro conversam meramente. Ária segue tateando os ferimentos enquanto Mador ouve com atenção a música que destoa ao longe. Após despedirem-se dos três amigos segue junto do irmão para a casa da amiga de Ária. Lupus cochila em cima de Londres e os dois se entreolham enfrente onde repousará)

Ária
_Desculpe-me pela desconfiança inicial; e obrigada por tudo.

Mador
_Fique tranquila.

(Encara-a com castanho mirar.)

Ária
_Foi uma noite ruim...

(olham para o chão, pausa mais longa. Ária sai em direção ao portão, Mador põe a mão em sua cintura. Ela se vira lentamente.)

Mador
_Ei. Ao menos um dizer de boa noite...

(Beija-lhe a face direita.)

Ária
_ Boa noite.

(Mador parte)

Carta 13

Ho visto il cappuccio, vi capuz, come descritto da gente del posto taverna di questo nome e sottile italiano, quase frio debaixo pronúncia estreitando energia: Taverna "Anima". Corri, tropecei galho robusto senti ser aviso do perigo. Levantei, dobrar bruscamente viela da rua semimorta ho visto la brillantezza pugnale. Scintillante. Punhal. Ela parecia por levitar, estranhos movimentos. Senti estranhamente atraído. Descobrir coisas senhor Joaquim. Chovido, aveva piovuto, lamas e mais vielas, desci escadaria che non conhecida, como descer caos de uma descoberta. Vezes via luminárias no céu, cor branca, rasgando manto da noite, come me rasgaria ventos a procurar saber mais di inevitável. Pálida. Divinamente pálida. Esguia. Harmoniosa com movimentos chuva tornada mais forte. Ricordato la sua lettera senhor Joaquim, recordei su carta. Sobre torrenciais momentos.

Ossos gelados a buscar mais perto. Ela parecia querer mantenendo una distanza e senza scampo, não escapar de todo. Como obras che ci circondano, envolvem pela partitura delicatamente fatto ainda q não pareça. Delicatamente composto. Passo a passo, nota a nota, ouvia zumbir das coisas e frestas, ouvia il respiro delle sombras a tentar mais me aproximar. Fitar o olhar da senhorita espectral. La frase corretta? Fui percebendo a poco a poco, como sussurros destinados outros mundos, che il labirinto più lontano, mais distante havia penetrado, travessa estreita tacos de madeiras, depois travessa mais estreita de lamas mais vermelhas. Quando percebi estar a respirar con face lateralmente arranhada em espinhos, já meu corpo che quase desfalecia, forse stanchezza (talvez cansaços?) ou maldições, forse secreção peçonhenta alguma perturbação natureza, talvez própria senhorita soprando algo em meus pensamentos.

Naquele momento achei ser tudo isso possível. La spinta ultimo, impulso, antes da queda, feito para passar de vez por quel lugar, caí lugar mais amplo, queda uns cinco segundos.

Umidade, lama, ela havia chegado nesse lugar ante che io, sem um arranhão, non reconheci nada do che vi. Una otra cidade dentro da cidade, alma dentro de uma alma, livro dentro de um livro que está dentro de outro; um sorriso dentro de outro, um espelho dentro de outro. Uma loucura dentro doutra.

Olhei rápido antes de ela esconder numa penumbra densa. Pálida, pele estupendamente pálida. Stupendamente. Imaginar um anjo, una ninfa, una criatura q pode existir, pode resplandecer toda miraculosa vida.

Consegue con un gesto mudar referência do dia, do tempo, pode con palavra deixar atônito, come vedere despenhadeiro mais alto e ainda sorri, por desejar se entregar... non lo so. Um bêbado qualquer a destilar palavras e arroubos. Será por q escrevo isso? La frase corretta? Será febre q toma sempre no mesmo horário há dias? O mesmo horário do ferimento no rosto! Água fria. É bom ter água fria.

Ho chiesto di Mador - perguntei di Mador. Fiz subitamente. Ela não pareceu espantada con minha pergunta abrupta. Voltou da penumbra com un feixe de luz nos lábios, aos poucos vi detalhes dos lábios. Cristalizando nada de imediato. Pulsava de sustos. Non consegui dizer mais nada, até ouvir lâmina sendo levemente arrastada ao ar, deixou o braço ir direção para trás, movimento serpentil. Pediu silêncio una voce, una voce che nunca ouvirei igual, ainda che outras hecatombes prometidas por profetas tragam anjos a falar em algo q eu, io, entenda. Paralisei, os movimentos eram... algo não conseguido definir. Depois olhos foram a querer aparecer da penumbra, q já esquecia. Não apareceram. Ela encerrou, finì la possibilità cobrindo si mesma con capuz. Rápido apontou o punhal para mim, era hipnótico.

Senti me esvaindo das questões importantes. Ela era mais importante. Do qualquer questão, talvez sua existência seja... seja... seja para tal fim. Desviar do essencial.

Disse nada sairia dela com destino minha busca, q mapa q eu deveria seguir era mesmo q outros tentaram. Concluí q sabia de Manuel Antonio Maneco. Quando respirei para falar nome ela interveio dizendo nada sabia dos três amigos. Nada diria. Nenhum ferimento colocara na pele deles. Deixou ser seguida para encarar o medo (nei miei occhi), para fitar desconhecido pergunta em vão. Engoli seco. Não ria ou debochava. Palavras firmes, punhal cintilava. De novo iniciou una fala, entrato nel mio corpo (adentrou as poucos), como um sonho, um canto, mergulho no puro de tudo ferimento da alma, ferimento che non iria matar, sim remexer todos os outros non curados. Senti pronto pra último devaneio. Quase recital suas frases. Esclareceu querer bem, desde tempos além-mar. Veias do pescoço tão simples. Mãos delinearam no ar até pernas, encaixou o punhal. Caminhou trás dizendo eu deveria seguir até névoa voltar me encobrir. Dopo girando le mura della città, circundar muros cidade pela direita. Chiese di nuovo, perguntei outra di Mador. Disse algo encoberto por trovão, espada do céu cruzou manto da noite e vi correndo novamente, tentei seguir, névoa baixou até chão. Um assombro percorreu meu corpo. Vi me diante dos muros percorri até ao ponto vilas da rua semimorta.

Sei q pode sido efeito das bebidas da Taverna Anima. Non ho potuto, (non consegui?) sóbrio percorrer o mesmo caminho. Quem sabe mais noites vinhos outras substâncias ela volte.

La figlia del taverneiro é chamada Coralie. Conversou comigo notada a mente intimidada, olhos sempre baixo. Desenho do rosto, sutileza alguns detalhes. Pude notado con facilidade, più facilmente, arcos che são suas sobrancelhas. Quase finos. Todos caminhos levam a dúvida; sempre parece colocar duas mais trilhas sulla stessa idea (diante mesma ideia) ou passagem recordação. Coralie demorou falar sobre envolvimento con Mador. O mezanino ele gostava de ficar aus pocos começou ser frequentado por ela. Coralie. Introspectivo. Calado. A envolver (envolvente?) quando a narrar, alegre quando a citar amigos. Persi (perdido?) quando das escolhas a mensurar pais, família. Perdido e a perder continua mente, ela frisou. Sentei me con ela e pai para explicar q ocorre. As palavras dele são opacas. Dela hesitantes e gentis. Ele não sabe explicar Mador e seu sumiço. Ela q Mador é homem perdido non di seu tempo, ma i valori del seu tempo. Dopo di che una luta fez con nossa conversa encerrada.

Retirei me. Fui Antica Taverna. Fu lì che il testo, escrito "Eliéser Baco na casa de Mador" descansava. Homem caolho administra. Sobre Eliéser Baco: qualcosa di sentito parlare (ouviram sobre ele?), sempre informazioni vaghe, vagas. Non lo so è la paura, negativa de falar algo mais é receio? O homem caolho, de nome Borghi, disse algumas peças, textos, colocadas na taverna, apreciação. Algumas pedidos de frequentadores, outros por convites feitos aos sabia amantes da escrita. No caso contado, Eliéser Baco pode ser pseudônimo, soprannome, sempre nome articulado de forma remeter outra pessoa, conhecimento geral, conoscenza più generale. Não parecer indício di algo negativo formas manifestadas. Respeitam, se admiram, expõem em diversos lugares queste parti, peças, como chamaram quadros, scritti, artigianato (artesanato?), disegni a carboncino (a carvão), i punteggi, las partituras. O espaço reservado para isso era mínimo nesses lugares, segundo relatos, ambiente melhorou com a permanência da arte, como soube bem dizer senhorita Noulune, esses souvenires ganharam espaço, acordo com lugar. Alguns mais quadros, outros textos e em diante. Pedi conselho sobre descobrir paradeiro di Mador. Instintiva mente retrucou se era Mador di São Paulo. Sorri. Continuou a discorrer há muito ele havia saído, disse talvez voltar dia. Paradeiro ou viagem não soube, explicou q perguntou a Borghi dos escritos do forasteiro e isso ouviu outras bocas. Quando a sair, perguntei se havia conhecia outro Mador conhecido, disse sim, velho chamado Mador Di Rari. Som de celo e som de flauta invadiram. Paramos conversa. Lei sorrise e disse: "Antonio Vivaldi". E io, eu, uomo semplice percebi q simples fato algumas dessas pessoas serem ligadas por afinidade, da arte, os faz diferente, forse solo, únicos. Non melhores non piores. Únicos. Como aceitam e olham vida. Mador ao menos nesses dois lugares deve ter encontrado algo q preencheu até dado dia, momento. Mas reservado suas buscas, não contou nada mais ousado íntimo para daqui, ao menos isso dizem. Non so la sua famiglia qui, não sabem dela. Se havia, Mador preferiu morar solo, vagar quase só, não era triste, bloccato in passato ou raízes de desconforto, era preocupado con ventos venti di evoluzione e con consequências vis da quarta guerra mondiale. Noulune disse ouvir isso de sua boca. (è vero?) Disse voltaria e segui. Questi nuovi aspetti caraterizam melhor Mador. Este Mador é autor capítulos q envia caro amico, non tenho dubbio. Io non so perché de enviado capítulo 4 e dopo o 6, sem continuação, mas, continuarei a ler o q enviado e envier, sem reclamar. Período narrado por ele gradualmente funilar uma una scelta più difficile, sabendo ele deixou sua terra, credo che próximos capitoli serão dificuldades pessoais e interrogativas morais e de costume. Uma relação peculiar com irmão, antes seu companheiro, depois de forma q não sei, pos, ainda não lido, certamente a terminar erros de parte a parte. Mador e amici avevano perdas com juntos, passaram dificuldades com juntos, quando l'uomo tremante a se matou em frente eles. E narrado em capitoli é enquanto solo il fiele, fel, até Ária aparecer, ele realmente encontrou-a. Foi por ela encontrato amigo Joaquim? Termino perguntas a esperar capitoli.

Sono assurdamente coinvolto pelo ocorreu minha perseguição con senhorita de punhal a mostra. Ho bisogno di tornare (voltar) Antica Taverna, forse riscoprire Noulune por lá, e ela saiba mais respeito. Beber o mesmo bebido, estar durante mesmo tempo ficado doutra vez, mesmo hora. Rituale? Ritual não? Quem sabe non seja q percorra caminho levar che senhorita?

Deixar se seguir por desconhecido q procura Mador. Mirar le os olhos perceber medo, miniconto demais.

Agora, sóbrio. Sem calafrios, posso entender. Q razão levou eu não ter lógica imediato? Não tem razão concreta o lógica per ela ser diversa doutras pessoas. Se fosse por andar e desenhos do rosto certa a mente poderia dizer: ela da parte terras baixas Europa, o ilhas próximas estreitos mais distantes. E explicaria? Existe ainda i tre amici sumido. Che una situazione difficile, tenho medo envolver amigo meu, talvez precisado, da solo è difficile pensare, preciso expor otra pessoa próxima, conversar, avaliar, reavaliar, talvez, forse, relatar tudo poucas patrulhas da ordem. Tenho amiga q sabe minhas preocupações con assuntos de forasteiros em nosso meio. Talvez companhia dela promissora. Per avere qualcosa di melhor q consegui ao momento. Forse lei (ela) o il suo fidanzato (namorato) possam ajudar. A contento encontrarmos novas de Manuel Antonio Maneco, Mhorgan e Judith. Preciso percorrer vale contrário do onde moro. Perguntar Judith.

Infeliz mente tudo cheira a crimes. Ma preciso uma vez mais antes de entregar me ao desapego. Meu Joaquim. Desculpe hora de desunião para com tigo. Ma temi no olhar da senhorita punhal non ve mais senhorita alguma, ou ouvir trovões dias o noite. Percebi, ma em meio a névoa, algo mais perigoso ronda tudo. Pode somente ser sumiço de amigos estrangeiros encontrados por desordeiros preconceituosos, pode ser fim do meu próprio caminho saber a verdade.

Compreende me?

Levado arcas da aventura, ritmo acelerado primeiras busca, saí di meu mundo para compadecer otros, encontrado dúvidas vias tortuosas. Muito mesmo encontrar um seus amigos para poder sossegado a mente recolher a me. Covarde? Q sim. Assumo. Depois fitado senhorita pálida por mais interessante muitos continentes ou mundos. Atração nela pode atração pelo final, último sangrear tempestivo de me existência. No final, esta carta não decretar meu sumiço as buscas, non é, ma seria super George ou próprio amigo vir cá. Io, q sou io? Adagio. Andar lento quase trôpego, buscar fantasma perseguido por mulher em punhal afiadíssimo, buscar amigos q podem sido aniquilados por alguém q não quero conhecer. Não envolver amigos o inimigos, mesmo estes em me mãos ácidas, vingativas. Todos rumores, olhares, todos afazeres quando cito nomes perguntando, param. Ficam fitar meus passos, verbos, interrogativas, não sei se certo o não, ma pretendo distanciar disso tudo, poco em poco.

Sinto me mal porisso, pretendia ser útil. Ma creio utilidade tenha sido avistar cartas antigo quarto Manuel Antonio Maneco, me envolver até ponto este. Hoje irei Antica. Fazer mesmo q quando encontrei ela, depois procurar Judith, espero chegada su carta, anotarei tudo e entregarei na mãos di quem aqui chegar.

Retomo escrita parada dia atrás. Fui Antica, bebi do mesmo, igual horário. Nada. Percebi minha idiotice lá. Noulune estava bem acompanhada. Amigos e amigas. Noulune entregou me dois textos, ela diz ser Mador di São Paulo. Envio mesmos para verifiquem se leu em passado. Acredito q sim. Nomes citados. Estilo. Sobre minhas palavras acima enlameadas dúvidas e medos. Não sei q fazer. Quero ajudar. Ma não ferir me. Ferimento foi feito meu rosto em espinho cortador. Perguntam me aprecio brigas com natureza quando conto parte q ocorreu. Sarcasmo? Assim falado? Banhados docemente sorrisos gargalhadas em custas minhas. Não ficar amargo, sou Adagio. Sei q textos seguir são de Mador di São Paulo. Preciso tua confirmação. Un abbraccio onorato,

Adagio.

....

Número Dez
(Mador dorme, após um tempo)

Vinha, serena e fria
alegre, ria; ouviu-me então
e viu que meu olhar jazia
e aos céus pediu por mim proteção

Bela, já não sorria
pois eu sofria, morria ao chão
e enquanto meu pescoço erguia
sorriu-me um sonho, segurou minha mão

_ Sou morte, me dizia ela
tão serena e bela,
que senti paixão

_ Não é hora, me dizia séria
que curou meu mal
beijando-me no chão

Enfim aos céus a vi partindo
e eu pude então sorrindo ver na imensidão;
a morte, perspicaz, singela
vi, serena e bela, desejar-me ao chão.

(Acorda. suado, expectoração febril, deita a cama em devaneios mil)

(Mador, diz a uma mulher que o olha)

Mador

_ Tu que és o meu desejo, toda vez que vejo a luz do teu viver meu peito se enche de instinto louco por te ter, dado o conhaque que bebi, até posso dizer: tu és do ímpio a bela santa, do padre o bel-prazer.

(beijam-se. Quando Mador olha-a de novo, ambas as bocas estão a derramar sangue, beijam-se de novo e acalma-se)

(Mador aos cinco anos, numa bicicleta)

Ao pátio andava; lá e cá, ia vinha, zás-trás! "Sou cavaleiro"! lá e cá, ia vinha, zás-trás-zás... parou. O pai estava a sair, viu-o na porta e andou mais forte; zás ia, lá pá vinha, cá trazia o olhar no herói! vam vinha, zás lá ria, pá caía: "Ahhh dói!"...

(A espera do herói para acudi-lo ficou. Esperou, esperou e chorou por carinho, só um pouco de carinho! Olhado seriamente pelo até então herói sentiu-se um nada, e sentiu na testa a pancada e o sangue. Caído ao frio do cimento viu sorrir-lhe prematuramente o sentimento, lodo que é tormento em rejeição. Viu o pai sair pelo portão)

Mador

_ Penso que filho dele não sou, se for, pouco querido!

(correu para os braços da mãe, e encontrou o afago e o amor que necessitava seu coração)

(Acorda de vez. Pensa no porquê de tal lembrança tocar em seu ombro depois de tanto, senta-se na cama. O lodo que é sentimento, iniciado tão cedo na alma de Mador, desencadeou anos depois um desaguar de dor em peito, por causa de um erro aos cincos anos, tenros anos, de amarelentos desenganos. Toda dor guardada, rejeição malvada, o fez crescer com a lembrança sempre viva do abandono da vida perante o homem ferido, profunda ferida, n'alma cravada!)

(Ah, pois sim, a ansiedade leva alguns tarde da noite consumir aperitivos, guloseimas, tabaco, souvenires)

Mador (olha de fora de um comércio em reconstrução)

_ É uma rosa a beldade, certamente, definitivamente!

(Entra no comércio que fica aberto todas as horas para tentar pagar as reformas necessárias. Observa-a entre dois corredores; a maneira como caminha, o jeito como mexe os cabelos, o sorriso, o olhar mais agudo. O nascer dessa vontade de conhecê-la faz desanuviar aos poucos o caminho desta rua, paralela de tantas outras de nossas vidas; rua das esperanças)

Ária

_ Ignorar. Pensei que isto a mim faria, pensei que me ignoraria, tanto que hesitou em ter comigo!

Mador

_ Pois te digo que não poderia então fazer isto a revelia dos meus olhos, que esperavam a porta da nostalgia a chance de apreciar-te outra vez!

(Ária ri amplamente. No joguete das frases quase teatrais o sorriso em ambos, contido beijo ao rosto, caminham pelos corredores. Entre a pesquisa inconsciente e mútua, a ambiguidade, pois os anseios mostram-se os mesmos, geleia; torradas, vinho e uma ideia: café!)

(Praça Lyon, a mesa de um Caffé)

Mador

_ Eu tento, apesar das destruições em todos os continentes, manter-me sadio. Talvez isso seja o que posso fazer. Acompanhar o novo caminho humano da eletricidade à vela novamente, das buscas por vida longínqua aos cavalos novamente, com gana nas ações e a proteção de minha moral. (sorri e tenta esconder as manchas e os furos de suas roupas) Veja isso, minhas vestes tão maltrapilhas hoje quanto esta nova sociedade, fragmentada e iludida por mais promessas. (Ela ri) Foi como um forte clarão, assim chamei primeiramente teu sorriso, que me apareceu naquela noite em que sofrera o açoite. Faça, breve que aconteça. Sorria. (ele ri de si próprio, olha aos lados)

Ária (Olhando fixamente, como quem enxerga um ébrio em uma praça)

_ Sinto que tem muito a me dizer não? Palavras contidas derramadas sob meus ouvidos como canto de outros temos sob o mar. Mas ao mesmo tempo penso que talvez fosse melhor adiar que queira me conhecer melhor; esses tais acontecimentos que nos rodeiam agora, pelo menos por um tempo! Eu devo permanecer somente em mim, pensando somente em mim, não devo correr riscos até mesmo pelo fato de ainda precisar terminar o que tenho com outra pessoa.

Mador (de mãos unidas com Ária)

_ Aos arredores, olhe! Podemos compartilhar os dias e as noites! Isto é pouco? Tive desalentos também, caí no abismo criado por outras pessoas algumas vezes. Acha que estou a dizer isso pelo simples fato de querer que seja mais uma conquista? Vi sua expressão uma vez, te avistei outras duas. Não sou mais um garotinho querendo somente devassidão na meia-noite! Não estou dizendo isso por ser a primeira que encontrei na rua da desilusão! O faço por ser Ária, desde já parte da ópera de minha vida! (se aproxima e oferece sua bebida)

(Surpresa, se esquiva do olhar dele, temendo-o por saber que talvez seja este o olhar que procura. Com as mãos juntas, notam-se. Bocas em esforço sutil se encontram, uns nos outros lábios levemente se tateiam, leve tato no formoso ato. Em harmonia, movimentos lentos e próprios, que finalizam quando o ar quase falta. Os olhos se cobrem da famosa ilusão, que os beija n'alma. Em tempos difíceis o comum é tentar algo que nos tire o pensar do recente infortúnio.)

Número Onze

Casim
_ A existência para e recomeça a cada olhar quando um sonho não passa de um tristonho acordar; respiro e me lembro deste exílio a me julgar e entristeço, deixo molhar a boca o pão azedo do fracasso. As tosses que começaram após a bela orgia estão agora a castigar meu peito e não é surpresa quando espuma a boca um sangue ao respirar. E desta mulher que ora desmaiada debruçado observo, tive sua tara que retribui com a mais rara fornicação já vivida, visto que minha língua ainda é doída. Ás vezes quando me lembro de meu pai, que aqui me colocou sinto pena, pois sei que não terá nos olhos a esperada cena do retorno do filho. Trilho sem hesitar o meu percurso de estudo, tristeza, saudade, revolta, doença e piedade que espero do meu Senhor para que me leve, pois sofro. (Debruçado tosse e sente na garganta o sabor do vital líquido; respira fundo e tenta olhar para a janela. A protetora da arte em Casim, Jewel, paira no lado de fora da janela)

Jewel
_ Pois que durmas e sonhes com tua infância e nestes momentos de tão tenra lembrança que assole teu peito um pouco de conforto, já que está tão maculada tua paz de espírito. E que o livre-arbítrio seja usado de maneira serena. (Senta-se na beirada da cama e observa a respiração de Casim se abrandar. Sorri)
....

(Fitando sua expressão refletida no vidro, Antônio, num navio que regressa para sua terra)

Antônio
_ Nesta viagem que fiz para estancar no viver um nome, aquele nome que nos traz nova visão e satisfação de "ser", numa esquina de ruas

impróprias o resquício de um passado assombrou-me de novo as pálpebras, ao esbarrar no meu corpo sem nada a dizer... Sim; Anna, aquela que amei sem ter nada a ganhar e que por ser mouro jurei evitar para não corromper a visão branca da sociedade burguesa. Avistei-a em dia de passeio nas núpcias que haviam começado há um mês e meio. Justo quem, destino, gênio maligno que tentei decifrar quando ainda menino, justo quem colocaste em meu caminho! (soca com o punho o vidro)

....

(Fiona, protetora de Cintia, a atriz que adormece ao lado de Casim, chega ao quarto e vê Jewel chorando)

Fiona (ao lado de Jewel)

_ O que foi? O que há?

(percebendo no ar perfumado o que ocorre)

Fiona

_ Sabe que nos é proibido tal sentimento, não? Nem sensações deveríamos ter, lembra? É um agrado que nos foi dado há séculos para evitar mais guerras no céu, recorda? Evitar a inveja que alguns tinham dos humanos; mas esse aroma no ar, semelhante quando do encontro de anjos e mulheres mortais milênios atrás, que deixou um perfume tentador e sublime que sufocou muitos por amor, essa mesma fragrância nos envolve agora. Consegue perceber? O amor que tens por ele escapa tanto do teu controle que teu respirar expande esse maravilhoso perfume, deste copioso sentimento.

Jewel

_ Gostaria de poder conversar com ele, abraçá-lo, dar a ele no aconchego de meu beijo a paz que ele pediu há pouco. Ele está adoecido e muito ferido por dentro. Tentei sussurrar boas vibrações, mas negou-se a praticá-las. (Ela chora. O choro não é raro às protetoras, ninfas que guardam poetas, artesãos, pintores, atrizes, musicistas, pois se entristecem quando seus protegidos se ferem em atos e fatos de suas vidas. Mas esse choro, esse brado de vontade inconcebível que despeja no corpo de Casim traz o manto glorioso um pouco mais perto de todos e estremece as vigas do lugar onde se encontram. Abraçam-se. Fiona consola com seu toque Jewel, que põe as mãos no rosto, para enxugar os fios de lágrimas)

Jewel
_ Ele está em seu fim não é, a mesma sensação sempre, não? O poderoso vento que eu sentia, que afagava minha existência quando chegava perto dele agora não passa de um simples sopro. Coitado, longe da família e dos melhores amigos. Antônio regressou num navio para alertar a família a voz presente que Casim muito sofre e está debilitado por causa da doença que arrasa seu pulmão doente.

Fiona (concordando, sente um pensamento ao ar)
_ O marido de Cintia procurou-a, rumou para a casa da mãe pensando encontrá-la. Hora de agir.

(debruça-se, diz bem baixo palavras no ouvido de Cintia, uma espécie de vontade inconsciente. Súbito, ela acorda, olha ao relógio no pulso e se veste rapidamente, passa as mãos nos cabelos de Casim e parte. Fiona e Jewel ouvem ao longe as asas do anjo redentor rumando para a casa que Casim divide com Antônio. Enquanto Fiona vai na janela esperá-lo, Jewel fica num canto em pé, pensativa e triste)
....

(Antônio deixa a cabina e se dirige ao convés, tenta digerir da vida tantas cantilenas terríveis que o rondam agora. Advertido por um funcionário do navio sobre a chuva que cobre o convés e o vento que pode castigar a face...)

Antônio (olhando o crachá do rapaz)
_ Olhe-me bem, esta face, estes olhos que pesam contra ti agora. Não se importam com a chuva e o vento é um bom amigo, afaste-se!

(O andar é calmo como se contemplasse um bosque na primavera, corpos feminis no litoral. Apreciando a magia da natureza e tentando esquecer as vis tormentas que espetam sua mente na ânsia da conclusão de fatos passados, encosta-se e observa o mar)

Antônio
_Poseidon!! Que expulsou Oceano das profundezas e agora reina. Filho do profano Zeus que tirou de Crono o Olimpo, revira-te e me ouve! (Olha às águas escuras, sente algo tocar seu ombro)

(Assustado, como se o próprio vulto do pai de Hamlet estivesse em sua frente.)

Antônio
_ O que faz aqui, ó destemido recém-casado? O que faz aqui? (rindo sarcasticamente)

Érebo
_Vim ter contigo velho conhecido, colocar em pratos limpos o que sente, o que penso e o que almeja dilacerando meu nome aos quatro ventos.

Antônio
_ É muito corajoso mesmo, quão corajoso... Seguiu-me por acaso? Pelo visto atropelou a todos para ser sombra de meus passos, da última vez que te vi estava com ela, bebericando em sua boca a água do recente matrimônio! (aponta o dedo para Érebo, anda para trás, se afastando)

Antônio
_ Como pode vir atrás de mim doido? Não nos falamos há tempos. Quer por acaso um abraço terno meu? (ri ironicamente) Deixa-me, Érebo.

Érebo
_ Mandei-a ao hotel e vim atrás de ti, sim, estou cansado das tuas palavras ébrias ao meu respeito, temos de ter essa conversa, sabe disso! Desembarcarei no próximo porto e retornarei para os abraços de minha Anna, mas antes, temos de terminar isso de uma vez. Antônio, fomos grandes amigos. Esqueceu isso? Quem foi que a deixou? Diga-me? (tenta tocá-lo) Não quero uma luta corporal contigo, não seríamos capazes disso, bem sei, mas... Olhe-me, sou o mesmo de antes grande amigo!

Antônio
_ Não sei como pode dialogar assim depois do que fez. Não me importa o teu ponto de vista a respeito de nossa antiga amizade, aproveitou-se de minha fraqueza naquele momento, de meu conflito íntimo, da guerra que eu travava em meu interior e a levou para sempre de meus olhos. Não conseguirá atirar para mim a culpa, mais do que já tenho não Érebo, não mesmo! (os dois já encharcados pela chuva intermitente sentem o balanço mais forte do navio e se seguram)

Érebo (tentando colocar a mão no corpo do antigo amigo)
_Aceitou muito fácil aquela derrota, caro professor, poeta sedutor das saturnais, gênio da literatura; era apenas a perda de um front naquela missão árdua de convencer o pai dela. Tua essência moura não era tudo na visão dele! A questão financeira, sim, era.

Antônio
_ Diz isto, porém não estava lá quando discutimos! Isso sim! Quando propus a ela fugirmos o medo que me assolou o peito de não conseguir dar para ela o conforto que merecia foi terrível, a aflição de não saber se

na primeira dificuldade o amor se renderia, como quase sempre ocorre, na perplexidade da matéria foi... (cala-se e olha ao céu, o balanço do navio o faz cair. Érebo estende a mão que Antônio refuga)

Érebo
_ Perde-se nas próprias palavras, orações que não dão ao criador certeza para prosseguir. Tenho pena de ti. Não sabe a mulher que perdeu por ser fraco!

Antônio
_ Pois não tenha pena imbecil!! (soca com toda sua fúria guardada o rosto do antigo amigo, uma, duas, três vezes; Érebo cai) Sim, fui eu quem desistiu, que não a quis, que a deixou só no nosso encontro de fuga, e não sabe o quanto isso me corrói o peito imbecil, como o ácido na face do que renega, como o suicida que a própria vida entrega na foice da indesejada. Perdi minha chance e vem aqui querer tirar de minha boca conclusões a respeito? Está concluído infame, estou regressando a minha terra e está em núpcias com meu maior amor, não há o que colocar em pratos límpidos cafajeste, não esperou uma semana para começar a investida... (chuta a costela do homem que tentava se levantar e cospe ao chão)

Érebo (gemendo)
_ E ela chorou em meu ombro, por ti, fraco, não sabe o quanto! Adornei aquele pranto com frases de carinho e afeto e mesmo assim ela não cedia; só depois que concluiu que não a queria mais é que cedeu, e como demorou. Não a queria expor, foi pior frouxo, ela preferiria ser apedrejada por todos em tua companhia do que chorar sozinha o pranto que derramou. Foi o carrasco dela, que agora dorme em meus abraços, viva com isso! Vim para abraçar-te e pedir perdão por amar a mesma mulher, mas não há como termos de novo o que ficou nos confins.

(Retira-se cambaleando, com as mãos nas costelas. As águas negras do mar levantam ondas e Antônio as encara firmemente, talvez por encarar

a verdade dita sem cerimônias pelo outrora amigo, talvez por ter certeza que a fez sofrer mais do que outra coisa a faria, ou ainda por ver que matéria que ela desejava era seu corpo junto ao dela. As ondas crescentes e intensas jorram na vista de Antônio embaralhando sua visão, que já não querem ver mais nada deste corroído mundo)
....

(Quarto de Casim. Depois do brilho breve, inesquecível luminosidade; um dizer bobo, ensaio ao espelho com ar de saudade. Com o olhar diminuído pela expressão do "querer ver", sorri, um sorrir lento e esplêndido com gosto de felicidade. Esta aurora tão formosa, nascer brioso, tão raro sentimento mostrou-se a ele neste vulto de sua vida em pensamentos. Sentindo a dor infalível do último adormecer, pode com o toque do anjo mais temido estes maravilhosos deslumbres merecer. As agonias que se transformaram em lições, as amizades que se transformaram em paixões, bons momentos esquecidos, pouco aproveitados e vividos que trazem-no aos ventos das reflexões; lágrimas, último banho na face quente, embaralha a vista na mais pura dúvida latente:)

Casim
_ Mereci Senhor, honrei a dádiva da vida?

(Sente em seu ser uma brisa perfumada e amorosa, chamando para o caminho da volta. Jewel chora recolhida aos braços de Fiona. O anjo da morte com seu brado que lumia o lugar toca mais uma vez em Casim, desta vez para impedi-lo de respirar. O corpo do jovem tão fadigado da doença que corroeu seu peito cambaleia do banheiro ao quarto, tentando no tato da mão contra o chão dar-lhe o ar que faz falta ao pulmão. Uma rápida olhadela na janela, pintando na aquarela deste findar de vida a cena da derradeira despedida. Lembra da família, pensa em Mariane, pensa nos amigos, pede por perdão. Pensa nas mui cenas, velhas cantilenas, lembra dos poemas, tudo isso em vão? Lembra do amores, vencidos temores, olha para o alto, vitória ao fim então? Reza por sua alma, ora e sente a calma, da boca escorre o sangue e cala o coração.

Após...
Jewel sente o alívio pelo fim da dor do corpo do protegido e volta a si, pois não mais sente as emoções conflituosas do amado. O anjo se vai com o adormecido e Fiona fica contemplando o retorno dos dois às nuvens. Um som abrupto arromba a porta, um homem entra arrastando Cíntia pelos cabelos. Na mão esquerda uma faca, a qual procura sinal de vida no corpo de Casim, inutilmente. Não haverá vingança e nenhum derramamento de sangue, que já colore o chão. Puxando os mesmos cabelos a porta se fecha. Fiona olha para Jewel fazendo-a entender o porquê da passagem do anjo pelo local antes da chegada deste momento: Cintia precisava ser poupada. A continuidade de Casim está em seu ventre. A vingança só seria completa se os dois fossem massacrados juntos. Ao tecer dos dias tudo voltará ao normal para o casal. O marido saiu, afoito e feliz.)
....
Um diário encontrado e um silêncio longo, um mistério que aos poucos iria deixar cair o véu e se mostrar por inteiro a ele. Lupus limpava o porão da antiga casa antes de se mudar quando encontrou o pequenino e valioso baú que, trancado, guardava o diário de Norma, sua mãe. Páginas amareladas. Espirrou seguidamente por ter tanto pó ali naquelas linhas escritas por sua adorável mãe, ausente da casa e da vida, mas, diariamente em seus pensamentos. No início da leitura, ali mesmo feita, no chão há tanto sem conhecer uma vassoura, sentado e emocionado com o que parecia ser mais uma fábula, história de amor e mortes que resultou na vinda de Mador para sua família. Alguns momentos e fatos começaram a voltar a apreciá-lo naquele instante como se dissessem: "nós evidências sempre estivemos aqui diante de seus olhos que não podiam ver com clareza". Nomes que nunca havia ouvido, senão do querido Padre Teófilo, sempre tão cismado com perguntas sobre o passado.

“Agora entendo as razões dele” disse naquela noite de descobertas. As sombras que havia desde sua infância - como conversas que ele interceptava seus pais terem e que sempre terminavam naquele segundo de susto diante do pequenino Lupus – tornaram-se claras, se encaixando. O reencontro desta tarde se dará, vê Mador se aproximando. Como conseguiu deixar sozinho aquele que sempre esteve próximo em todos os momentos? Por causa da descoberta de não haver ligação sanguínea entre eles? Seu peito agora recebe a estaca febril da consciência, e se emociona ao senti-lo perto novamente. Mador para diante do olhar dele e não demonstra coragem de dizer nada, temendo uma reação estranha, temendo conhecer a verdadeira causa do irmão querido, que o deixou sem respostas.

Mador
_ O que busco compreender, irmão, é o porquê da fuga de minhas palavras e de minha companhia. Qual ato feito por mim o fez ter tanto rancor para comigo que nem ao menos um mísero bilhete tive de ti nestes infindáveis meses? Faz-me lembrar nosso pai, que demonstrava cuidadosamente seu amor pelos filhos dos outros quando a me comparar com eles, sempre a depreciar sutilmente minha existência.

(Um abraço terno e forte como o que sente saudade do viajante que retorna, como ao dado no aniversariante febril que acorda do mal que lhe fatigava a vida. Choro mútuo sim, reencontro de dois que não se desvencilhavam nas aventuras da infância e da adolescência. Sabem que há muito para conversar).

(Atual casa de Lupus. Como o tapa do pai ao filho inocente, como o derramar do cálice pela febre do sedento demente, Mador pranteia. Folheando o álbum de retratos de sua infância distante dos pais que não teve senão por meros instantes, olha e não crê nos momentos congelados que visualiza agora: em outros braços paternos; tão ternos, de

James, que pelo olhar parecia tanto o amar. E imaginar isso, um pai que o amava tanto quanto poderia um pai o filho amar, Mador ainda mais chora, por nunca nos velhos braços do falecido Claudius momentos como aqueles registrados nas fotos, ter podido degustar. Olhando ao chão como o perdido cão, prova mais uma vez como há muito já sentiu o desgosto por não ter sido amado pelo exemplo que era Claudius aos demais. E Lupus, que nervosamente junto ao Padre Teófilo o observa, nada diz, pois, não há muito a ser dito ao infeliz. Folheando inconstante as amareladas páginas do álbum vê também a mãe que o teve e doente morreu, desejando recordar nas entranhas das lembranças, de algum tenro beijo seu. Miúdo. Desgarrado se sente como o olhar fugitivo daquele da vida varrido, como o respirar limitado do homem jogado ao rio esquecido. Vai até a janela e toca o vidro, ouve a voz rouca do padre)

Padre Teófilo
_ Filho... Mador, eles te amavam muito, morreram por infortúnios do destino, fatos que foram mais fortes que o palpitar daqueles corações!

(Mantém-se aquietado e observa os que lá fora passam, os que passam, os que passam. Só ele pode saber o quanto doía ser deixado de lado por Claudius. Norma tentava remediar os atos contra o garoto, Mador parecia saber que algo de misterioso vagava por aquele olhar compenetrado. O sorriso de James no retrato evidencia tudo o que sempre quis de um pai, fosse de criação ou biológico. A falta de um abraço fraternal na pele do menino fez com que crescesse olhando aos demais sempre com um ar apartado, por assim dizer, ainda mais quando dos cochichos das visitas em sua frondosa casa. Olhar tristonho, coração bondoso, sonhar de poeta e angústia de filho do capitalismo.

Mador
_ A sombra do Homem, sua consciência, mastiga-o lentamente quando da ausência do pulsar brioso do sangue em suas veias. De nada adianta

escorregar pela vida como um fungo, encaremos as verdades de nós mesmos e tentemos melhorar. O que sou hoje resulta do que vivi, é a estrada caminhada por mim. Pedras e rios, frescor e vinhos, sangue aos caminhos. É meu viver, vivificar magnífico tanto a me emocionar neste dia de descobertas que, procurarei enterrar todos os vis sentimentos no fundo de meu passado, olhando-o como a poesia escrita pelo destino quando em febre pelas ninfas do Olimpo. A certeza dessas palavras, se ébrias pelo momento novo ou evidências de um amadurecer construtivo, só poderá ser provada aos poucos, assim como o líquido que ingerido faz efeito somente momentos mais tarde. O que fica é a esperança de que quando a aurora da vida findar, todos possamos estar serenos quanto aos nossos atos. Tenho escuridões que me assombram a magia da vida, mas, enfim nada parecido com o que acho que Claudius deve ter de pesadelos por ter me assustado a infância como fez. Não o julgo, porém, insisto nisso: eu não merecia aquilo, vendo estes retratos de James, meu pai, vejo o quanto perdi por eles terem partido tão cedo, espero termos a chance de vivermos o que não vivenciamos por razões da colheita do Todo Santo. Agora me calo Lupus. Não quero ser mais injusto com tuas recordações de filho.

Carta 14

4.0 – Da localização geográfica:

São Paulo, capital do Estado de mesmo nome. Rua da Cruz Preta, nº ...

4.1 – De quem escreve:

Joaquim. Disse, a mim mesmo que recebi tua carta. Declarei aos meus que tinha em mãos, notícias, devidamente assinado em três vias por todos os subscritores. Escrevi sobre os tomos principais em agenda própria, tal qual um boletim. Então, declaro:

4.2 – De como foi recebido:

Recebi essa carta enquanto olhava o busto de um escritor célebre, adequado que foi ao jardim, contrariamente ao que queria Carolina, felizmente recobrada de seu mal-estar que cambaleante como veio, foi, dizendo espero um adeus e não um até breve. Solares raios diminuíam o alcance das brisas quando recebi de minha querida Carolina o envelope.

Compadeço-me do que está vivendo. Sentei-me na varanda, pensativo, Carolina desconstruindo um penteado que demorei aproximadamente três minutos para alojar enquanto relia cada frase.

4.2.1 – Do compadecimento:

Saber que o perigo te ronda e te puxa, que algumas mazelas que meus amigos foram visitados podem tocar sua vida, meu novo grande amigo, faz-me querer superar minhas deficiências físicas e atravessar o Atlântico, jovem senhor Adágio.

4.3 – De minha pessoa, um pouco mais:

Resta de mim um ser epilético que descansa mais do que trabalha, que tem sua horta para respirar a utilidade que não alcanço mais como antes. E nem sou assim tão mais velho. Não tenho rebento para puxar minha barba e tropeçar na minha maleta de couro preta, para me chamar nas madrugadas pelo medo que se acomoda na voz do vento ou para desalinhar meus livros mais importantes; essa alegria eu não tenho e não terei, senhor Adágio. Como posso então desbravar as fronteiras de tal perigo, se minhas fronteiras psicológicas e físicas impedem-me de ser um homem melhor para minha cara Carolina? Sei que respeitará aquilo que eu decidir sabendo dessas novas informações.

4.3.1 – De George, um pouco mais:

George está a viajar a trabalho. O jeito bufão dele não encanta muito, porém é um homem que luta, na acepção da palavra, pelos seus. Infelizmente não poderei conversar com ele agora a esse respeito, esse redemoinho que chegou junto de suas frases.

4.4 – Dos pedidos desta:

Quero lhe pedir talvez concentração maior por uns dias, em razão da possibilidade de encontrar Maneco, Mhorgan ou Judith. Deixe de perseguir a tal senhorita de punhal em mãos, percebo que os caminhos que ela trilha são torpes, e o estilo que ela cadencia parece-me mais um sinal de fim do que de início; incrivelmente descrito por sinal os perigos que ela parece demonstrar apenas com o olhar e a voz. Há momentos em que deve ponderar melhor, observar melhor refletindo o que devem ser os próximos passos e onde devem ser dados.

4.4.1 – Do horizonte em caos:

Sorrateiro não? Assim que percebe o que é acachapante do novo que descobre. Esses arcos de horizontes que se formam tal qual descaminho, e, tentado a ajudar estranhos, quase suas próprias veias derramam o sangue precioso. Não sei o que faria se fosse o contrário, peço-te apenas que tente encontrar um deles três. E depois não precisará mais sair nessas tempestades de buscas. Essa missão é nossa, se não pudermos fazer isso, recolhamos os pertences, estacionemos a embarcação e contemos as perdas e os corpos e raciocinemos sobre o que precisa e pode ser feito. Infelizmente o caos tocou a rota de Maneco, Judith e Mhorgan, necessário é, portanto, equacionar, usar da lógica, não da emoção; somente assim poderemos reavaliar o que foi tudo isso e deixar que nosso amigo Adágio possa seguir sua vida.

4.5 – Das recordações e uns novelos de frases:

Estava a lembrar sobre o que escreveu sobre a vida trazer-nos algo de infortúnio para conseguirmos alcançar nosso próprio "eu" na perdição do momento. Não sei se ainda concordo com isso. Quantas cousas são irremediavelmente arrancadas do convívio por um louco que decidiu fazer alguém sangrar, não? Quantos crimes são cometidos por um intervalo de tédio do criminoso, por falta de um níquel no bolso da vítima. Se a vida nos traz infortúnios para nos encontrarmos, então somos o teste fadado ao fracasso por nossa fraqueza de vida, um tombo bem tombado e pronto, foi-se o amor de alguém para sempre. Não temos infelizmente um norte para buscar os três amigos sumidos. Se ao menos um deles estivesse próximo de ti ou contigo seria menos aterrorizante pensar no fim que se formou naqueles olhares e tons de pele. Judith talvez seja mais fácil de ser encontrada por termos um indício dela, mas, os outros, ninguém sabe ninguém viu, homens estrangeiros podem ser cobaias, podem ser tudo menos o que eram até o momento: amigos que buscavam outro amigo que só a nós tinha.

4.6 – Da verdade dos capítulos enviados:

Agora vem um momento especial desta escrita. Os capítulos do livro de Mador que em forma de cópias me enviou. Sim, não será surpresa pra ti que realmente são dele. Leu os capítulos de um a quatro, não me lembrava da ordem e lhe enviei o seis. E agora lê o dez e o onze. Não resta nada melhor a fazer do que comentar até aqui os textos do amigo Mador e enviar-te o doze e o treze, depois o catorze e o quinze, que é o último. O livro de Mador é um achado importante para os amigos, para os outros são somente palavras, que agrupadas não dizem nada, como possivelmente ocorrerá com essas cartas trocadas, meu amigo Adágio. Ele narrou de uma forma interessante sua vida e sua percepção sobre alguns acontecimentos. Mador, filho biológico de James e Leonora, criado por outras pessoas. Padre Téofilo foi seu grande amigo. Nem sei se Mador tem conhecimento que Padre Teófilo faleceu no dia em que embarcaria para o velho continente, não para procurá-lo e sim, pois, muito velhinho se aposentava da vida sacerdotal e queria morrer na devastada terra natal. Não escreverei que as últimas palavras do padre foram recomendações sobre buscar Mador, não seria verdade, o padre estava bem decrépito quando deixou a vida que dedicara ao Deus de alguns. Não há mensuração na amizade deles, em suma, o padre nem lembrava quem era Mador em seus últimos dias por aqui. Não cabe então rebuscar tudo como uma epopeia que não é. Vejo essa mania em alguns contadores de estórias alheias, o que é absurdo diga-se; sim, sim, rolha de Priapo cubra os que assim o fazem. Não farei. Tecerei apenas comentários sobre o escrito de Mador.

4.6.1 – De Casim e Antônio:

A passagem sobre Casim e Antônio - nossos amigos falecidos há muito - me comove sempre, a ideia que ele faz de que os artistas dessa existência são protegidos por ninfas é tão infantil quanto bela. Mais a frente lerá que ele realmente crê nisso, ou quer nos fazer acreditar que crê. Harmonioso vislumbre, como teoria é inconcebível, como fábula em prosa eu aprecio, sim.

O que chama atenção principalmente é a utilização de aspectos do cotidiano real de nossas vidas para a criação de uma realidade quase fantástica de alguns fatos, principalmente sobre as mortes dos amigos. Pensando nisso, automaticamente vem lembrança das conversas que tínhamos e os efeitos dessas conversas no seguimento gentil de nossa amizade.

4.6.2 – Do que éramos, do que tínhamos:

Éramos tudo aquilo que o escrito "Eliéser Baco na casa de Mador" suscita... Não tínhamos na amizade os refugos do que a sociedade pede para os vínculos sociais. Tínhamos a sustentação da fraternidade vivida e almejada em teorias de artesãos franceses e ou ingleses. Tínhamos a união do que alguns tentam e não concretizam de fato. Estávamos juntos por amizade incondicional. Separados fomos por nossas buscas pessoais, e não por filtros que deixaram de funcionar no apego contraditório. Algumas amizades são vinculadas aos filtros: isto passa, isto não passa, isto funciona na engrenagem da bebida da amizade, isto não; isto deve permanecer na teia que separa o sumo do bagaço dessa fruta chamada relação social. Frutas podres existem às caixas. E da árvore que escolhemos subir todos juntos, degustamos naquele momento os frutos verdadeiros e suculentos da amizade incondicional, e isso temos dentro de nós como um fato que não há nada que abale ou faça ser reavaliado para menor contento. Creio ser este o fator primordial de ainda estar aqui, marcado pela vida na pele e no semblante, marcado na existência, na teoria angustiante e na prática hesitante, mas ainda aqui, a tecer comentários que são pobres perto do que significa uma relação de amizade verdadeira que nos une, e que sempre nos unirá, seja qual for o destino de nossas cabeças. Cabeças que espadadas por algum requinte europeu ou amaldiçoadas por alguma cartomante desaforada e meretriz em seus conselhos vis, ainda que fechemos os olhos definitivamente nessa jornada, que se confunde com sonhos dantescos ou alvaredianos, serão cabeças de homens que se uniram na amizade, por aquilo que a vida mais degusta no fundo de sua evolução: sinceridade fraterna que não foi condicionada por nada ou ninguém.

4.7 – Das palavras tal qual insanidade:

Eu sei Adágio, são um apanhado de frases que mensuram e novamente o fazem sobre o aspecto que me incomoda sensivelmente. Deixamos Mador de lado em seus tropeços contra o que acreditamos ser o ideal de vida. Se Mador perdido está, parte culpa nossa, porque por mais que ele tenha ido sozinho, sem nenhum empurrão de Iago, não foi cogitado por muito saber dele. Em parte, acredito por acharmos que ele voltaria diferente, em si, após as hecatombes mundiais muito mais tranquilo e frio com relação aos seus sonhos de existir sem os aparatos impróprios da sociedade. (que muitas vezes só visa usar o homem como ferramenta e descartá-lo quando não mais função técnica tiver). Talvez essa ideia tenha sido o que nos fez ficar do outro lado da margem deste rio. Ainda amigos, porém, incomodados com o fato de que ele não queria se abaixar diante do que todos se abaixavam, se curvavam, se piruetavam forçosamente. E nós, de homens de bronze querendo pratear nossa existência com atitudes e conquistas, fomos nos tornando mais pesados, mais de chumbo do que de prata, em muito pelas retomadas visando o que a sociedade impõe como correto.

4.7.1 – Das palavras tal qual confrontação:

Lembro-me que Ária, o primeiro grande amor de Mador, certa vez perguntou se ele precisava de ajuda externa de algum profissional da saúde, para melhorar esse aspecto confrontador dos valores sociais vigentes. E muitos concordaram que ele precisaria realmente. Hoje, ele, o homem considerado mais pesado que o chumbo, levado que era ao fundo do mar da vida por suas escolhas destoantes de tudo que nos era veiculado como o melhor, o ideal, o marcante, reluz em nossas lembranças como aquele ser que talvez tenha feito a melhor escolha, e reluzindo como prata chamativa, faz-me ficar em dúvida sobre meus próprios passos. Talvez tenha até se sentido distanciado de nós, aos poucos, se conheceu no velho continente pessoas que partilhavam de suas elucubrações enraizadas na essência humana, que para ele une arte n'alma, de forma a incendiar o olhar e as atitudes, tornando tudo depois disso, algo melhor.

4.8 – Daquilo que não pode ser prometido:

Gostaria muito de escrever-lhe manifestando que em pouco tempo chegaria em sua cidade, que em pouco tempo apertaria sua mão e abraçaria sua existência para juntos continuarmos a empreitada de tijolo a tijolo erguer consistentemente o mapa que nos faria adentrar na névoa desses mistérios, saindo dela com os amigos nos braços. Mas mesmo que quisesse fazê-lo, não poderia, nem tanto pelas obrigações e responsabilidades, mas em muito pela deficiência física que me traga para dentro de casa mais e mais. Perguntar-se-ia então: Mas seus amigos não parecem ter dado a vida para encontrar o homem que deixaram para trás no caminho fraterno da amizade? Respondo com exatidão racional: Sim, e por isso mesmo preciso ficar, as perdas já foram tamanhas que não consigo avaliar perder mais uma vida - a minha que seja - como algo valioso no momento.

4.9 – Do que envolve tais questões:

Envolve um susto macabro, uma pernada fantasmagórica, um arranhar de portas soturnas na escuridão solitária da reflexão.

4.9.1 – Do que ainda por demais se pede:

O fato é, jovem senhor Adágio: Peço-te uma semana a mais depois que receber esta carta. Procure Judith e pronto. Prometo que apenas este será meu pedido derradeiro, aquele manifestado na tristeza econômica do "obrigado", sincero e tardio.

4.9.2 – Das reticências, por vezes necessárias...

Recolherei minhas coisas e lerei um pouco, depois conversarei com Carolina. Precisamos urgentemente conversar sobre uma possível adoção. Tenho evitado o assunto, já que não quero macular seu orgulho. Disse-me ela, outro dia, que eu posso escolher mulher mais nova para ter um rebento verdadeiro. Olhando para o caos desses tempos, não seria verdadeiro sentimento aceitar de braços abertos, uma criança deixada por sua genitora no lixo da viela mais desgastada da cidade? O medo assopra a questão da minha resistência física. Porém, penso eu, meu mal não corrói entranhas, apenas desperta os cuidados para continuar sem piora mínima. Semanas atrás tive um lapso em plena praça, amigos e os ditos admiradores recolheram-me num banco mais afastado enquanto o ataque se refletia no físico; por isso tenho mais receios do que olhos confiantes, palavras mais tímidas do que parvos discursos, andar mais cauteloso do que um bailar crepitante.

4.9.3 – De um término com frases alheias:

Quando sua resposta chegar, possivelmente George já esteja de volta. Termino com um texto de um pensador que conheci este ano, Claude

Robenstein, do Grão Ducado de Baden: "Quando se entrega um poema para alguém, é parte de si que vai junto, ou parte do autor? É parte do caos de um submundo ou parte de uma tentativa de manifestar-se diante do furacão em assombro?

Nem o melhor semblante compreenderia a entrega de um poema; é nula; é sabedoria fútil; inútil explicar tampouco perceber ou viver; inútil é quando se ampara os olhos de Deus na entrega. Que Deus? O da hipocrisia velada na angústia alheia? O da fé renovada no âmbito do "não me dirijas o olhar, poeta do caos"? Quando estamos na maresia, percebemos quem é quem. E neste momento não há poema que baste para se justificar ter alma. Não há! Filosofar em grego, hebraico ou alemão. Não há! Perceber Deus é ler o poema, e guardar!"

Gosto muito desse texto. Parece meio confuso, mas, gostei muito desse texto.

4.9.4 – Do que se envia:

Enviarei como disse os capítulos doze e treze do livro do fantasma.

4.9.5 – De mais digressões:

Esta onda chamada preocupação é como aqueles concertos feitos para os violinos, algo que inicia a inquietação calmamente até o agudo quase ferir-nos, e depois, nos recolocar assombrados no despenhadeiro. Meus amigos e o fantasma. O que me deixa intensamente chateado é que o fim dos meus amigos pode ter sido ocasionado por seus sobrenomes, seus sotaques, suas peles pigmentadas diferentemente do que a perfeição da visão do alguém que tenha os encontrado. Pares de genes alelos. Se os pares de pessoas pudessem irrigar a alma com pares de compaixão e respeito quando do coito que inauguraria mais uma formação humana, se isso ocorresse não seria este mundo, seria? Seria algo completamente melhor, e não seria este mundo. Caos e poemas. Caos e poemas lembra-me o fantasma do melhor amigo de Maneco. O fantasma do quase amor de Ária. Fantasma este que renovou nossos dias quando da viagem capitaneada por Maneco. Fantasma que me fita no espelho todos os dias, todas as noites, todas as tardes. Meu olhar encontro e logo inunda o olhar dele. Várias facetas do olhar dele. Mande-me notícias, amigo Adágio.

Com destemido esperar,

Joaquim.

XII

(Oceano, a bordo do Navio Huxley. Muitos se aglomeraram para tentar visualizar o corpo que se debatia entre ondas e relâmpagos, na busca do viver. Como num circo de horrores, a mania de apreciar o desespero do ser instalou-se nos vidrados olhares, raros foram aqueles que buscaram ajudar. Não haveria salvação para Antônio. O rei marinho, provocado e revolto, não deixaria por nada este corpo voltar aos seus com vida. Como a criança brincando com o inseto pronto ao abatimento, as ondas jogavam o homem de um lado ao outro se deliciando com cada grito bestificado pela certeza do morrer! Quando a neblina frienta cobriu-lhes a visão muitos se desesperaram por não poder enxergar cada momento da morte do poeta, o corpo boiando não foi suficiente para espantar os mais aflitos. Queriam ver se afundaria logo? O que mais esperar de seres assim? Quantas vezes não observou um tumulto entorno de um pobre diabo sangrando ou que definhava em pancadas sobre o solo? E para a pergunta: onde estão os humanos? Eis a resposta: ao vosso lado, esquecidos da prática dos valores morais e atos, preocupados em achar alheios defeitos, petrificados que ficam a esta "honrosa" missão: vigiar o próximo. E Antônio, sublimou ao fundo do oceano lentamente. Amigos, há tantos vis que ainda respiram...)

....

(Rua Antoine de Saint. Enfrente de onde mora Ária)

(No portão de entrada pensa por um instante na vontade que tem de estar sempre fazendo caminhos assim, visitando. Talvez esteja esquecido que a certeza é uma joia nunca encontrada com todos seus elos no pescoço de uma mulher. Ainda que amiga. Quando chega, ela já o espera no hall. Quando adentra sem ter tido a acalentadora recepção que esperava vê os cacos do vidro da janela espalhados, como pensamentos límpidos que pareciam concretos até há pouco. Depois de hesitar em retirar os envelopes enviados por Maneco do bolso interno do casaco e lê-los, atenta-se a ouvir o inverno dito pela bela, como a ação da geada na planta que nascia charmosa:)

E do frio extremo daquele olhar aguado
a pena, a dó, transmite-se no abraço.
não pode ter os braços que sonhara,
só ser o amigo gentil e acomodado

E a sós, em si, cercado de elogios,
renega em Mi, canção que lembra a musa.
em Sol fechado, janela que se tranca,
no peito a casa, que a amada ainda usa.

Verso composto

Telhas já quebradas
portas bem fechadas,
a casa então secreta: meu coração
é teu, é terno e teu.

(Como abalroado pelo soco dado à miúda senta-se ao sofá, olhando firmemente o nada. Longinquamente ouve seu nome repetido pela da boca que já degustou o beijo.)

Verso epigrafado para ela, quando talhado na da vida, a moldura:

Sorriso que enlaçou no ato,
palavras que soaram canto,
a vontade de te ver foi tanta...
que o beijo que te dei foi sonho.

O rio em que banhei meu sonho,
deságua no meu peito em pranto,
feliz envolto no teu tato
componho um verso que te encanta.

(Bobos versos, diz baixinho, tentando decifrar mais um enigma deste dia que parece querer lhe soprar algo na fronte.)

(Depois de ouvir uma vez mais seu nome e responder com um indefectível som, leva as mãos aos olhos curvados na severa mão da sinceridade.)

Mador
_Como um amigo. A última frase que gostaria de ouvir de ti, ao menos hoje. Como pensei em um "gostaria que estivesses aqui" ou qualquer outra que dissesse o contrário do que antes não ouvi do que sou para a tua razão.

Ária
_Entenda, gosto de sua companhia e por isso adiei tal esclarecimento. Não é fácil correr o risco de perder alguém como você. Não posso regar a flor das esperanças dizendo a antítese disso. Ainda não o posso fazer, não sei se o farei e quando.

Mador
_ Entendo.

(Levanta-se e recolhe calmamente alguns cacos de vidro do chão, como que juntando algumas evidências do relatado por ela. Ao palco das recordações revive cada tato, cada ato, cada cena. Palavras e dizeres que se escondiam nas entrelinhas do viver sem que ele percebesse. Com mensagens no bolso interno da jaqueta de couro preta, foi até a porta. As mensagens neles contidas, que iria dividir com Ária, não sairão mais de sua boca. Agora não, ao certo nem sabe se o fará, e quando. Dois amigos mortos no velho continente, um em viagem de volta, outro na casa em que vivia. E o momento adorável do reencontro imaginado quando daqui se aproximava se foi, com o som frio do até logo, que melhor soaria se fosse um adeus. Despede-se gentilmente negando o convite para um cappuccino. Sai ao corredor)

Ária
_ Até logo.

(No desenlace das mãos o desenlaço de uma chance talvez única, de no mínimo, uma grande amizade. Ato motivado pela razão, que se às vezes o melhor lado da balança do arbítrio, algumas o fel que fica a boca. Atravessando a rua sente um calafrio quando chama seu cavalo Fausto e se vai.)

XIII

"Não ter para onde correr quando em dias assim é como querer o colo que já é frio, tombar vencido ao temeroso rio. Continue a esquentar o machucado da esperança por dias melhores".
Maneco, em carta.

Maneco – Manuel Antonio (depois de abraçar fortemente o melhor amigo)
_ "O verdadeiro amigo é aquele que aparece quando o resto do mundo desaparece".

Mador
_ Desculpe a ausência grande amigo. As últimas notícias foram duras e cercadas de lamento. Obrigado pelas mensagens sobre nossos queridos Casim e Antônio, a dádiva da companhia deles só quando em outras terras agora. (riso gelado)

Maneco
_ Está melhor em relação à descoberta de seus pais biológicos?

Mador
_ Melhor, minha vida é a obra que meu pai James nunca terminou. Pintura que minha mãe Leonora findava quando de sua última queda doentia. Mas minha dor nada se compara a tua.

Maneco
_ Se não física da tísica, amarga n'alma. Tua dor que não faz desmanchar parte do pulmão, faz isso com o que temos de melhor e mais poderoso amigo: o brioso e austero palpitar da esperança, da sobriedade e da razão. Viva cada segundo antes da queda final, faça por mim e pelos amigos que se foram nesses dias.

Mador

_ Minha viagem talvez seja postergada, o espairecer se adiará, quero te ajudar na recuperação. Essas noites que se instalaram ao meio-dia de sua vida e meus últimos estranhamentos com Lupus me fizeram ver a dificuldade que é não poder escolher a família em que se nasce ou se é criado. E quando as ideias aos poucos clareiam calmamente, pesando fatos, algumas palavras vêm como mar que tomba e emudece a perspicácia. Lentamente calando e rebentando ilusões, fragmentando sonhos com força.

Maneco

_Obra da vida, que se a dádiva dos afortunados, a prece dos enfermos, o infeliz bater do coração dos desiludidos. Coração que bate porque pulsa sem razão aparente, inundando o corpo com o vital líquido em serpente.

(Maneco mostra então um trecho de um escrito seu. Mador lê)

Mador

_ "Venha doce sombra, carrego-te comigo; adentra minha morada e desnuda meu piano Faz entender que a voz que acalentou os sonhos fez por merecer o puro olhar." Foi embora, como a brisa que antecede a tempestade, a dúvida sobre teus talentos literários, Manuel Antonio. Deixa com sua prosa o punhal da inspiração cravado na apreciação. Necessita de tempo para evoluir mais nisso, meu amigo. É deveras especial quando começamos etapas, ciclo das tenras lembranças, motivador de obras ao papel, que é parte do âmago. Fascinante mundo vivo a ludibriar a dor quando em belas literárias façanhas, como as suas. Literárias façanhas é vômito para o descompassado com a arte, cantilena perfeita para o ilusionista dos fatos. Reviravoltas no viver, ontem buscas, hoje desencontros e fins. Vento que não sopra mais e se o faz para caminhos estranhos para a inspiração, muitas vezes. Ler sua prosa poética é degustar vinho raro com safra solene. Se pudesse bebericar uma última vez, seria como o melhor gole no gargalo da textualidade, caro amigo. Siga em frente, termine sua obra.

(Camena, a ninfa protetora de Mador, observa-o)

Camena
_ No sono dele farei despertar o "talvez" pela vida.

(Nos momentos de dúvida a descrença se instala bem confortavelmente na poltrona do pesar. A família do amigo Maneco será o porto contra o mar deste dia. Flores para a irmã e para a mãe do amigo. Charutos e vinho ao pai, rascunho e lápis consigo. Enaltece-se a longa amizade destes que considera uma bela família. São elos amigos, fortes elos estes. Muitas vezes a família não faz seu papel por cisma com alguns ou por orgulho de outros. Nestes relâmpagos da existência surgem os verdadeiros amigos, que acolhem.)

Mador
_ Conversemos. Falou com a família de Casim?

Maneco
_ O corpo foi enterrado no jardim da família. O epitáfio foi de Gordon. A mãe dele está péssima, como é de se esperar, o pai inconsolável por tê-lo mandado na marra, ou seja, tudo caminha conforme imaginávamos que ocorreria: excesso e punição. Por falar em Gordon, tive notícias dele. Partiu rapidamente para as belas ilhas dos Deuses, para entrar numa disputa por terras de famílias de artesãos. Soube que ele disse que faria de tudo para colocar a bandeira da justiça no seu devido lugar. Marrie ficou inconsolável!

Mador
_ Gordon sempre impulsivo, não? Mais um dos nossos que se vai ao destino que o chama. Nossos laços de amizade... Nunca olhamos o berço de cada um. As tragédias que ocorreram, somadas, parecem formar um panteão de acontecimentos dignos dos teus contos, velho amigo. Acontecimentos febris e vultosos que nos trazem a morte a sentar perto de nós, nos tirando o véu da inocência e a imagem de infalíveis que às vezes temos. Olhando ao que éramos há um ano parece mentira, não é? Por isso, velho "irmão de alma", temos de apreciar cada momento partilhado com os queridos de nosso convívio, senão aquele minuto que nos soa sem importância se mostrará depois, considerável demais, e como a prata no fundo do oceano, inacessível. Fragmentados que ficarão no passado, com a lamentação do mágico instante que poderíamos ter vivido e não degustamos!

Maneco
_ Concordo amigo e compreendo, nossa turma se foi. Não naquele ir de alegria e riso fácil, quando citamos os que se casam, os que viajam de férias, os que foram beber outros vinhos da vida e já voltam. É lamurioso e sombrio. Morreram ou viajaram angustiados pelas mazelas que a vida trouxe. Nada sereno esse recordar. Das pequenas tragédias que citou esqueceu-se das operetas que estamos vivendo. Minha tísica, que curo em família e tua solidão, que vive de sadio corpo.

(Maneco pede ajuda de Mador e vai até a janela tentar encher o peito doente com ar puro. Respira fundo. Mador então encara os retratos em nanquim no espaço da parede reservado para as pessoas próximas. Vê como se fosse o melhor dos sonhos do passado, quando se lembra dos amigos: um momento da Trupe de Baco, como carinhosamente uma amiga os apelidou. Casim, Antônio, Gordon, Manuel Antonio e Mador;

esporadicamente Joaquim, o gênio compenetrado. Como na leveza da mão da brisa nos tocando a face, ele fecha os olhos e as passagens dos últimos encontros agradáveis retornam. Pensa que deveriam ter sido, de alguma forma, melhor registrados, para quando a máquina sonhadora que é seu cérebro falhar um dia, magistralmente reviver o ocorrido na companhia dos seus poéticos irmãos)
....

(Mador, montando Fausto)

Maneco (Manuel Antonio, febril)
_Como seria se os Homens, por alguns meses, somente pudessem voltar a ter os melhores sentimentos pelos demais? Mostrariam ao Arquiteto do Universo todo o respeito pelos outros? Ou mesmo assim não suportariam a fraqueza de serem imperfeitos e voltariam a errar como no começo de tudo? Podemos nos responder a tão difícil questão? Ou apenas sonhar com tal feito?

(Olha para Mador e Fausto)

Maneco
_Pais biológicos, como seria hoje meu amigo se tivesse sido criado por eles? Teria essa consciência? Teria esse balbuciar? Pensamentos e ações foram cravados como brasa no corpo com o passar dos anos, com o caminhar errante perante a vida, com o beijar da face ao chão dos primeiros erros, com o esquentar da mesma face ao sol das primeiras alegrias. Cantos do viver esses anos. Respingos da chuva dos acontecimentos sobre a fronte. Existem muitas desgraças maiores, e se existem maiores danos, existem também maiores correções. Cada um tem o seu momento, longe de tudo embora tão perto de alguns? Cada um tem seu devanear,

melhor ou pior, intenso ou superficial por cada instante vivido. Importa somente a comparação de uma etapa com tantas outras, fato a ser resolvido que ofusca, de alguma forma, aquele brio de vida. Existem furacões no mundo, pestes e guerras, bênçãos, milagres e fatos sem importância. Enxergamos como vivemos? O furacão de um pode ser uma peste incurável; a dádiva de outro pode ser um fato sem importância. Levamos aprendizado do minuto que por vezes custa a passar, custa encerrar? A própria derrota faz alicerce em cada um. (Pede para voltar pra casa, sua boca sangra.)

Carta 15

Perseguição encontraram em sombras meu ser como alvo. Riscos diante de infortúnio doutros é passo dado em penumbra. Feixe negro q encontrar vez por outra em vida, q pode encontrar uma vez somente. Uma força transformar claro olhar por algo turvo, declarada mente inóspito. Armei me silenciosa mente. Avisei casal de amigos q estava ir busca de estrangeira Judith. Temeroso, medroso, q quase ar falta no descer simples degraus. Antes de tomar rua e dar passos q precisava em úmidas pedras q cobriam caminho. Tochas q via longe eram amigos traquinando contra outros. Árvore q zumbe é dardo negativo quando em receios. É tábua preparada em emboscada quando perdido, em tabuleiro. Pedi q Marte cumprisse sus razões en mim, nos pocos tranquilos pedidos.

Ontem voltei na conversar com enfermeira q a atendeu. Em mesmo dia recebi resposta de senhorita portuguesa. Disse me enfermeira q boatos davam de um mal q iria encobrir todos q por ela procurar. Q estrangeiros sendo usados para extravagâncias locais. Disse iss quando me deixou, a pedir q non ma tivesse quele assunto em lábios e língua. E o turvo a cobrir seu olhar assim como meu. Andei por círculos. Ventos trazer frases a me direcionadas: q estrangeiros non pertenciam a meu círculo: q gafanhotos podem levar io coneles para abismo em sacrifício. Fora primeira vez em vida q pessoas a falar meu vernáculo proferiam maldições em mim. Nem responder soube o pedir conselhos aos deuses, olhar con pequenino pavor. A rapariga portuguesa respondeu carta simples, curta, direta, q io non tinha suporte adornar pescoço dela con pérolas. Q meu dizer distante dos ideais q ela alcançou con cavaleiro de Ásia-média. Causou me espanto non perceber qeste som a desdenhar do q io soi non foi ouvido em mim. Ma nunca ouvido quando precisamos. Solo quando desvelado o q olhares bellos escondem debaixo dos vícios e buscas.

A continuar. Non fui seguido até chegar em o lugarejo q Judith vista con o velho, mesmo q Enriqueta disse ser proprietário de quase tudo q io observava cauteloso. Escuridão e barulhos trás, voltei me rápido q mesmo fosse fogo do olhar de Marte, teria io alcançado fuga. Nada apontado em mim, non adaga o lança, o pólvora o resquícios de ferro. Fui em bosque denso. Donde tive notícias q corpos estrangeiros son deixados. 3 dilacerados por cães, unoutro donde criança naquele instante rancada de ventre materno por dois cães . Um omem via tudo con olhar demoníaco. Non poderia se humano, ma era. Sujo. Sangue e barro. Frio linguajar. Ameaçou me por pensado q estava para roubar pertences q seriam dele. Saiu de duas covas quatro omens, q em busca de valores em carcaças estrangeiras. Perguntei por corpo de mulher. Atendendo viva por Judith. Entreolharam nítida mente curiosos. Sujos, frios, cautelosos. Compreendi rápida mente q non era ma un estudante vindo região do Lácio, apenas un q procurava inoportuna mente estrangeiros, q non bem vindos como lembrança. Haviam cumprido su missão meridional em tentar alçar voo em velho continente. Pássaros assim caçados, esmagados, e mesmo io, un local, caçado igual mente se perguntar demasiado. Sempre 2 lados no mesmo jardim, dois caminhos no desfiladeiro. Duas opções quando neblina alcança. Duas fugas quando sem bússola. E dois pares tudo q podemo memorizar. Un lado o outro, un deles correto dependendo de interpretar a ação. De vivência adquirida. Dependendo de intenção e efeito q quer causado. A jogar ess pensamentos em palmas de mãos, percebi q Penates, deuses antigos, poderiam me ouvir. Apenas eles. Visto q percebia una névoa a querer nos encobrir. Ossos afiados me apontados. Deixei pais e carregava sonhos em quanto nostalgia se deliciava em me ser. Agora arremessado contra galhos e árvores. Cães non deixaram as carcaças e me atacar. Contraria mente q queriam omens estarrecidos. Empurrei dois, feri com lâmina q tinha outro. Ossos afiados perto, nem tanto. Judith, Morghan, Maneco, estariam qui? Ossos amolados seriam deles? Consegui fugir. Entre corredores de árvores, dopo vielas e latidos, muros, ofegantes gritos, ma maldições para con me. Dos Etruscos aos Celtas, Fenícios aos Gregos, de Adagio nos ossos afiados estrangeiros. Filhas do Lácio non son ben vindas em velho continente. Em menos filhas descendentes bastardas e non europeias. Quando estava ponte Sublício, caí. De cansado? Poderiam ser peças tabuleiro deles derrubando me. Ninguém na espreita, na espera, apenas tochas longe, latidos, maldições. Turvo meu olhar percebia sangue a cobrir visão. Pude estar salvo e são? Nem mesmo tinha entrado por tavernas e sus bebidas sutis e lá vinha névoa a perseguir me, a querer envolver o encobrir passos para q então voltasse em labirinto de senhorita do punhal em mãos. Névoa q zumbia, o percebi assim, entre vultos e cochichos. Entre sombras latidos, tochas longe e difícile raciocínio. Dizer de mim Joaquim q palavras-chave serão algumas grifadas a revolver texto desequilíbrio astuto? Preciso contar. Atente se e compreenda. Apenas su leitura confiar o q vivo. Talvez notro dia ma calmo rascunho sob textos de Mador di São Paulo, últimos enviados. Puxado. Quando descansava tateava ferimento q non percebi como feito. Arrastado. Para longe da névoa. Debati me poeira a tentar ver algoz daquele momento. Non cheiro forte e macabro como omens q encontrei bosque sombrio - último lar dus estrangeiros nest tempo. Percebi q otros falar de mi pessoa. Adagio, q de lenta mente sonhar esteio romano, ríspida mente catapultado nesse turbilhão. Seguraram forte mente braços. Estapearam meu rosto, quase uma dezena. A névoa q poderia encobrir ficou parada, ao ar, quase nada movimentava. Melindre mágico? Amarram pés meus, braços abertos presos. Tapas e tapas, ma maldições. Gostaria compreender pq de tantas, vindas diferentes pessoas enúnico momento. Olho tampado sangue. Sangue boca e nariz. O casal de amigos, Marte, os Penates, senhorita do punhal em mãos, alguém poderia socorrer me? Non! Espécie de cajado maciço acertou me pernas. Senhor a cuspir. Trazia conele tocha não mão. Bailar das chamas a querer mordiscar mus olhos. Rosto segurado. Pronto pra açoite. Cuspiu nome: Judith.

Cuspiu en me rosto, outros fizeram. Io. Eu. Rechaçado pelos de minha terra. Procurar estrangeiros para ajudar, ei meu crime. Ei viela q me levou a perdição, pru açoite, pro corte no rosto. Para marcar a me, definitiva mente marcar, q todos observar ferimento, feito de italiano contra italiano. Intuito era retirar me olho pensei, para ser ciclope tardio.

Ciclope tardio.

Cambalear inexpressiva vida. Omem diferenciado dosotros italianos. Em pele marcado. Em alma torturado. Em face rasgado por osso de estrangeira q io quis salvar. Omem simples. Frases simples memória. Atitudes simples em cotidiano podre vida. Q compunha em minha simplicidade. Quase olho extirpado, com se olho fosse erva daninha a ver subterrâneo, o rosto arrebentado. Pelo osso afiado de tu amiga Judith. Caro Joaquim. Assim compus manifestação cerebral enquanto levava açoite, surra. 1 dizia querer escalpelar, como animais do oriente q caçados trancafiados jaulas, depois atordoados contra chão e ali deixados sem pele e pêlos. Riam. Proferiram. Non fizeram. Olhar da noite de me non se compadeceu. Non ouvia latidos o via tochas longe sendo carregadas. Um olho coberto sangue ferimento cabeça, outro a arder pelo corte seco abaixo dele. Pele rasgada altura do queixo. Amargurado pensar q tivesse futuro depois açoite, seria como dus estrangeiros caçados: triste solitário. Ser estrangeiro minha terra non é complicado tendo ouro sorrisos politicamente alinhados. Seus amigos, Joaquim, mesmo brancos o parcialmente brancos eram espólios de guerras antigas. Serviam como escravos e escravas. Argamassa de algo q vir ser construído. Degrau q pisoteado fosse alcançado objetivo em alto de ideias dos omens locais. E surrado manifestava com me ess verdades. Será q os acoitadores conscientizados q por ventura descendessem de escravos brancos de império romano? Q talvez sus ancestrais fossem rameiras usadas sexualmente pelos donos? Será qos descendentes de europeus q hostilizam brasileiros nãobrancos no sul de su país, Joaquim, tinham ess consciência? E como sus amigos fui deixado em viela tardia do esquecimento. Cavalo puxou me dezenas de minutos, senti ma perto cada vez ma perto cheiro da morte. Ouvi alto aves q adoram carniça. Cortam o ar e pousam. Non estava ferido mortal. Aceitei momento qo último golpe retirar sopro de vida. Ficar como banquete vivo de aves famintas. Percebi non iriam entregar me corpo nas aves, o dar derradeiro golpe. Arrastaram me um lado bem conhecido. Cuspiram nomes estrangeiros em rosto meu. Cuspiram tantos q nem sabia teria ouvido nomes mencionados em cartas: Mador, Maneco, Judith e Mhorgan. Deram tapas para voltar do quase desmaio. Mostraram e disseram: Judith; Mhorgan. Jogaram me cima deles, rostos desfigurados bicadas. Non sabia deles, ouvi repetido ess nomes. Risadas, viam minha perplexidade. Estampada face sangrante. Chorei enlouquecida mente por tudo q lido e recordei. Tudo q representado estar jogado sob corpos definhados. O velho riu. Disse q cuidado dela, cuidado bem, e usado bem o corpo. Todas as formas até encontrar estrangeira mais bela, jovem, pura, submissa. Ergueu alto cajado. Ouvi descer como aviso mais soturno e temi olho, temi destinado ciclope tardio desses tempos. Não mais os vi.

Acordei muito dopo. Filha do taverneiro. Velas a iluminar. O cavalo me arrastado boa parte da região, arrastado me corpo, Judith e Mhorgan. Amarrados juntos, arrastados. Pessoas avisadas por ato q Adagio, o perguntador, daquela vez poupado.

Posso pensar de me vida neste momento? Ruínas e desertos. Forte angústia. Forte desejo de existir somente por palavras. Enclausurado atrás de parede de tijolos verbais. Subsolo de algum subterrâneo. Non acometido de doença alguma. Fisicamente não. Entre conversa e otra con taverneiro e sua filha, visto q alojado em casa deles por pena, esclarecido este ponto, vem minha mente cena apocalíptica em bosque.

Tornome apenas fragmento de mim. Fragmentado assi percebi agonia a levar q sou e ainda não me tornei. Madrugada: ouço cavalo arrastar em pesadelos desapressados. Acordo: vejo, entre chamas do candelabro, filha do taverneiro sugando. Rustica mente a usar meu corpo para sus alívios físicos. Minhas mãos amarradas, minha boca tampada pano q cobre seu sexo durante dia. Durante dia uso una máscara. Quando entro a taverna para ajudar. Meia máscara. Ciclope mascarado até manto enluarado vir. Depois, conversas com taverneiro. Até momento q ele sai afim de esgueirar degraus andar de baixo, proporciona ouvir gemidos com casal jovem, clientes endividados q servem seus corpos. Para nas noites cíclicas retornar nos vícios de carteado e vinho. Ciclos, ruínas, labaredas, cavalos, mãos presas, turvos olhares. Ciclos gemidos, ruínas em vida, labaredas a morder, cavalos a arrastar, mãos presas na cama, turvos olhares imensidão angústia. Ciclos de ruínas puxados pelos cavalos-labaredas. Nos deixar com mãos presas na angústia, a mediar turvo respirar.

Me perco em leituras de Sêneca. Deixarei frases após este pensar. Este ciclope tardio. Carrega também imagem de face dilacerada. Assim, comunidade crê como destituído de tudo q poderia ter por completo e non tenho. Na face, assustam comigo, ma non com atos próprios corruptos.

Assustam sem conhecer engenho q percorre me. Non sou alguém, me corpo entrega fragmento do q foi un dia alguém. Q eles non podem nem encarar me correta mente. Fragmentado, extasiado con mãos presas em leito, mesmo q pareça o retrato soturno de fuga realidade. Ma realidade pessoas não percebem. Então, deixo me perder em linhas dos autores. Ajudo taverna em q posso para pagar hospedagem e comida. Filha do taverneiro viu em me objeto sus delírios, un confidente em dias, um servo fálico em madrugadas. Soltou mais e mais em ponto confidencia q desistiu de Mador di São Paulo dopo ele envolver se con una jovem cega. Pa provar tal, Coralie trouxe texto assinado por ele. Talvez ess primeira boas novas q tenho em infeliz carta Joaquim. Ela confidenciou em tempo. Un dia dopo seu pai veio a dizer q meus dias findado em quele lugar, q alguns exigiam q io retirasse me. Deu conselhos. Non voltar para pais até três estações romperem tempo. Disse q sabia q io amarrava mãos de su filha em meu leito. Ma faria poco disso en virtude meu silêncio sobre a forma q taverna cobrava dívida de alguns. Consenti. Com un soriso q pareceu un surto momentâneo. Disse q tudo poderia transcorrer. Q sabia de minha boca nunca abriria mencionar qualquer fato q io tivesse ouvido o presenciado em su casa o sua taverna.

Ei texto assinado por seu amigo.

...

Mador e o olhar límpido da alma

Ela era cega. Só podia ouvir minha voz, perceber o toque do meu perfume em sua vida.

Inevitavelmente, alguns ironizaram, que não sendo visto, poderia então, ter encontrado alguém finalmente. Eu ouvia pelos ombros e caminhava com ela.

Dizia ela que minha voz era doce, que meu tato era doce, que meu abraço era doce, que minha alma era doce e doce era tudo o que nos rondava.

Eu ouvia os violões lusitanos pensando nela quando a distância chegava.

Meus olhos queriam acreditar que meus valores estavam ali presentes nas minhas atitudes, mas diziam que meus valores estavam no meu capital, ou na falta dele, e também no estético do meu ser, ou na falta dele.

Mesmo assim, conheci a Ilha dos Açores, fui em busca dos meus sonhos, e ela, sem nunca ter me visto, enxergou-me como ninguém o fez.

...

Creio esta prova de q ele foi embora. Ilha dos Açores, terra de Camões.

Reuni me con alguns senhores, amigos de taverneiro. Para q ajudem minha ultima etapa aqui. São: Sr. McEwan, Sr. Freire, Sr. Poe e o Sr. Trevisan. Q procure eles se algo errado, enviarei juntos corpos de Judith e Mhorgan est carta. Esperarei resposta. De confirmação q são eles mesmos. Me organizar e deixar est lugar. Avisar meus pais, amigos e dono de pensão donde morado, no Corso. Se algum dia receber otra carta como se minha, daqui endereçada, non serei io.

Atente se para q combinarei agora: assinarei como: Adagio Violin D Major.

Non confie se otra carta chegar conoutra assinatura.

Dopo dess acontecimentos perdi último fio q prendia en bom. Deixo fios de conduta para achar me em labirinto des vida se preciso.

Despeço me caro amigo. Cumprirei trajeto até Açores. Misto de fuga iss. Non arrependo estar nest momento de vida. Preciso terminar isto, visto q terminado con migo. Quem sabe por motivo q non compreendo tenha io parente lusitanos. Compreenda poco poco parte idioma seu. Mesmo motivo vi otras pessoas de seu país. E em Corso fui morar.

Termino. A esperar últimos capítulos do livro do fantasma q na Ilha dos Açores. Dois non li por tudo acontecido. Lerei em um taco solo. Todos demais q enviar.

Te deixo, con Sêneca em tinteiro.

"Não será a vossa venenosa maldade a dissuadir-me dos elevados objetivos nem o veneno, que borrifas sobre os outros e que a vós mesmos mata, vai impedir que eu continue a louvar não a vida que levo e, sim, aquela que deveria levar. Também não me impossibilita prestigiar a virtude e segui-la, mesmo que me arrastando e de longe."

"Enquanto perambulamos, às cega, sem acompanhar o condutor, mas debaixo de brado dissonante de vozes a ecoarem de todos os lados, então a breve vida descamba para enganos, apesar de estarmos a labutar, dia e noite, com as melhores das intenções."

Abraço fraterno caro amigo Joaquim,

Adagio Violin D Major.

Carta 16

5.0 – Da localização geográfica:

São Paulo, capital do Estado de mesmo nome. Rua da Cruz Preta, nº ...

5.1 – De quem escreve:

Joaquim. Finda a leitura solitária, eu, presidente, submeti à discussão interna as últimas informações. E não havendo quem pedisse a palavra, foram as informações estacionadas no vão das reflexões. Verificando-se ter sido aprovado por mim, cumpridas as formalidades legais, declarei constituída esta sociedade de ações e pensamentos que miram o descontrole sobre si próprio.

5.2 – Das primeiras ações:

As possibilidades, todas elas, do que poderia eu dizer ao submundo, aos cães que alto gargalham de nossas tentativas, aos demônios e diabos que nas sombras proliferam algo na tentativa de nos agradar, eu vomitei, pus boca a fora. Acordei completamente imerso em algo que parece esmagar com brutal força o que resta do melhor de nós mesmos.

5.2.1 – Do que se chora:

Carolina e Bárbara estão catatônicas. Criaturas quase sem vida. Posso observar e crer que não menos pálidas que a senhorita de punhal cravejado, que o perseguiu e de certa lida o encantou, amigo Adágio. A carta e os corpos chegaram, enfim. Não há dúvida de que são Mhorgan e Judith. Correto senhor Adágio, muito correto no que fez. Ainda não estou surpreso com essa contagem de corpos, iniciada e talvez ainda por continuar. Maneco e Mador estão ausentes.

5.2.2 – Das segundas ações:

Ainda não estou surpreso, pois, parece que as coisas ainda não aconteceram, somente são um alarde de que chegará uma carta sua contando que se enganou, ou que talvez tenhamos todos nos enganado sobre os finados Mhorgan e Judith. Os pais dele perecem a cada instante, mesmo que encontremos ali ar vasculhando os pulmões, sabemos que serão seres desapropriados, desalojados, despercebidos de tudo que envolve a realidade. A força para prosseguirem virá depois de muito, se crê na atual conjuntura. Logicamente que quando exponho que ainda não estou surpreso, a razão se dá pelos compromissos que tenho diante de tudo isso. George não está na cidade; eles, Mhorgan e Judith, não tinham irmãos, família pequena a contrastar com as teias familiares que se estendem aos novos subúrbios e novas vilas em torno das cidades, portanto, cabe a mim a tarefa de resolver a burocracia que nos coloca nos braços temporários da razão. Como foi triste vê-los mortos!

5.2.3 – Daquilo que perseguirá:

Como é triste olhar para trás e definir que eu poderia ter ido junto e cuidado melhor dos meus amigos. Essas sombras irão caminhar comigo até o dia em que eu me perdoe. E este perdão, presumo, custará a estar no meu leito quando me deitar a cada noite para descansar o corpo e a mente. E mesmo que eu descanse, coloque meu corpo débil no tecido, feche os olhos débeis e amuados, sonhe por minutos com paz, perdão e fraternidade, o horrendo momento da lembrança dos corpos mutilados e cadavéricos, machucados, sofridos e frios, irá inundar meus neurônios, percorrerá cada veia de meu corpo, dominará cada vontade de meus órgãos internos, apodrecerá os sentidos de meu frenesi pela vida, abalroará os tecidos da pele concentrando essa onda de ruídos e dor dentro da paz, destituindo minhas madrugadas do direito de me acolher.

5.3 – Das palavras ocas e seus significados:

Ainda não sei como pedir desculpas pelo que lhe ocorreu, caro Adágio. Sei apenas que no momento não é possível, não existem mecanismos para isso no meu linguajar, no meu vocabulário, na minha gramática, em nada que eu toque ou perceba posso verificar tecnicamente existir forma ou fôrma de colocar as palavras ou algumas delas e entregar em dispositivo que lhe peça desculpas de maneira honrada. Portanto, caso precise disso para aconchegar-se nos braços das noites, amaldiçoe-me. Que o merecimento, criaturas angelicais e diabos saberão ser verdade para com minha existência, por ter sido covarde, por ter usado sua existência para algo que eu deveria ter feito, por ter usado sua existência para meu conforto de permanecer no meu mundo e não correr os riscos que correu. Usado sua existência para resolver assuntos e dúvidas que não eram suas, e ter se sacrificado senhor Adágio, de tal forma a não ter mais nem serenidade, nem vida própria, nem os laços familiares para protegerem-no, nem o mínimo conforto para deixar essa cidade e se embrenhar na fuga para a terra de Camões. Fuga que se vestirá de busca por Mador, na Ilha dos Açores.

5.4 – Daquilo que ofereço:

Ofereço minha casa, ofereço meus contatos no âmbito estudantil e profissional, e tudo, tudo, tudo que puder vasculhar e pertencer à minha pessoa, tudo que tenho dentro de minha morada para que possa reerguer-se. Ofereço até mesmo minha vida, ofereço minhas roupas, os serviços de meu médico, de meu advogado. Ofereço meu leito, ofereço minha mulher Carolina, ofereço o corpo dela, ofereço as coxas e o sexo dela, ofereço o ventre dela para que possa salgar e quem sabe fazer o que não pude, um filho, para ela se alegrar nesta tenebrosa vida que encostou suas mãos pestilentas em mim. Quem sabe esteja neste momento catártico a verdade e a saída. Minha vida pela sua, o calar do meu respirar pelo teu vibrante e corajoso viver, para que possa começar vida nova em minha terra, como muitos da sua fizeram. Esteja certo que se quiser embarcar para São Paulo intuindo ficar, tudo que é meu hoje será teu no dia seguinte de teu desembarque. Quem sabe seja este sopro viril e repleto de tudo que não se encontra em mim, o que necessite Carolina. Quem sabe, minha vida ridícula e afastada dos mais robustos passos tenha chegado até aqui para propor isto, para honrar isto diante da natureza, diante dos obstáculos que encontrou, senhor Adágio. Não sei se existe melhor pedido de desculpas.

Pego algo para beber e retorno logo para continuar a escrita.

5.5 – Do cansaço iminente:

Cansei dos chás, dos cafés, dos aromas tenros. Apenas uísque e meu olhar fúnebre. O risco de tombar não mais me atinge. Cansei dos afagos do vento, da mão aberta estreitando o luar diante dos olhos.

5.6 – Daquilo que se esclarece:

Alguns culpavam a máquina da sociedade por algumas coisas que temos no âmago, Mador o fazia. Eu não o faço. Embora perceba que muitos erros cometi, e que nesta carta mesmo deixo claro, foram em virtude de buscar somente o que caía da máquina social. Nada que impressione isso.

Os escritos de Mador são apenas um pequeno anúncio do que ele percebia dessas coisas. Nada que impressione, talvez impressione como algo distante do real o nome Camena e seu vínculo com Mador, algo escrito sobre ela em uma metáfora de algo que possa realmente existir. Não vejo maior assombro que este ao reler aquilo, portanto, envio-lhe os últimos capítulos do livro dele, leia para um pouco melhor conhecer o homem que busca, leitor. Estive pensando que deveria cortar alguns trechos, enviar menos folhas. Mas seria prudente? Talvez fosse bom para evitar mais leituras, mas seria prudente? Deveria quem sabe até ter feito isso antes. Mas os capítulos eram para Maneco, depois foram para que lesse, Sr. Adágio, pois os pediu. Agora só enviarei sabendo que são os dois últimos, senão me negaria a fazê-lo. Ainda assim penso em mandar somente parte deles.

5.6.1 – Das questões que revolvem terra infértil:

Imaginando ele na minha frente a sorrir sobre suas percepções sobre a vida, noto o quanto minha obra de vida é tola, meus passos rumo ao cotidiano, à burocracia que se tornou minha vida. Tentando caminhar no teu pensar sobre ruínas, Adágio, sou o próprio fomentador das de Carolina. E isto se edificou insuportável para mim. Eu não sou. Apenas e tão somente não tenho eu. Sou uma utopia, sou o fragmento e fragmentado não sou um em sua totalidade. Sou espasmo social, uma imagem que reflete fragmentos do que sequer conhecem de mim. Sou o bacharel e as roupas que este bacharel veste, a casa que o bacharel mora. Um objeto que virou uma coisa que não é um ser. Por isso necessito do perdão dos meus amigos e do teu perdão, ter me entregue a esse deslumbre fatídico de deixar de viver e somente lavar as mãos na preocupação e na coisificação de tudo que nos ronda pode ter decretado o fim daqueles que eu poderia ter ajudado. É a espada mais perigosa essa que me desfere golpes. E meia garrafa já desceu por minha garganta.

5.6.2 – Da compreensão:

Não sei se compreende o que tento minimamente dissertar, caríssimo que lê, apenas pode ser isso o fragmento de algo maior e melhor do que um dia eu possa exemplificar sobre esse estado de coisas que me torno ou que me fizeram tornar; ou que ainda os olhares percebem por não compreenderem mais a vida como algo melhor do que comparar os outros, com outras coisas e objetos. Sinto-me, eu Joaquim, uma coisa sem nome, que não merece sobrenome ou raiz mais funda na terra. Quando olhar-me no espelho tentarei não ver meu reflexo como algo que precisa ser um objeto perfeito. Apenas respirar, sentir o vento, degustar a água, abraçar Carolina, suar sobre... Fragmento de sonho esse frasear? Talvez possível.

5.7 – Das citações:

Coloco aqui, agora, palavras de Goethe, para exemplificar o que não tenho capacidade: "Ai, plácida mansão, de espíritos morada! Revive na saudade, há tanto descorada!

Começa em vagos sons meu estro a palpitar, qual de uma harpa eólia o triste delirar...

Já sinto estremeções; o pranto segue ao pranto, e o duro coração se abranda por encanto."

5.7.1 – Da ruína:

Mas não se abranda. É nítido que precisamos sempre de algo positivo quando nos encontramos em situações difíceis, mas como fazê-lo diante de tal tragédia? É como tentar se cobrir com algo que não protegerá e tampouco aquecerá o que temos de melhor. Simplesmente a ruína de amigos coloca meu pensar na ruína que sou, que talvez tenha provocado em outros. A minha incompetência de convencer Mador a ficar pode ter se refletido agora nesses atos que atingiram o senhor, caro amigo

Adágio, e os mortos que queimamos a pulverizar. O certo mesmo é que talvez esse redemoinho nos deixe depois de estraçalhar e refazer diante de tudo que ocorreu de infortúnio desde que Maneco, Mhorgan e Judith partiram com sorrisos nos lábios e preocupações se formando de dúvidas. A culpa nos fez projetar nosso ser para o velho continente, a culpa por não ter tentado compreender melhor Mador e suas ideias sobre o caos que ele via nas atuais relações. Um homem sem família ou companheira, que viu nos amigos o olhar de reprovação quando ele insistiu em ser ele mesmo. Quando ele não quis se dobrar por aquilo que não acreditava. Hoje isso soa como um ser idiota que não colhe das podres árvores aquilo que todos querem colher. Soa como o fatídico momento em que alguém não se vê mais refletido nos amigos mais próximos, não se enxerga em comunhão com as possíveis afinidades que o fizera propriamente chamar: amigos. Não direi que a busca dos três em Roma foi por eles próprios também, isso não seria o correto, apesar de talvez o mais charmoso a se escrever. Única e tão somente para nos tirar esse mal do peito, essa corja de animais malévolos que deixamos adentrar nosso ser, essa culpa peçonhenta por ter deixado sozinho um amigo que de tão próximo de nós chegou a nos chamar: irmãos. Talvez quando recolhermos o corpo de Mador ou quando encontrarmos a lápide provando seu fim, possamos neste instante, concluir que temos um dívida muito maior do que poderíamos supor. Escreveu anteriormente, caro Adágio, sobre nos transformarmos naquilo que somos. Vejo que no momento me veja como o carrasco que aniquilou com golpes demorados e doloridos a arte que em Mador vivia. E diante de tempos de tantos lixos permeando tudo que é social, este meu ato não foi tão pequenino assim. É tão fácil decepar a genitália artística destes tempos e transformá-la em uma forma de não ser correto, deixar no asilo dos doentes os que olham um livro como arte, um quadro como arte, uma escultura, um desenho do semblante do ser que mais importa neste mundo. Asilo dos tuberculosos, dos leprosos, dos poetas, dos pintores, seria o mesmo asilo para os que doentes esquecem-se dos princípios verdadeiros e se deixam levar pela podridão de apenas ser uma fábrica ambulante. Perder a identidade, a existência, o norte, para ser a fábrica que precisa ser perfeita, precisa ter a imagem da perfeição segundo a qual todos competem, todos se acotovelam, todos se traem e se sorriem hipocritamente. Eu sou podre. E Carolina precisa de um homem diferente de mim.

5.8 – Do que se oferece uma vez mais:

Aceite a proposta e venha, Adágio. O descendente dela não pode ter essa podridão que tenho. A podridão de não ter mais percalços humanos no vibrar dos passos.

5.8.1 – Daquilo que sou:

Sou o oculto se distanciando de tudo para fazer jus ao que interessa na manifestação do nada em nossos dias. Eu sou o nada, o podre que poderia ter ido por um caminho menos audacioso. Não condeno a ambição, apenas os caminhos que tomei por conta da ambição a me deixar assim, desumanizado. Não condeno a matéria; apenas os ritos que fiz para usurpar a matéria dos outros, que fiz para enxergar na matéria e na comparação entre os seres pela matéria quais são dignos e quais são indignos de estarem no nosso panteão espetacular.

5.8.2 – Daquilo que fiz:

Cheirei o sexo morto de Judith, cuspi no rosto morto de Mhorgan, apenas para não esquecer-me da podridão que sou, e tentar me tornar algo melhor. Algo pior do que sou seria tão fácil, muitíssimo fácil. Lambi meu próprio sangue, de minha testa estilhaçada no espelho, quando Mador apareceu-me com algo nas mãos. Ele tinha uma imagem boa de mim, talvez eu fosse bom naquela época. E eu desejei por tantas noites, Ária, Judith e tantas outras que não eram minha Carolina. E as tive sem ninguém nunca desconfiar, suas entranhas remexidas por mim, suas bocas colorindo meu corpo com vontades pecaminosas, repletas de fornicações escusas contorcidas de cordas, velas e chantagens, retorcidas da sagrada película do engano, visto que chamava seus nomes enquanto outras se passavam por elas. Ou elas se passavam por outras? A imagem que tinham era do amigo companheiro e quase sem defeitos, imagem essa cunhada por mim para que não soubessem de minhas piores tormentas, minhas piores coisas, coisas que agora me sinto. Escondi diante de tudo todos meus anseios horríveis, malditas frases escondi debaixo de minha língua para não dizer o que realmente pensava sobre Mador, o doente imbecil que escrevia bem perante as donzelas e os tolos de coração. O doente físico era eu, sempre serei, porém conquistei o ouro que Mador nunca conquistará, e deixarei tudo debaixo da terra, pois a morte me chama e me alcança pelos vãos das portas. Eu fui o carrasco da arte, dos melhores pensamentos, dos melhores lamentos sobre pessoas podres como eu, me escondi e me camuflei diante das minhas roupas, meu sorriso, minha imagem que cunhei e cunharam de mim tão perigosamente.

Sabendo do demônio que me tornei tento a salvação diante de mim mesmo e por isso tão importante encontrá-los vivos. Mador: um coração bom como dele não se encontra, quem sabe encontrando-o eu me perdoe pelo que me tornei.

5.9 – Do resto das informações:

Vestia roupas negras, olhos como entalhados nas madeiras, astúcia enquanto amigos abraçavam-me dizendo o quão terrível foram as perdas para nossa história pessoal. Encarei todos com paciência e não relutei a chorar com eles, chorar o demônio que sou, estancado que deixei essa forma de me ver por tantos anos. Um coral cantava lamentos fúnebres, vozes firmes, encorpadas de um sentir que pareciam se dirigir a mim, notas e salivas, gestos e vestidos. Um violino estreitava o que sinto de mim e o que já chorei por meus mortos. Abaixei-me no jardim tirando o chapéu fúnebre enquanto percebia pessoas e cochichos destas sobre minhas vestes, meu caminhar sereno e lento, evitando pedras e barro. Evitaram-me por constrangimento de não saber o que dizer ou o que perguntar, o amigo que estaria se desdobrando para suplantar a dor dos pais e familiares pela perda de Mhorgan e Judith. Flores que chegavam, traziam-me cartões, perguntavam sobre um refresco servido em algum lugar do velório. Ouvia os cantos mais baixos enquanto clarinetes e violinos se complementavam na discussão musical. Algo como uma harpa marcava cada término de compasso das vozes. Uma boa harmonia musical nos faz tentar a introspecção, principalmente quando vidas são agora apenas os corpos dilacerados nos caixões. Os entalhes de madeira eu percebia na bengala de dois senhores que com dificuldade chegavam. Cavalos, vozes mais altas, finos galhos se rebatiam acima de minha cabeça, as gotas que neles havia caíam sobre meus cabelos desalinhados pelo retirar do chapéu. Calçada que Mhorgan ajudou a estabilizar as pedras, jardim que Judith o esperava nas noites afora. Portão que já observei ao longe quando a pensar sobre modelos para a casa minha e de Carolina. Os significados que cada móvel ou planta, nota musical ou semblante esperam do novo deguste da dor de ver a morte levá-los. Estranhamento de mim mesmo quando vejo que sou aquilo que pratiquei e não aquilo que as pessoas imaginam de mim. Tudo que fomos nos torna um reflexo do hoje, somente um reflexo hesitante. Salivo quando me lembro de Judith a preparar terracota com Carolina. Mãos menos alvas do que as de minha Carolina, cabelos mais longos, quadril mais forte, ventre mais fértil, orelhas menores, nariz mais pontiagudo, respiração mais forte quando do selvagem encontro. Suores noturnos nas madrugadas distintas antes de partir, cuidando de Carolina e depois cuidando de meu sexo. Abraçando Mhorgan às dezenove horas, Carolina meia-noite e me puxando bruscamente às duas. Aprendeu a absorver melhor com a garganta tudo que despejava. Aprendeu a sorrir melhor ao ver Mhorgan, a reclamar publicamente da costureira quando minha força desalinhava suas vestes à surdina, aprendeu a construir com Mador seu discurso textual. E de nada nunca ninguém soube, somente o Sr. Adágio saberá, para ficar agradecido de tomar meu lugar, lugar do cão que chamam: Joaquim. Um dos senhores de bengala de belo entalhe tropeçou no vinco de alguma elevação da calçada e derrubou-me. Boa pedida sujar minha roupa para eu me forçar ir em casa. Carolina notou alguma diferença em minhas palavras, meus lábios trêmulos, meu corpo menos arcado, minha saliva se ajeitando no canto do lamento que ouvia dos violinos e clarinetes, flautas e algo mais que confundi. Luto comigo mesmo e isso é fato. Segurei-me em árvores no caminho até meu quarto, ruas arborizadas tem essa implicância, socorrem os que nela sofregamente se esvaem nos passos. Galhos finos e galhos grossos, árvores de bons frutos e árvores mal enraizadas no cinzento rodopiar da vida. Meu queixo rebate-se, dentes martelando pelo instinto de morrer que adquiro ao fitar-me no espelho. Morrer em frente ao espelho visto que morto estou perante os valores que alguns acham que detenho ainda. Detive e sei que assim foi. Detive-os nas mãos, no discurso e nas atitudes. Somente no discurso, hoje, paira boa parte do que já fui.

Não há mais bosques que eu plante, ouro que me mova, sorte que eu alcance, faces que eu cuspa; pernas que eu roce, frestas que eu mire, vastos campos que passeie, raposas que eu cace; chuvas que eu peça, roupas que eu rasgue, pés que eu mordisque, rubros olhares que eu roube; não há mais. Que das têmporas dos ensandecidos regurgitei tudo que eu pude até sobrar apenas o ar a sair dos meus atos e dos músculos do meu diafragma; e vazio, enchi-me do vapor malévolo que quis e do que não pude rejeitar, força de cume em avalanche em ecos e gritos de torpor. Hesitava em agir no mínimo de consciência que detinha, do animal puro que fora propriamente um dia; pudera lúcido e são um animal ter me destroçado as invocações de natureza estranha a pender mais para o lado de Plutão na balança da vida. Calo-me.

Irei agora ao cortejo. Espero resposta positiva sobre vir de vez para São Paulo. Tentarei não cortar os derradeiros capítulos. Leia na viagem e depois queime, ou queime e depois viaje.

Seguem os capítulos derradeiros, XIV E XV. Cuide-se Sr. Adágio,

Joaquim.

XIV

A brisa da tarde caprichosamente deitava seu mirar nos cabelos dele. Olhar intenso, a única coisa que conseguia enxergar eram as rápidas inclusões de cada parte de sua vida, nos minutos que estava ali disposto a entender o porquê dessa nova realidade do mundo após seu quase fim! Enquanto sorrateiramente olhava belas pernas que passavam, fazendo-o desviar temporariamente tão diferentes elaborações mentais, Lupus o observava atentamente, com uma garrafa diminuta de uísque na mão. Lupus conseguia enfim enxergar cada formulação cerebral de seu meio-irmão. Como o louco que hesita em pular, razão do último resquício de carinho próprio, esperava sempre pelo término do próximo delicioso gole alcoólico para colaborar ao vento, cuspindo tudo o que fora teorizado sobre a existência e vivência do meio-irmão que agora julgava apenas mais um homem idiota, descapitalizado e em frangalhos.

Lupus
_Quando atingimos a berlinda - seja o conceito qual for – a necessidade de nos conhecermos consistentemente influi na retomada do curso natural da existência, seja abstrata ou concreta. O mais interessante é que depois da primeira queda realmente profunda, aquela máscara que a sociedade nos impõe usar é retirada pela ventania dos acontecimentos. É neste quadro congelado e estático da derradeira expressão do homem, que a tempestade colhida tende a nos mostrar-se longa. Devemos incansavelmente confrontá-la e superá-la. É fundamentada neste aspecto da vida que o desaprovo. Explico: atribua numa mente de nascença desequilibrada um "q" de sensibilidade que se diz poética e circunstâncias amargas a serem vividas; qual o produto dessa simples equação? Um doente social. Que quando em derrotas se tortura dignamente por elas e de tal forma que se esconde nas amarguras mostrando-se extremamente perdido. Racional processo social. Vinho e dor colocados na boca de um ser assim viram pseudoliteratura e mais dores, pessoas assim

não querem a resposta exata para superar os traumas, querem vivificá-los até a última gota para fazer algo - dito criativo - que lhe alegre a pequenina alma.

Mador

_Algumas frases ditas podem ser golpes consistentes a afastar de vez uma pessoa do seu convívio mais íntimo. É o que busca? As flores foram pisoteadas, o perfume que importa é o da cédula monetária. O coração que pulsa é um erro, necessito de engrenagens no peito e óleo na veias otárias? Necessita Lupus, da alheia submissão para prosseguir respirando, vencendo. Olhares no lucro, respeito ultrajado, esquece o humano, o próximo é rejeitado! Inovação na forma de convencer a continuar aceitando ser servo do níquel. O consumo desenfreado acabou, como quase acabou tudo, esse é o resultado do teu pensar que era unido aos de muito mais pessoas. O olhar de fome então é o cidadão despreparado? Ai daquele que chorar pela árdua luta, será julgado e condenado ao tratamento psicológico por ser mais um fraco debilitado. Os valores teóricos sobre o ser que sonha, pensa e vive a felicidade são invertidos pela máquina avassaladora que quer vender o que fabrica. Trabalhávamos, consumíamos, mentíamos, conquistávamos; trabalhávamos, consumíamos, mentíamos. Circular modo de viver. O invólucro que tem de usar é afastar-se dos fracos, os fortes o farão subir ao despenhadeiro da máscara arrecadadora, a sociedade significava "precisa-se vender utensílios materiais"? Continua a significar? Isto tão somente? Meu quase irmão vestiu-se de Iago ou apenas mostrou-se verdadeiramente? Como se a própria discórdia estivesse a impregnar seus ouvidos Lupus, com tais intenções.

(Lupus guarda a pequena garrafa que detém ainda uísque. Eles estão acomodados na mesa de um pub, Praça Dioniso)

Lupus
_ Afastei-me propositalmente. Julguei que o deixando só, teria enfim paz para realmente encontrar-se. Volto agora por saber que as consequências dos últimos meses estão a te levar ao "Vale da Reflexão Tardia", não quero ofendê-lo, entenda, mas, o caminho que está percorrendo tem fim no labirinto do teu maior algoz: o "minotauro" ser. A vida não é um conto fantástico a ser vivido, muito menos uma poesia lírica a ser degustada. É guerra por "status", paz em acordos; enlaces de fatos e incríveis engodos! Quero de ti a racionalidade Mador, nem que isto te arranque da alma a emoção! Canalize-a para a racionalidade, só assim sairá deste mar que cruza idiotamente.

Mador (ri um pouco abismado)
_ Não te reconheço. Foi corroído? Quando? Belo discurso formado por cativantes frases e singulares palavras. Os males do mundo já estão conosco, não há mais caixa a ser aberta! (diz rindo) Se a minha queda em mim mesmo é fruto da "árvore do sentir", que em meu ser tem raiz, que maravilhosa queda esta, eu cairei alegremente agora. Antes assim do que ser o que tuas intenções querem. Faltou-lhe apenas oferecer-me o "soma"!

(vira de uma vez a caneca, discordando do irmão com seu olhar acastanhado. Sorri bufando-lhe álcool. Do alto de uma construção em obras, de frente para a praça, os olhos cor azul-céu mais lindos nunca vistos, miram Mador)

Camena, a dona do olhar
_Sim, eu o desejo, como quis demonstrar quando do sonho que soprei na noite em que parecia tão propenso ao erro maior do ser, matar-se; mas não se ceifou e não pude tocá-lo, beijá-lo. Por enquanto contento-me com isto, apreciá-lo de longe. Sim, de longe. Se muito próxima não suportaria não envolvê-lo com meu canto de acolhida, seduzi-lo com o

perfume de meu respirar, deixar-me ser revolvida de minha missão, que é proteger a arte que existe em sua essência. Aquela boca aqui! (Suspira, passam-se minutos) Consegui a contento afastar alguns do seu trajeto. Renegaria Mador, o amor de sua ninfa protetora?

Lupus (após relatar o enlace com Lilith)
_ Estamos cada vez mais unidos! (arcando-se, cotovelos na mesa, mãos unidas). Mas não é tão difícil. O problema a meu ver é que não trata um relacionamento como um negócio a mais no jardim da vida. Erra, pois acha que as pessoas pensam como você. Um relacionamento é um negócio, como adquirir ações. Quando de algumas passagens da vida caiu na triste realidade que o mundo poderia ser! Julgava que as pessoas sempre têm pensamentos bons consigo apesar de tudo. Talvez nunca tenha sido assim, principalmente para nossos pais e eu. Insisto nisso, se todas as pessoas pensassem assim, só restariam artesãos no mundo!

Mador (rindo)
_ Pode até ser, para fulminar o assunto: enquanto a máquina conspira em ti e em outros faz morada, retiro-me da guerra, sigo outra estrada!

Lupus
_ São palavras tuas ou da embriaguez?

Mador (riso amplo)
_Amanhã saberei!

Camena (caminhando para perto de Mador, fitando-o)
_Adormeço viva neste devaneio. É um erro querer ter tão bela criatura? Sei que esqueço de minha angélica essência para tentar conduzir uma

alma por violento desejo, sei que é um erro sem igual, sei, pesarão contra mim as consequências. Fui por anjos amaldiçoada? Quero correr minha pele ao encontro dele. Quero poder ser humana.

....

Mador (arrumando uma mala)

_ Como se torna importante lembrarmos os bons momentos nestes instantes de visão da verdade de quem somos. Envelhecer a sombra de uma varanda com a cadeira de balanço a nos guiar o movimento, sem a amizade de meu irmão de criação. Possivelmente! Acho que conseguiram, venceram-me, sinto-me um estranho como ouvi alguém soprar-me na infância um dia, recordação que não se deixa afastar no hoje.

(Camena canta, os olhos vibrantes se alternam entre as cores azul-céu e rubro-sangue.)

....

XV

"Todo mundo é capaz
de dominar uma dor,
exceto quem a sente."
Shakespeare.

Impossível para ele não retornar àquela noite revendo este jardim de entrada desta praça, onde a obra do gênio Wagner nele fez morada; outra vez aquela magistral sensação de sentir-se completamente vivo, de se ver tomado por sensações raras como se a alma e o mundo ao redor resolvessem adentrar um ao outro com o melhor de cada, apenas o melhor e mais terno. Ademais a tudo isso, dos nomes que soprou à saudade, nenhum faz o mar sereno de seus sentimentos transformarem-se tão abruptamente em um turbilhão imenso de esperança quando chama por sua mãe adotiva, Norma. É intensa a lembrança de que já buscou o laço aconchegante naquele olhar. O fôlego não falta se desmorona no fundo deste mar violento em si, ao contrário, renova-o na vontade de fazer jus ao momento e chance de vida, ainda que decrépito o mundo atual.

Seus pensamentos estão na casa que ficou para trás. Adentram pela sala que guarda o acervo de livros de que gosta tanto. Alguns livros, os de refúgio mais íntimo, ficarão espalhados na mesa central, para aguardá-lo quando da possível volta. Leva retratos em nanquim, letra de três canções e um caderno pequeno para aqueles pensamentos únicos que, se não anotados num momento não voltam mais.

(Acena de longe para quem o aguarda na mesa do Caffé, Praça Lyon. Após um afago mútuo nos cabelos, um beijo tímido na face, as primeiras perguntas mútuas...)

Ária

_ É bom rever-te também, foi importante em um período difícil para mim.

(Após mais alguns instantes de perguntas, a razão do convite apressado)

Mador

_Estamos aqui porque estou de partida Ária, novamente apreciando tua companhia, digo-te esta decisão tão pesada em mim: estou de partida!

(Encostado na cadeira estica-se lentamente até tocar os braços unidos sobre a mesa. Os melhores pensamentos se traduzem no olhar e no gesto, no respirar manifestado. Este jovem homem simples de um andar esperançoso quis ser enxergado verdadeiramente, como talvez poucos sejam nesses dias! Não saber se encontrará o que busca, o fez querer revê-la, como aquele que do outro lado da rua vê o alguém que não deseja estar ao seu lado)

Mador

_ Confesso que quero fazer de minha vida algo bom, estou no limiar de algum acontecimento importante para mim, por isso tenho de partir, iniciar do nada o que viverei intensamente enfim!

Ária

_Olhe as mazelas que a vida trouxe para todos de uma só vez. Parece que encara de um modo que não esperava. Olhe-as agora e me responda: E o emprego, e os estudos? Vãos que podem ser preenchidos? Com o que? Com a fuga?

Mador

_ Fuga? Pensa que não busquei reavaliar na comunidade, no bairro, na vida? Compreendi que sou um atalho para algo sempre, um dia no instante do viver nesses "ventos" não há problema, há o remédio da esperança, mas e quando se perde a esperança no próximo? E quando sabe que o seguinte ato do outro será de leviana ação em causa própria? E quando finalmente compreende que se é o único que partilha tais ideias, tais enfrentamentos? Tudo ruiu é verdade, e para todos. Voltamos séculos por consequência da ganância de alguns. Somente preciso sair daqui. Cruzar o mar e sair daqui.

Ária
_ Estamos em uma época de recomeço do mundo tecnológico e mercantil, tudo o que conhecíamos terminou. As destruições da natureza nos continentes foram imensas. Partir irá resolver estas ou outras questões? Procurou alguém para conversar, para se aconselhar?

Mador
_ Quero olhar-te uma vez mais para poder me lembrar com mais convicção, quando dessa caminhada que iniciarei, da pessoa que tem os olhos que me fizeram querer amanhecer mais...

(Despede-se da taça e do vinho com o gole mais delicioso, de Ária com o abraço fulminante do "adeus"; antes de afastar-se segura a bela perto de si, desejando, quem sabe, que fosse sempre tão próximo dela assim. Ela sente não entendê-lo e nada diz.)

Mador (colocando a cadeira no lugar, fitando-a)
_ Amor, prosperidade e paz pra ti caríssima! Quando se deparar com algum momento especial no viver, não deixe passar por medo ou hesitação, viva o momento! Se as consequências não forem as esperadas, ao menos tentou, como estou a fazer! Para mim cada respirar é um movimento belo das poesias do mundo. Tudo pode ser um insignificante viver poético a me encantar os sonhos, na visão de alguns, mas, hoje sou assim.

(Os olhos de ambos demonstram sensações opostas. Mador, com o mesmo andar que o fez caminhar por tanto em sua vida, desaparece no horizonte; no virar de mais uma esquina, sem olhar para trás. Aquele caminhar para muitos é de apenas um órfão sem ouro e sem muito que ostentar. Quantos não deixam de conviver com pessoas maravilhosas olhando-os com esse desdém que se tornou natural. Mador é invisível dentro dessa sociedade. Tentando ser enxergado, reconhecido como aquele cara do andar firme que mensura os amigos pelas atitudes e, que com eles conta para compartilhar os melhores sonhos. Será encontrado por companheiros a abraçá-lo nos melhores dias da vida? Quem cantará o refrão da mesma música quando rindo em um entardecer no outono? Quem irá afagá-lo no anoitecer da vida e suas odes? Camena?)

(Ária pensava em todos os caminhos possíveis sem reconhecer talvez que a melhor direção seria rumo àquele guri, que a percebe verdadeiramente. Sorriu lembrando-se dos momentos que teve ao lado dele, às vezes com sono e cantarolando baixinho quando da falta de assunto ou fitando seu sorriso sem nada a dizer, compenetrado no que fazia com ela. Sorriu novamente olhando aos lados. Árvores, crianças, boticários, livrarias. Percebeu que seria mais interessante se frequentasse esses lugares, qualquer lugar, ao lado dele. Levantou-se.)

....

(Maneco fecha o zíper da maleta azul-marinho, toma o remédio e com a bengala presenteada pelo grande amigo Mador, caminha para fora do quarto. No corredor, sua irmã está já pronta para acompanhá-lo em mais uma visita aos médicos; desta vez muito alegremente por saber que está oitenta por cento recuperado das lesões que afetaram tanto a estima e a saúde. Abraçando os pais pela última vez em vinte dias, parte rumo leste, para a segunda maior cidade da nova província, para iniciar a derradeira fase do tratamento. No retorno está agendado o tão aguardado encontro com a editora que gostou tanto dos seus escritos. A leitura do contrato e a reunião sobre os últimos detalhes deixam-no muito ansioso por este momento. Sonho compartilhado desde a adolescência com os amigos Antônio, Casim e Mador. Joaquim mandou-lhe boas notícias da carreira no bacharelado e um convite para o seu casamento com a sempre tão amistosa Carolina. Manuel Antonio escreveu então um bilhete.)

"Caro Joaquim.
Dos sonhos de menino, caro amigo, poucos concretos até então: o término de meu livro e o recebimento de um lisonjeiro fogoso de Agatha, aquela rapariga ruiva que aprecio desde as primeiras séries. Depois de tanto, parece que reconheceu minha existência, e sem uma prova científica do fato, como me disseste que ela exigiria. Que isso fique bem frisado isso, amigo Joaquim! Apresso-me em recuperar-me para poder visitá-lo antes das núpcias que se aproximam e para podermos conversar um pouco sossegadamente, pois, depois do matrimônio sei que viajará por longo tempo. Meus pais agradecem-lhe o convite e estimam muita saúde e felicidade aos pombinhos, minha irmã corou as faces quando soube do casório e acho que até vi uma lágrima formar-se ali, no olhar que viu por muito tempo apenas tu! Caso tenhas tempo, peço-te para entrar em contato com Mador, e sejas firme com ele, parece-me como em outrora, no limiar das vontades de partir ao longe! Agradeço-te o convite, de pronto aceito, serei com muita honra teu padrinho.

Abraços, até o mais,"
Manual Antonio - Maneco.

(Pede para a mãe enviar o bilhete o mais rápido que possa e dirigi-se para a saída, pedindo confiança e superação para mais esta etapa de recuperação.)
....

(Mador toma um gole do vinho a esquentar-lhe neste fim de outono, Camena, com uma expressão pensativa, fita-o do outro lado do cenário. Sabe muito bem que as ações para com ele são de extrema perversidade. Aliás, o intuito de sua existência nada encontra nos atos praticados. A protetora o feriu no âmago soprando-lhe aos ouvidos sugestões de atitudes com inclinação maligna e agora se vê perdida dentro de si. Nada mais poderá fazer, não mais o sente porque nada restou de sua missão. Aguarda perplexa e estática com o olhar rubro. Seu protegido rascunhava há pouco sentado no banco de uma praça...)

"Quando se lê sobre a que ponto chegaram, esta selvageria que fazem uns com os outros em defesa do que restou do mundo, da carreira profissional, do melhor porvir, sinto-me perdido sobre o rumo a tomar; o mesmo ou a contramão? E resisto a me dar uma resposta até que o próximo fato possa me mostrar a esperança renovada no amanhã! Julgam-se tanto e, inclusive pelo vestir e os lugares que frequentam. Nada entendem quando então lhe bufam a face os ventos meninos, que por tantos passam, ventos da singular existência. Importar-me-ei somente comigo? Acham, meus amigos, que eles sim estão certos, que no final apenas o ouro vale o esforço. Tenho eu apenas estes pormenores como detalhes rígidos de vida?" (Colocou o bilhete no bolso do casaco de Padre Teófilo, sem este perceber.)

Mador (a andar pelas quadras do cemitério em reconstrução)
_ Pedir um pouco pelas doces almas é uma vigília que acalma consideravelmente essas inquietações constantes. Quando deixar esta cidade, retornarei aos poucos ao melhor de mim, assim espero e confio.

Padre Teófilo
_ Aqui é tua casa, onde cresceu e te formou um homem, todas as dores e risos forjaram o que tem de mais nobre e rude. Os vindouros de tua vida irão se basear no hoje, no que plantar hoje. Não é sempre que

concordamos com o que nos é trazido, mas, necessário que encare as pedradas nos caminhos, que terá de conhecer bem quando deixá-lo.

Mador

_ Sabe que em mim tais palavras são aceitas com enorme gratidão. Neste momento qualquer decisão minha será precipitada aos olhos de qualquer pessoa. Entendo que cada visão é conceituada a partir das vivências de cada um, porém, a decisão ponderada que vejo como mais correta é partir, velho amigo conselheiro, para estar noutros ares e acontecimentos, construir outras fortalezas em mim e poder concluir com mais serenidade tudo o que tenho vivido. Preciso rever de longe o necessário: erros e acertos de minha história, minha história! Serei útil no velho continente.

(Pede um abraço e é de pronto atendido, o padre que rogou pela vida dele quando ainda um bebê e que agora roucamente o abençoa, abraça-o fortemente. E Ária tentou sem sucesso ir ao seu encontro antes da partida. Mador deixou alguns documentos com o padre, dentre eles uma procuração, o molho de chaves da casa que o padre prometeu ir morar. Partiu. Foi-se o sujeito, destruído ou destruidor? A única certeza para muitos é a de que terminará compondo ao piano o derramar de sua alma aos ventos meninos. Poesia viva? Tampouco.)

(Ária encontrou o padre Teófilo e conversaram rapidamente no mesmo dia que o amigo partiu. Meses depois, Maneco a convidou para o lançamento de seu livro e lhe disse que recebera uma carta com um desenho da face de seu melhor amigo, sem data e muito menos local de composição, postada em Roma, no velho e atordoado continente. As palavras de Mador eram sobre esculturas e tavernas, o desenho retratando-o mostrava com barba por fazer. Choraram de saudade do belo olhar dele. Manuel Antonio - o Maneco, o melhor amigo, colocou então nas mãos dela uma passagem de navio para a Europa.)

Maneco

_ Perseverança, sorte e fé! (ela sorriu)

....

(Mador escreve ao som de gaivotas e de ondas de encontro às pedras)

Diluí na alma infantis pretensões, arrebentei sem calma alguns sonhos. Banhei-me no vento cinza. Na fria e cinzenta tarde, no nublado poente. Contradigo-me sempre, finjo-me coerente. Com muito a esperar, relembro o retrato antigo da estante, onde ansiava por outro destino. Mas, diluí timidamente sonhos n'alma, respirando ao léu romano. Acariciado, atento-me a cada detalhe, olhares, o formato das mãos amadeiradas das novas esculturas, leves sorrisos. O Sol no pior inverno da emoção, quando tenho febre. Observo as despedidas, passos de mulher. Observo a febre a gesticular arrumando os cabelos que insistiam recair sob a face da noite. Viver é febre viva, de nada em tudo poesia, sobretudo; febre viva esse olhar firme, aquelas frases ditas na sinceridade das melhores amizades de São Paulo, recordo tudo, me aprofundo todo na lembrança ingênua que ainda tenho.

De uma simples aurora a um enigmático entardecer. As melhores recordações banhadas pelo Sol, agora, presente por seis horas ao dia. A fração dos momentos passados será percebida como pura e estupenda realidade vivida.

Acalentado estou. Música da febre a existir, febre de existir. Sente? Brisa fresca como um abraço? Envolve-me. Envolve-te. Frente a todos nós existe um olhar em calor de um Sol. Aqueça-se.

Terminado está meu livro

Assinado: Mador.

......

Bilhete de Joaquim para Adágio:

Existe um final pior que este do livro de meu amigo Mador?
Queime, por favor, faça arder em chamas.

Cordialmente,

Joaquim.

Carta 17

Enfim consigo depois de tanta lama e derrotas escrever-lhe. Estou vivo apesar de Roma. Sim, é Maneco quem escreve tentando com a força dos ventos manifestar que: ainda respiro, em terras lusitanas. Pudera ter conseguido escrever antes. Acontecimentos terríveis tem me perseguido desde que Mhorgan bateu na porta ferido. Desde então soube apenas o que era fugir, escapar, zonzear, deixar tudo para trás, inclusive amigos, para tentar ganhar fôlego e ar. Fui perseguido e espancado, vi olhares perdidos de Mhorgan e Judith antes do último abraço, vi as feridas não querendo cicatrizar, o chão querer sumir, eu apenas querendo caminhar para longe, para tentar chegar na fronteira com os lusitanos. Descemos a escada rapidamente quando Mhorgan assustou-me enquanto escrevia para Bárbara. Ouvi brados e gritos, só pude pedir para uma senhora colocar a carta no correio, do jeito que havia tentado terminar, alardeando o que ocorrera para quem sabe alguém ficar minimamente a conhecer o que houvera se eu fosse morto. Espero que assim tenham compreendido. Quando deixamos o lugar que eu dormia no Corso, Mhorgan sangrava, inclusive no ombro, conseguia falar uma frase ou outra após intervalos de dores e olhares dispersos. Sabia que o pior havia nos alcançado, só não sabia quando eu seria ferido de morte. Passos rápidos, ele não conseguia correr, tentávamos entre as ruas mais desertas cortar caminho para chegar até Judith. Ele dizia que não conseguiria e que teria eu que cuidar dela. Eu apenas percebia sua vida indo embora a cada frase, a cada tropeço, a cada tentativa de colocar mais ar peito abaixo. Mhorgan pareceu saber que merecia aquilo, entre palavras de despedida e pedidos de zelo por sua amada, elencou em cada parte dos argumentos que ia preenchendo vento afora com motivos para me fazer ter gana por minha vida, e por meus próximos passos em direção de Judith e Mador.

Dias antes recebera eu a visita dele. Estava calmo, um pouco pensativo, externava um clarear sobre nossos motivos, nossas fronteiras com nós mesmos, que aos poucos ganhavam novos significados. No alto de sua robustez não se arrependeu de nada, do mar que temia, dos europeus que temia, da força da desconfiança em achar Mador morto, que também temia. Enquanto íamos em direção ao lugar que havia deixado Judith, não se lembrou de nada do que nos movera até ali, apenas consumia-se em querer proteger o melhor que tínhamos naquele, talvez, último momento juntos. Fomos então para a última viela quando um corpo acertou-o fortemente. Judith pulara do quarto onde era consumida por alguns homens. Vestes rasgadas, olhar assustado, cabelos sem regras, boca a balbuciar nomes latinos que eu conhecia bem, muito bem. Mhorgan apenas carregou-a nos braços tentando protegê-la sob seu forte corpo, tentando naquele último choro fazer algo que parecia impossível, cuidar. Ele merecia cuidados. Não, ele não segurou ninguém, ou três ou quatro enquanto eu tentava a fuga com ela. Não foi heroico assim. Foi pestilento e difícil. Colocou-a de pé e abaixou-se de dor. Ela tentando cobrir seu sexo com os dedos. Chorando e temendo que eles chegassem rapidamente. Tentei levantá-lo e ali foi meu último abraço dado em Mhorgan. Minhas vestes já suadas e ultrajadas pela violência da escapada, minhas vestes tentando cobrir Judith, minhas forças tentando convencer ele a fugir uma vez mais. Abracei levantando-o. Caiu de vez, Judith gritando enquanto eu tentava puxar sua mão direita. Ela não ouvia, apenas gritava. Ouvia seus gritos e os brados próximos. Eu sabia que teria que deixá-la, ela apenas dizia que não queria mais aquilo, trancafiada dentro de si olhando o nada e o corpo de Mhorgan. Ela seria morta se eu continuasse ali, quando os três homens chegaram só pude estacar uma garganta, levar uma garrafada no olho direito e puxar Judith por três metros. Um deles já sucumbia enquanto outro me chutava ao chão, o terceiro já carregava Judith enquanto um velho olhava tudo. Ele não nos defendia perante os outros. Ele queria meu fim e o corpo dela para seu sacio. Corri, a sangrar, a deixar Mhorgan morto e Judith seminua, enquanto ninguém zelava por meus caminhos. Não foi heroico. Não foi nada do que eu poderia imaginar o fim dele. Era menos um amigo respirando na face deste orifício anal chamado mundo. Eu só consegui parar de correr quando me vi caindo morro abaixo. Fora dos muros da cidade, adentrado que estava entre caminhos que pareciam hostis diante daquele momento de morte, culpa, medo e revolta. Nem me lembrei de Mador. Nem de Nina ou de Bárbara, ou de tu Joaquim, nem de pais ou primos ou tios ou sepultura dos avós. Lembrei que teria uma chance ainda de sair dali vivo se conseguisse chegar ao lugar mais próximo de minha ancestral casa: Portugal. Embora soubesse que latinos não seriam bem vindos em parte alguma senão na própria latinidade, se não houvesse nenhum impedimento burocrático-político queria acreditar naquele momento de fuga, que Portugal pudesse ser um porto intencionado a proteger-me. Depois de roubar alimentos e vestes, corri mais. Eis que me deparei com uma propriedade onde os cavalos estavam a ser tratados. Na segunda madrugada consegui safar-me mais rapidamente, montando um camargue, valente e tordilho.

E pela Via Aurelia disparei em um camargue, mistral e outras forças compreenderam o esforço, fuga em tocada desesperada quando notei que não existia perseguição fora dos altos muros do antigo império. Não havia vultos que me incomodassem. Apenas o infortúnio, o cansaço, a perda dos amigos e a busca por novos caminhos com aquele camargue. Rústico, valente, soberbo em seus arrojos no solo romano. Pestilando contra o ar sua respiração ritmada. Não havia perseguição. Eu era ninguém naquele mundo, apenas quem sabe o fornecedor de algum órgão para algum europeu necessitado. Fora isso, desprezível no nobre vulto da verdade romana. Invadiram continentes, inundaram de esperma as nativas de outros povos para desprezá-los em seguida. Ouro, especiarias e mulheres para usar. Todo o resto para desprezar. Verbo que se repete no ciclo identificado de uma reflexão quando o camargue abruptamente fez curva, e este que escreve Joaquim, não. Um sibilar entre os galhos e pedregulhos e o marrom do chão. Nem mais as vestes ajeitei quando a cambalear em levante. Um pouco mais de machucados e mais sujeira na pele. Alguns diziam que já nasci sujo da herança sanguínea; de polêmico, este assunto eu jogue nas cartas de outro dia, caro amigo.

Pelos tons de pele e as vestimentas percebi não serem essencialmente romanos, netos de algum evento escuso feito nas sombras da maior madrugada, como diria fantasmagoricamente Mador. Antes de mencionar alguns feitos deste por estas terras, preciso contar como vim e quem aqui conheci após desembarcar. Mencionado desembarque, supõe-se águas, e nas águas da costa me banhei para limpar a sujeira do solo romano, tais águas infelizmente não puderam limpar a sujeira interna; não a dos olhos remelados de terra nos cantos da face ou embaixo das unhas, a sujeira de tudo que pisei, fiz e suportei. Inserido que estou diante de lugares que não imaginei escolher passar. Inserido que estou diante de uma história nova que eu mesmo desenvolvi, interagindo que estive com um mundo que não pensei que fosse me expor, caminhar sobre, assombrado com as perspectivas de estar sem prata para resgatar a passagem de volta para o mundo que estava acostumado. Completamente destituído de certezas na evolução, som a som dos taboques ao final da queda do cavalo, e no decorrer cambaleado braços baixos, defesas entregues, sem notar que era avistado e analisado pelos que ali perto conversavam. Moveram-se com meu voo de cima do camargue que disparara em direção da destruída Livorno. Lâminas fora da bainha, perguntas se e fugia de algum crime. Resposta que sim, que fora vítima de um, estrangeiro sem os amigos compatriotas. Lâminas dentro das bainhas. Mãos para me ajudar no caminho até outro local mais resguardado de problemas. Mais tarde precisaria confirmar o que havia dito. Deguste do vinho; e no vinho está a verdade, então, para merecer a companhia deles não poderia afirmar uma mentira na presença do vinho por eles servido. Dúvidas sobre a honra, que é lenda de onde vim. Sabia eu também que davam tempo ao infortúnio, que se verdadeiras minhas palavras, outros não viriam atrás de mim, alguns sim e somente a procurar o cavalo. Percebi uma respiração branda e convidativa, percebi uma esperança branca e elucidativa, percebi que poderia caminhar com eles sem a preocupação com minhas costas descobertas de proteção. Muitas serpentes nos atraem assim, mas percebi as serpentes do outro lado da margem de onde eles estivessem. Liber, João Tomas, Vulto Mazzo, Simon Balhestero, Camena, Rochelle, Melyna. Sete laços. Enquanto os que carregavam bebidas, címbalos e frutas conversavam comigo sobre vinhas, teatro e florestas, enquanto percebia as vestes e o toque do vento sob elas, os poucos pontos de luminosidade além do olhar deles faziam-me querer continuar. Esperar por algum vínculo melhor, se fossem meus últimos dias transitando naquele solo. Esperança despertada pela presença deles, a forma como diziam enxergar as diferenças, singulares palavras sobre respeito e fraternidade entre os vários povos descendentes pela luz do amor consentido ou pela sombra da cópula forçada. Poucos minutos sobre etnias e geografias, até que me banhei, descansei um pouco e fui chamado à ceia. Diante do falar, dos risos e dos olhares das senhoritas, e das outras mais que aos poucos vieram, não era casa ampla em estilo de mansão, não eram vultos rubros pelas sombras, eram corações que ainda acreditavam. Houvesse o que fosse, acreditavam, demonstravam acreditar. E depois de me lembrar das faces maceradas dos amigos definhados, chorei ao contar sobre os mesmos. Para depois sorrir no abraço coletivo dos vinte ou mais. Uma torpe demonstração do que há muito não via. E os vinhos ainda nem regavam nossas vísceras.

Camena, Liber e Melyna ficaram comigo a conversar. Liber era o grande organizador de tudo. Seu apreço pela fraternidade que detinha com todos era sincero. Melyna, sua companheira naquele momento, era a feminilidade que muitos conquista com passos, olhares e o agir diante de tudo. Camena em princípio mostrou-se observadora e distante. Sua força não vem do corpo alongado e atraente e sim do olhar e das mãos. Parece querer a hipnose de quem fita e quando gesticula é como se certa luz resplandecesse ao contorno dos traços das mãos. Disse para ela que mesmo que me odiasse como seu olhar demonstrava, ela não iria ouvir de mim poemas e sim uma declaração: que ela não parecia ser única e tampouco rara, que uma mulher que nos olhos traz tristeza, rancor ou ódio precisaria mais do que vinho para se compreender.

Fui convidado então para ir com os sete pelo mar até Portugal. Das vinhas de Liber para onde eles fossem, entre sorrisos, conversas e esperança. Iria com eles e de lá para meu destino. O sorriso voltara nos dias, para por vezes chorar nas madrugadas insones. E das madrugadas retirei o clamor, o torpor, o sabor, tudo que pude dela retirar para deixar o pergaminho do que vivido tão somente em Roma, e não mais entristecer minuto algum ao lado dos que me acolheram. As conversas com Liber eram sempre entre vinho e alegria, entre a paz momentânea dos diálogos e a manifestação sincera do que poderíamos ser no decorrer da existência. E ali, daquela voz que parecia por vezes teatral nas noites entre as ondas e o manto ora tempestivo, ora convidativo, ora forrando o ar de incríveis estórias, sobre os primeiros reinos, as primeiras vinhas, as repúblicas, federações, a expansão das vinícolas, o apreço pelas artes e a queda por este apreço, as guerras em prol do comércio, em prol dos elementos primários da vida, em prol das radiações elementares de um dia, em prol do sol e da água. A primeira hecatombe que nos retirou as tecnologias e os avanços no espaço sideral. A segunda hecatombe após a quarta grande guerra que fez a humanidade abandonar pessoas no espaço e retroceder séculos, em razão da pequena porcentagem que comandava as ações mundiais ser de parasitas corruptos, inteligentes, inescrupulosos e gananciosos demais para compreender que a existência é mais que o acúmulo de ouro, poder e escravas. Melyna em certas passagens chorou e Camena apenas olhava ao chão com um punhal esguio e afiadíssimo em mãos.

Aos poucos o mar agitou-se, cantei aos ventos para espantar espíritos amargos. E depois do canto quiseram saber mais de mim, dos meus anseios, de minhas conquistas. Liber desafiou-me numa tempestade. Disse que pelo meu falar, meu escrever deveria ser de ímpeto marcante. Que se eu escrevesse algo naquele momento e todos me aprovassem iria nadar contras as ondas. Escrevi então, após dez minutos, degustando na própria garrafa um acentuado vinho:

Ramalhete

Uma nuvem se abriu como um véu caindo.
Uma doce sensação de dor se formando novamente,
inundando meus olhos com o poder do inconcebível.

Meus olhos que, senão ásperos ou frios como deveriam,
cerrados por não querer ver a nostalgia se gerando no âmbito do lar
vazio e empoeirado.

Talvez seja melhor dessa forma, apenas a nostalgia do inconcebível,
do impossível, do que fora sonhado desde a infância, do olhar tímido
da escola até o olhar machucado da velha juventude.

Os pulsos e a pele e os poros não conhecem o inconcebível,
o incondicional sentimento direcionado ao meu olhar. Apenas um
calor que se apossou de mim desenfreadamente.
E a resposta, obtive a pouco, pairando na janela dos ventos...

Queimou-me a alma descobrir tal precoce missão soprada
em minha alma.
Os anjos deixaram um ramalhete quando nasci, um ramalhete de dor,
ao poeta que chorava ao nascer, a existência fadada, marcada...
um ramalhete de dor para eu não esquecer que vim para isso: solidão.

Não precisei terminar de levantar os olhos depois de ler contra a tempestade formada. Liber apenas sorriu e saltou sem esperar manifestação alguma. Os balanços ocasionados pelo volume de ondas não o fizeram temer coisa alguma, parecia cantar enquanto sacudia mais o mar com seus braços. Naquele momento sua força e aptidão faziam-no parecer um marinheiro antigo e conhecedor dos percalços maiores de se jogar na natureza daquela forma. Sua voz parecia bradar e parecia dar-lhe intensidade no agir das braçadas. Quando sumia, envolto às dificuldades, mãos femininas formadas de ondas ajudavam-no na investida, no retorno para a superfície. Não temi por sua vida, apenas espanteime com a violência daquele desafio. Talvez tenha saltado logo após ouvir meu término de leitura, por saber que minutos ali naquele entusiástico mar eu sucumbiria para não mais compartilhar nada com eles, senão o último canto escrito, chamado Ramalhete. Quando retornava aos poucos com o olhar intenso, Melyna gritava alegre. Um manifestar puro e incontido. Apenas gritar ao sabor da energia das ondas crescentes por ver seu amado incólume. Abracei-o tão logo veio cumprimentar-me. Assustado estava eu. Feliz era seu semblante. "A arte de um simples escrito", disse ele, "fez-me nadar como nunca. Como nunca dantes seria possível se a arte não tivesse saboreado meu viver na sensação que enunciei na respiração ao ouvir-te, caro Manuel Antonio". Abraço gélido de Liber, beijo a face quando Melyna nos inundou com seu perfume. As vestes salpicadas de sabores do mar, e Camena apenas a observar, fitando-me estática, como a perceber ali nas minhas linhas algo semelhante ao que já degustara certa vez, no passado.

E para minha surpresa quando pousamos os pés cansados em solo lusitano, Camena quis me acompanhar. Disse que poderia ser mais útil ao meu lado do que com Liber e Melyna. Sopros estranhos e duvidosos nas palavras dela. Um olhar sempre desconfiado direcionou a mim, depois que citei o nome Mador tudo parece ter se reajustado. Nomes podem direcionar decisões? Simples nomes? Raros nomes? Trazem-nos recordações e assim podemos decidir melhor, como ela pareceu fazer? Desconfiei que ela conhecesse nosso querido fantasma. E quis apostar fichas para ver se seria apenas um blefe do destino. Blefe, fantasma e uma companheira no desbravar das terras lusitanas. Não sabia até então que o punhal à mostra que ela carregava, crivado de belas pedras preciosas, seria um ímpeto tão forte de outro estranho para comigo. E um motivo para um último derramar de sangue. Do coração de uma estranha pude resgatar uma saudade, dos amigos verdadeiros.

Talvez, aquele sopro de alegria e o esperar pelos melhores dias, aqueles que nos transformam em nós mesmos melhorados, ora banhados na saudade, ora alardeados de virtudes, talvez tudo isso tenha me feito bem ao conhecer Liber e Melyna. A possibilidade de fazer que o ramalhete que mereço na esfera do viver seja outro, não o da solidão das noites, dos dias, dos entrecortados das sombras e das garoas, dos mares, lagoas e demais tempestades. Que mereceria ao lado de uma estranha a sorte de encontrar tudo, inclusive meu caríssimo amigo Mador, meu irmão não forjado no seio familiar, forjado no âmbito das afinidades, das colheitas nas cordas do violão, das conversas com a essência das teclas do piano, da vontade de compor na folha branca não só poemas, mas um passo diferente na própria vida. E, portanto, desse pensamento aceitei a companhia da mulher que trazia na respiração um perfume, na cintura um punhal quase sempre à mostra, nas mãos o esguio modo das ninfas, no olhar um costume firmado das estrelas o semblante, no desenho dos lábios e no andar algo que poderia fazer qualquer um se derreter em febres poéticas. Despedi-me de Liber e sua Melyna como novos irmãos se despedem. Dos outros como novos conhecidos em terra distante e estranha. Dos ares pesados da dor de Roma com alívio para assim lavar o rosto, banhar os pés e seguir adiante. A dificuldade em deixar a companhia de Liber era a segurança física que ele e seus amigos me firmavam. Prometeu-me no retorno a Roma procurar e interceder junto a quem fosse por Judith.

Estava eu com uma senhorita que odiava a todos, a caminhar com ela em direção a estábulos para comprar cavalos com o ouro que tínhamos, presentes de Liber, por suas boas vendas dos preciosos vinhos que possuía. E não precisei vender meu corpo para ninguém. Não precisei desonrar-me de nenhuma forma segundo a visão comum. Apenas e tão somente ser alvo da confiança deles em seguir minha busca, com a mesma atitude que eles apreciaram em mim desde o início: a sinceridade e a honra. E de todos os caminhos que percorri com ela até chegar com dificuldade nas primeiras ruas, percebi que enquanto eu ficava cada vez mais saudoso do falecido Mhorgan, afeiçoado as novas terras e preocupado em descobrir os verdadeiros intuitos de Camena, ela começava a falar, principalmente depois dos goles no néctar dos deuses sobre o seu passado de fugas e amores impossíveis, poetas latinos e um em especial que não conseguia pronunciar o nome, segundo ela, por ter sido amaldiçoada por anjos. E percebi então que mesmo fria e séria, mesmo ausente, ainda que tocando sua pele na minha, que nela havia mais vulnerabilidade do que talvez em mim. E que sua manifestação inapropriada para certos momentos fosse talvez apenas alternativa para não esquentar demais o coração novamente e ser ferida, ser tragada para a vida, e por ela ser arremessada aos infortúnios. Quem sabe? Quem saberia? Eu poderia responder por mim naquele momento, Joaquim! E estar vulnerável e temeroso, e ao mesmo tempo encorajado e esperançoso pelas palavras de Liber, era estar em desequilíbrio momentâneo. Que nesse desequilíbrio poderia eu ferir-me de morte ou ferir alguém dessa forma.

E duas noites após cavalgar com Camena, pressentindo ser seguido, um estranho segurou-me o antebraço a perguntar se conhecia aquela senhorita com punhal ágil. Seu rosto trucidado em metade por algum faminto cão, dilacerado por algum galho perverso dos pântanos, devorado por demoníaco inimigo nos degraus de algum duelo. Ofegante de cansaço, a pisotear meus passos marcados nas lusitanas terras a fim de perguntar sobre Camena. Aproveitara-se que ela havia adentrado uma névoa, dizendo-me ir buscar algo, para me interpelar nas escuras ruas. Mendigo trôpego querendo saciar seu corpo no dela? Amante antigo a quem devia explicação? O sotaque soou-me romano e quando mergulhei meu olhar no único olho do estrangeiro perseguidor, tentei afastá-lo dizendo que um equívoco ibérico poderia ter sido colocado diante de nós. Caminhei lentamente para trás notando suas mãos querendo mover-se, seu olhar querendo queimar-me vivo com a força de algum titã, seu falar tentando explicar fatos romanos que poderiam elucidar-me diante da minha recusa em falar-lhe. Ninguém que pertencesse àquelas terras e passasse por ali perderia tempo com estrangeiros a discutir sobre uma mulher. Perguntou meu nome e não respondi. Insistiu educadamente e retruquei. Insistiu a mover a mão dentro de uma bolsa de pano e retruquei a mover a mão para trás da cintura. Insistiu em estender um punhado de papéis e retruquei, negando-me. Insistiu que a conhecera de Roma e retruquei dizendo ser malévola intuição seguir-nos.

Quando percebi o desajuste verbal traçado, uma névoa apoderou-se da rua, quando o embate físico entre nós era questão de frases a névoa já nos impedia de ver o céu estrelado. Quando me movimentei para frente, para procurá-lo, parecia o perseguidor ter visto a criatura mais temida por seus ancestrais. Camena a falar-lhe seriamente, como lembrá-lo de algo dantes vivido. De um encontro imparcial e frio? As mãos dela a gesticular, seus olhos em tom aos poucos de vermelho sutil, movimentos de pernas tranquilos e firmes, passos dos pés moderados como as partituras de adágios eruditos. Uma sedução mortal, réptil e feminina a fazer-me encomendar aos vultos aquela névoa e aquela presença até que a próxima hecatombe nos tomasse a todos. O perseguidor tropeçou e correu, largou palavras e preces e não deixou seus papéis para trás até desaparecer na face da noite e, com ele, a névoa misteriosa. Um sorriso apareceu no meu rosto e no dela, piscou e não pedi explicação alguma. Certos diálogos seriam inapropriados demais diante tal figura de mulher. A explicação sobre seu punhal repleto de joias raras era convincente ao tolo das tavernas excitado e solitário de companhia tão angelical. Meu semblante consentia enquanto o coração palpitava de preocupação; meu palpitar conspirava enquanto meu falar correspondia aos olhares de admiração; meu corresponder físico aceitava o toque das peles enquanto meu pensar calava-me a intuição; meu calar verbal molhava-se da saliva dela enquanto meu segurar maculava suas vestes; meu refletir rompeu os medos presentes enquanto as pernas de Camena envolviam minha cintura, a limitar meus movimentos. Arranhado fui. Suados ficamos dentro da névoa, que retornara. Andarilhos no primitivo ato, que de tão sexual, gemidos confundiram-se com rumores de lobos e aves e de outros libertinos em outras sombras de outras ruas com outros lamentos de outras vontades e possíveis saciedades. Despejei dentro dela ainda outras noites sem mencionarmos nada durante nossas conversas cotidianas. Dois estranhos saciando-se sexualmente, pois, já havia muito que temer para deixar tão milenar vontade escondida debaixo de nossas súplicas. Depois de encontrarmos o caminho para o Labirinto Invernal, ajudados por uma senhora do extinto bairro do Belém, pernoitamos na mesma cama em uma pousada chamada Enseada. Dias passaram deixando rastros nítidos sobre o nome Mador e seu percalço por este solo. Quando visitamos a antiga biblioteca local, entre muros refeitos e corredores alagados, soubemos que papéis avulsos foram achados em pertences deixados às pressas por frequentadores. E isso havia ocorrido quando um enlouquecido e abastado homem chamado Leon Chivalry adentrara o local e, ameaçando a todos disse que mesmo após a quarta guerra mundial, que devastara setenta por cento do mundo conhecido, a alienação pelos novos remédios criados era o maior erro a ser cometido. Dentre alguns pertences, encontramos alguns manuscritos assinados por Mador Avllis. Caro Joaquim ou quem nos lê, após tantas rotas de descaminhos, estava verificando a letra tão conhecida por mim dos tempos de São Paulo e parte do sul do nosso país, e, cada vez mais próximo de nosso fantasmagórico amigo. Busca insensata, fútil e mortal? E dos escritos encontrados transcreverei alguns deles, "Mergulho em brasa contundente", "Entre Ninfas" e "A espada que corta céus rubros". Eis os mesmos:

Entre Ninfas

A velocidade fora tanta no último minuto, que já o suor o ar impregnava, deixando o redor difuso, incompleto. O furor dos desconhecidos, diria, furor e calor, para que impulsionemos a força, a energia, somente para a concentração desacertada dos movimentos. O embalo das vozes, três, permitia o olhar ao lado, ao lado inverso, para baixo e novamente para o olhar trêmulo, por vezes esbranquiçado da figura que avermelhada e confusa, trazia o corpo mais perto. É como estar fora de si, ainda que tensamente preso aos corpos. Os diferentes brados consumiam cada levada do tempo, fazendo fragmentar o minuto, e novamente expandi-lo, e novamente fragmentá-lo para noutra vez expandi-lo, deixando as arestas que havia antes do desnudar removidas de sentido, removidas de defesa, de máscaras ou diferenças plausíveis. Restavam sim diferenças, porém, cômodas, tragáveis. Lá!, pediu-me, bravia, enquanto o pescoço contorcia e os cabelos unidos em um embaraço só eram fortemente seguros pela outra.

Se havia dúvidas sobre a necessidade de se viver isso cem vezes na vida ao menos, pensei instintivamente, foram por água, foram arremessadas com velocidade mil vezes maior do que a adentrava. Perdida em seus reflexos espontâneos, blasfemava, xingava a outra. Um proliferar por palavras e semifrases, que se comparadas com as semibreves da partitura, seriam tudo aquilo que os ouvidos precisam para nortear a relevância de segurar firme daquela forma o outro corpo, de afastar um pouco a perna ali, levantar o tronco aqui.. cá estamos, no antro trôpego da luxúria.

Deveria ficar quieto quem sabe, apenas olhá-las, pulverizando tudo que restava fora daquele recinto. Adjetivaria? Sublinharia se fosse um texto de qualidade? Entorpeceria se fosse um trago a mais? Desestabilizaria se fosse o ópio deixado por ninfas e suas línguas comprometedoras?

Acentuada energia passam as línguas. As delas deliberavam sobre algo inenarrável ao próximo do último túnel da vida. Sim, velhaco que tresloucado excita-se notando senhoritas passeando, não aguentaria o turvo coração três minutos pesando seu frágil corpo na febre dessas inquilinas do tempo. Alugam os míticos dizeres do vento e param com sua fome e sede o resfriamento das vontades, alugam o espaço da vida naquele instante e transformam tudo que sobra em besteirices agudas. Citei isso em algum momento da vida, esculpidas que podem ser suas formas. Lábios mordiscados sossegam nada, limitados arranhões ganham espaço quando uma delas parece espremer seus músculos pra morrer, olhos acinzentados quase cobertos pelos cabelos em chamas, pele alva em nítido enrubescimento. Costas suando, boca alternando rumores entre as pernas da outra. Seguram-se mais firmes, gesticulam palavras de angústia olímpica. Alguns segundos mais e se desmancha nos lençóis. Pede água? Pergunto. Nela, faça! Contorce um respingo a mais e cala-se no canto, no silêncio mais encantador do mundo, quando o corpo pede o abrigo do abraço, abraça-se esperando. Quer olhar-me no momento da maior entrega. Havia dito, ainda no pub clandestino e centenário que no meu caminho luziam há muito. Louco? Ríspido demais com amizades ocultas, mas, necessárias?

Não preciso mencionar nada. Joelhos dobram-se. “Ais” que soam tão atrativos como fossem: “vem!”. Retiro-me desta dimensão, aproveito os trajetos delineados. A musicista e a dramaturga. Ninfas de uma nova era, de vontades, vontades e vontades? A mão direita ocupou-se de segurar placidamente o ar. Parem os distúrbios, rechacem as bússolas. Cheirem o canto das saciadas. Juntos na catarse dos vultos abraçados. No canto a outra se permitia sussurrar-nos algo, cujo teor completo eu não compreendi. Adormecer entre ninfas.

Mergulho em brasa contundente

Todo o espaço que detinha no olhar, cada vírgula do espaço a semear, escrevi. Cada supérfluo item desfiz, voltei-me para o ideal. Os ossos gelados e a noite eterna chegaram para alguns. Aqueci-me na recordação mais ampla, aquela que transita entre o sonho e a frustração. Aqueci-me a tempo de te achar. Oh, não tropecei novamente, pois levitei de alegria, braços abertos a encontrar sentido no voar. Vinho que desfila suas nuances garganta abaixo. Troque a fechadura do amor pela cautela, ouvi. Que sabor? Amarela? Dura de amargor aquarela? Coisas que só se veem nitidamente quando desliza as mãos rumo ao fundo do lago. Sim, pois sim. Mergulho. Incandescente. Tua mão encaixa tão bem aqui. Movimentos sôfregos a levantar o tecido. Miúdos teus olhos só querem descansar dessa brasa tão contundente.

Aqueci-me no tempo de encaixar. Oh, não segurei novamente, pois levitei de euforia, braços fechados a encontrar sentido no arranhar das peles bravias. Concatenarei pensamentos em pouco tempo, espera, segura assim, isso. Vai, ópio e creme não combinam. Vinho e ópio, nós e ópio, vinho em nós, nos teus...

Que sabor? Amarela? Dura de amargor aquarela? Sim, pois sim. Mergulho. Incandescente. Novamente perdidos nas ruas antigas do melhor calor do mundo. Não imagino o que se apoderou de tudo que se formou e nem mesmo quando se formou. Apenas sei que foram centelhas que não detém duvida no seu nascer. Diálogos estranhos dessas línguas. Antes um pouco confidenciamos vontades e olhares.

A luz angular, desse modo, deixa os cabelos da senhorita mais envolventes, segundo meu olhar, claramente. Noto o sorriso e o além dele. O vibrar dele. Recolho o mais importante do que percebo em seu viver. Faço parte de sua vida por detalhes, que creio serem dignos de lembrança. Poemas no sentir, gemidos no suar, dúvidas no respirar. Vinhos inacessíveis ao olhar comum. No marejar instantâneo do mirar, vinho d'alma. Centelhas vindas de um mudo lar que só pulsa diante dela verdadeiramente. Que no meu olhar recebe maremotos diferenciados, talvez, nunca dantes navegados dignamente. Aqueci-me da manifestação mais ampla, aquela que transita entre o torpor dos corpos acelerados e o revirar branco dos olhos extasiados, talvez nunca antes vislumbrados dignamente. Miúdos teus olhos só querem descansar dessa brasa tão contundente.

A espada que corta céus rubros

Um pouco de ti ficou. Externei pouco do que vivi, li e aprendi do teu olhar. Mas meu rumo difere do teu. Sou a espada que corta céus rubros.

O intuito era ser aceito no recôndito magnífico, quando a atitude final não é mais condicionada pelos temperos deste caos que ainda chamam de humanos. Corvos passearam por minha cabeça, desci os degraus novamente, desta vez não para replicar coisa alguma, mas, para degustar na taverna mais importante para mim aquilo que precisava recompor; depois, a ilusão de subir os degraus refeito, como se não estivesse mais sozinho no mirar, como se enxergasse com mais alguém linhas no horizonte do puro existir. Corvos, tavernas, e memórias, para me certificar que não insanamente projetado meu olhar, certificando-me que ainda que quase lúcido pelos caminhos percorridos, justo para comigo.

Chamaram-me de "o canto que provoca relâmpagos"; e eu só queria caminhar com meu característico modo, peculiar jeito de me portar diante de tudo. Disseram de mim: "o mar de ser que refere o luar"; e busquei apenas o cristalino e secreto confim de existir, sem negação incrédula, sem manifestação desrespeitosa sobre os escombros que carregamos de nós mesmos. Guerras vis essas com fundo social. Infantis aspectos apontam na nobreza de consumir; prefiro o estímulo por apreciar vinhos, ardil retrogosto, o meu beijo. Persisto quando guardo a bandeira e ofereço o abraço. Mas, sim, relevo a dúvida e aceito que um pouco de ti ficou, que pouco disse antes de sua saída, envolta aos tecidos balsâmicos. Todo relento é meu pairar de esquecimento no dúbio caminho de alguns. Preferi minha manifestação sincera do que o macerar duvidoso que querem de mim. Extraia o suco de sua existência alienada e note o que sobra. Acho que chega o momento textual que preciso explicar algo, lembrando-me disso, três amigos pediram para explicar meus textos, a dizer que pouco compreendem deles senão lerem mais vezes. Sorri e lembrei-me do sol maior na nota, recordei que nada significa ler-me sem conhecer a si próprio, sem existir devidamente. Como explicar aquilo que é vívido na folha borrada de vinho negro? O manto que me cobre não é mais azul a mim, aos outros sim, talvez. Sou a espada que corta céus rubros, que recupera na lâmina preciosa da vida o meu verdadeiro ser, e estilhaça o fel incômodo e incerto do que impõem como o comum. Sou a espada que corta céus, vertendo o incomum manifestar que me resta.

....

Antes de deixar a antiga biblioteca onde os textos foram deixados, procurei saber do livro de entrada do local, aquele lugar onde comumente a pessoa anota o nome, posta assinatura e observa algo sobre documentação pessoal ou sobre a visita em si. Achando o nome Mador Avllis verifiquei e anotei dois nomes antes do dele e dois nomes depois. Foram: Eliéser Baco, L. Lobo, nomes anteriormente anotados. Em seguida do nome de Mador: Fiorella J. Cave e Isabella Fiona Passador. Presumi ser importante. Antes da saída, fomos eu e Camena numa sala em reconstrução. Um som de piano nos chamava como um canto marítimo e lendário. Notei novamente os olhos a cada compasso ficarem rubros, pesados, de um tom magnífico. "Andante, de Sebastian Bach", disse-me Camena. Naqueles minutos, caminhei com as notas em direção de uma reflexão sobre o que queríamos do início da viagem e o que tinha eu em mãos naquele momento. Mhorgan e Judith largados para trás. Eu na insistência, quase arrogante, buscando meu irmão Mador no velho continente; Europa castigada pelo quase fim de tudo. Quando não se tem mais ninguém, nos obrigamos a procurar aqueles que deixamos para trás. Essa frase estava combalida no fundo dos pensamentos sobre a viagem, Joaquim. Nossas famílias e cidades destruídas pela ganância dos senhores do mundo. Nossa consciência nos empurrando contra nosso passado. Aqueles que fizeram do mundo esse orifício anal putrefato com a morte de milhões, teriam consciência? Escondidos em suas fortalezas subterrâneas, teriam consciência? Pude então sorrir quando Camena segurou minha mão. Segurou-me dizendo ter sido protetora da arte de um poeta um dia. Beijou minha mão pedindo que eu escrevesse algo para a pianista, que estava ali desempenhando tão bem sua missão. Sorri e não compreendi muito bem o termo "protetora". Não quis perguntar. Só quis sorrir. Por saber que no fim de tudo para uma pessoa como eu, só poderia alegrar-me diante da oportunidade de ainda seguir adiante após tantos percalços, ainda que com a consciência pesada e os olhos com o esperar de boas novas, no mundo que teima em recomeçar. Camena puxou-me de instinto, sorriso largo, como eu não tinha visto aquele dia. Abraçou-me forte como a entender meu pensamento, que era só meu naquele instante. Afagou-me os cabelos atrás da cabeça. Minutos de esperança e reflexão. Sendo abraçado e beijado. Após pedir uma folha amarelada pelo cansaço do tempo e restos de algum carbono, escrevi algo que chamei de "A pianista e o rouco mar". Entreguei o original para a mulher que tocava o piano, a outra via transcrevo aqui:

A pianista e o rouco mar

O corpo adoecido, o zelo pela madeira, o gosto pelo mar, o torpor do vento em zumbir, degustando os corpos das ninfas. Sentei-me em frente à casa de ... para aproveitar a visão. As árvores e o céu, o mar ao fundo e pessoas poucas a transitar na garoa, davam-me imagem rara ao meu pobre olhar. Poderia levar uma fotografia dessa visão comigo? Poderia imprimir a sensação interna do que me acometera ao caminhar de casa até aqui? Ao fechar a janela, a sensação de fragmentar-me uma vez mais no presente... poderia sussurrar a alguém para receber um abraço "tolo"? O chapéu protegia até certo ponto e quando a garoa recomeçou decidi ir à taverna de Luchino. Um último gole naquela caneca de duzentos anos e milhões de germes. Urra! E fui. Entrei, mãos delicadas ao piano traziam um adágio de Beethoven aos ouvidos dos presentes. Petrificados. Uma taverna destinada a isso. Todos, dos poucos que a frequentam, apreciam essas notas que levemente entram nas frestas da alma. Resolvi ficar lá, encomendei remédios, um quarto me reservado fora. E por muitas noites acostumei-me, logo que o sol se punha, ouvir as notas em adágios se formando, no aconchego completo. Fiquei pálido, e percebi que na palidez todos se aconselham contigo. Luzes do céu reverberam melhor na pele quando o fim se aproxima? E dizia eu para a pianista que ela era uma ninfa cuidando dos meus ouvidos, no ciclo derradeiro. E ela dizia que minha palidez encorajava-a a mesclar-se com as teclas enquanto tocava, pois sabia que eu morava lá na taverna para estar próximo dela. E na simplicidade do falar, na certeza do que dizia, fez-me fitá-la, até perder-me na enseada de seu ser. E não precisei ter um barco para ser aceito por ela. Tampouco por eles. A taverna tinha condições para se frequentar... "sê sincero e humano, ainda que feio e pobre de riquezas". E meus olhos fomentavam lágrimas, o piano soava enquanto o rouco mar clamava por mais dias.

....

Chovia quando saímos em direção ao Labirinto Invernal. Disse-nos um senhor, que pouco depois do longo labirinto haveria uma casa de repouso e que lá estaria um antigo escritor, amigo de muitos outros artesãos da arte. Que este antigo morador poderia ter notícias sobre a reunião de poetas, musicistas e demais integrantes do chamado "O Conclave".

E eu estava lá, perambulando pelo labirinto mais estranho já concebido, atordoado pelo cansaço, quase sussurrando aos pássaros que de um segmento mais alto nos encaravam. Só acolhi o restante do tempo ali para poder encontrar o que mais ansiava: pistas sobre alguma obra de Mador ou o próprio. Camena havia me alertado sobre uma flamejante tocha que se encaminhava alguns desdobramentos atrás de nós.

Falou-me do estranho que nos perseguira. Lembrou-me dos avisos cuidadosos sobre assaltantes. Seus olhos estavam concentrados, seu punhal parecia ansioso em sua mão direita. Suas palavras pareciam retorcidas de medo angustiante. Quando os passos rápidos atrás de nós se transformaram em um correr nítido de busca imediata, ouvi um brado ríspido entrecortado por palavras de Camena. Ouvi o nome Mador. O relâmpago e o trovão apareceram a fim de transformar aquele momento em um acontecimento odioso e sombrio. Quase na metade do longo Labirinto Invernal com a chuva e o cansaço. Com o possível desequilíbrio pela perda dos amigos Mhorgan e Judith. Com a febre tuberculosa tocando novamente o corpo. Um grito sobre a "senhorita de punhal à mostra" ficou claro com o estapear do relâmpago na terra enferma. O estranho perseguidor e sua máscara a esconder parte do rosto. Senti o empurrão de Camena me afastando do embate. Vi o soco desferido contra a bela que me acompanhava. A lama fazendo-me escorregar e os joelhos dela tentando proteger o corpo. O estranho gritando sobre Mador e sua perseguidora. O punhal de Camena caindo perto de mim enquanto ferida, cuspia sangue e incontroláveis ordens. Restou-me somente atingi-lo tão fortemente quanto um animal em defesa de seu território. Perceber seus vencidos golpes acertar o vento e a névoa que sobre nós descia. Sentir a lâmina adentrar minha barriga quando estaquei o punhal de Camena no coração do ciclope estranho e perseguidor. Restou-me ouvir cães ao longe, notar tochas iluminar caminhos dentro do Labirinto Invernal. Respirar ofegante até acordar, dias depois.

Como escrevi antes, enfim consigo depois de tanta lama e derrotas escrever-lhe. Estou vivo, apesar de Roma. Manuel Antonio escreve-te tentando com a força dos ventos respirar. Pudera ter conseguido escrever antes. No leito ao lado um homem desconhecido. De frente a mim, um tal Eliéser Baco, a dizer que Camena deixou na noite anterior o hospital improvisado onde me encontro. Sem me deixar recado nem um dizer breve e pasmado. O tal estranho que nos atacou tinha o nome de

Adagio e amarrado ao seu corpo sem vida foi encontrado uma bolsa com cartas a mim direcionadas, outras para ele enviadas. Eis que a febre me toma. Escreverei mais assim que puder. Entregue os versos da próxima folha para Camena, se um dia ela reaparecer; fiz o texto após pedir uma folha amarelada pelo cansaço do tempo em restos de algum carbono.

Não sei ainda se ficarei encarcerado aqui. A febre me toma. A enfermeira pede que eu pare de escrever, diz que enviará esta para que leiam, caro Joaquim. Espero que o faça. Entregue o "Srta C" para Camena, se um dia... O original do poema está com o tal Eliéser Baco e a outra via estará no envelope desta carta.

Abraço honrado e firme. Que o sol nos renove dia a dia.

Manuel Antonio (Maneco).

Srta C.

Vulto que aparece vez por outra no recordar,
ainda que não se conheça de fato toda a essência.
Saudade de um brado em doce voz.
Saudade de voo ao peito algoz...
Não se mensura o olhar em tempestade,
enquanto é o mesmo olhar que ofusca tudo a sua volta.
Ademais a tudo isso, lirismo em versos vivos.

Ruas que fogem no desalinho anseio.
Imagem da alma que reflete bons valores.
Ruas de curvas em pele alva,
onde o que paira é mais que desejos
de rimas brancas em vento constante.
Giz que condiz com a escrita d'arte esteio.

Universo de encanto carregada em flores,
elo de instinto em leve traço intento...
som do cativar dos olhos em tinta, d'alma alento.

Não saberei se o laço era frágil ilusão.
Inda que a nostalgia me banhe e dance
trôpega, vultosa e inebriante,
via no conhecer mútuo a chance, e,
ainda que seja o dia fagulha flamejante,
hora chega de perceber a composição,
sem rima, estima, lira ou comunhão.

Extasiado por mares em ruas,
de sinuosas curvas.
Os dias chegam vivos,
unidos de mãos com musas.
Inda a recordar bela pequena,
diante do poço de saudade...
anseia o poeta sua beldade.

Carta 18

A vida tropeçou no infortúnio. Um morto e dois feridos.

Manuel Antonio, brasileiro, amigo de Mador, foi encontrado no imenso Labirinto Invernal, inconsciente e ferido. Junto dele, cartas, rascunhos e cópias carbonadas de cartas enviadas, além de uma mulher, também ferida, identificada como Camena. O corpo sem vida atendia pelo nome de Adagio, italiano, desconhecido nas redondezas, até onde se sabe no momento. Foram todos encontrados por Eliéser Baco. Assim declarou-se na comunidade.

Diário da Manhã, Eliéser Baco, em um dia de janeiro.

Mares de Odisseu

E dos teus olhos tanto se verteu,
Mares de Odisseu, rubros e escarlates pedidos.

Do tropeço no infortúnio o mais difícil
Talvez, reconhecer nossa própria fortaleza,
Nossa manifestação de magnitude diante do caos.

E dos olhos tanto se verte ao colhermos o plantio dos malignos.
Colheita de todos inda que a flor destrutiva da ganância
Tenha sido por outros acalentada.

Sumo fétido da espécie visitando solo outrora fértil.
A peste a deslizar, transformando em quase fim tudo que poderíamos detalhar como nosso.

Eliéser Baco

Declaração Particular

Por instrumento particular de declaração, Eliéser Baco, brasileiro, solteiro, maior, residente em Portugal desde muito antes da era do Quase-fim, vem por meio desta declarar a quem interessar possa, principalmente a ela, Bárbara, identificada nas cartas encontradas como amiga de Joaquim, Manuel Antonio "Maneco" e Mador, que está com o honrado Manuel Antonio (que também assina e é conhecido como Maneco). Saibam quantos esta virem, Manuel Antonio está ferido e se recuperará. Declara ainda que: a) o imenso Labirinto Invernal, local onde este foi encontrado, recentemente tornou-se lugar de emboscadas e desafios entre duelistas, também conhecidos como dueladores; b) Manuel Antonio esclareceu aparentemente ter achado ser Adagio um inimigo mortal, tendo sido por ele perseguido e interpelado dias antes, em noite de nevoeiros e palavras nebulosas; c) Camena, encontrada ferida junto de Manuel Antonio recuperou-se rapidamente e partiu sem consentimento médico; d) os achados de Adagio estão em sua posse; e) todas as cartas serão guardadas.

É o que declara.

Eliéser Baco

(reconhecer firma no Notário das maiores cidades ainda existentes em Portugal).

Carta de Informação

Prezados leitores,

Comunicamos a V. S.ªs que no dia anterior a este, li e reli as cartas em posse do Sr. Manuel Antonio e Sr. Adagio, organizando as datas de envio e de chegada. Informo que Adagio teve o cuidado de guardar os rascunhos das cartas que enviava.

Agradecemos-lhes a preferência a nós dispensada até aqui e firmamo-nos,

Cordialmente,

Eliéser Baco.

Primeiro miniconto.

Isso me trouxe um aspecto gélido do que ocorreu. Por isso esta carta é direcionada para ti, Bárbara, cujo endereço estava em envelope que enviara para Maneco em tom flamejante de ansiedade.

Recolhi os corpos feridos e trouxe neste hospital improvisado que me encontro. Precisa-se pagar antecipadamente pelos cuidados. Quem não tem ouro ou prata pode sacrificar o doente e levar nas valas que circundam alguns lugares; ou tentar o tratamento fazendo escambo por mercadorias valiosas por aqui: boa comida, vinho, cavalos. Deixar o adoentado perecer ao léu é ainda escolha de parte dos que aqui pisam. Mares temidos, cuja travessia é adornada por cânticos de todos tentando o mel da alegria. Bom deguste tal tentativa. Não podemos esquecer que do alto, além-nuvens, tudo podemos esperar e confiar quando se é sucinto... Ou louco. Sorrisos se mostram durante o dia e algum desajuste beira a noite, como se a luz trouxesse os temperos vívidos da paz enquanto cada gota de sombra e noite volve do lábio o receio. Ciclo este, no mínimo, difícil. Aceitar tudo que nos veio durante e após a Era do Quase-fim de cara limpa, sem álcool, é dificílimo; a embriaguez era a receita favorita até que o remédio criado por Flamel Eschenbach trouxe alívio para muitos. Voltar aos tempos da colheita sofrida e do trabalho árduo na terra entre pálpebras que carregam as perdas no seio familiar foi transformar a vida em sonhos ruins. E das noites de descanso, os pesadelos surgiram num espasmo sombrio de lembrança para muitos. O ocorrido manchou as vielas do mundo inteiro. Por isso eu sorrio e peço o mesmo aos outros. A chance de recomeçar brindou nossos dias. Façamos então. Mares que podemos optar. Retorno ao melhor? O meu choro é a necessidade de ainda crer.

Rubros e escarlates pedidos, dos três que vieram aqui buscar um fantasma conhecido. Foi o que li sobre Judith, Mhorgan e Manuel Antonio nas cartas. O tal fantasma, está vivo, ainda que no luto não queiram festejar; sim, Mador ainda respira. Manuel Antonio é muito bem quisto por meu amigo Mador, por isso os cuidados dele e de Camena arcados foram de forma a celebrar a amizade daquele que tão bem falava de Manuel Antonio. Recolhi da mesma forma os pertences. O corpo de Adagio, o italiano morto por Camena e Maneco, jaz em solo de uma família conhecida. Não conversei ainda com Manuel Antonio sobre não enviar a carta dele e as outras cartas para Joaquim. Saberá o motivo quando ler tudo. Reconhecidos os fatos por mim, esclareço o necessário sobre a busca que cessa. Leon Chivalry foi importante para a recuperação de Mador, que esteve bem adoentado. Em princípio, fora ele importante indiretamente. Conheceram-se quando Leon chegou ferido, trazido por quatro amigos que o deixaram com relutância. Faltava um dia para que Mador deixasse os aposentos de enfermo. Olhei nos olhos daqueles homens e soube que a mesma honra era determinada não no discurso, pois falavam pouco, mas no agir. Mador apresentou-se como Bertram por um quase humor, após a mulher que tremia ao lado de Leon o deixar. Pareciam gostar mesmo um do outro, Leon e ela, sem artimanha ficcional adornada por prata. Ela olhava-o como o último vibrar da orquestra sentimental. Quando se passaram dezenas de minutos de um silêncio por parte de Leon, conversaram, Mador e ele. Reconheceram-se pelos textos espalhados por tavernas de vários lugares. A última vez que os vi foi antes de partirem para a vila de Chalybs, quando Leon quis acompanhar o novo conhecido. A chantagem que Mador sofria tomou vulto de ondas maiores que o esperado. Tenho certeza que partiram acompanhados de uma mulher. Não é rumor.

Enviarei junto desta as últimas páginas escritas por nosso amigo, Mador. Escreveu ainda adoecido e febril. Constatarão a assinatura e a pulsação madoriana no manuscrito. Não se entristeçam da busca que findou com remelas de tristeza. O intuito de avançarmos adiante nunca será por completo conhecido. Sinfonia branda revela pouco e ensina menos ainda. Não trará ninguém de volta tal frase, nem esse é o intuito; intenção, sim, é aproveitar cada dia por sabermos que inexiste repetição. Findou? Findado está. O dia, o nevoeiro, o tropeço, o abraço. Findado o ciclo, que siga o rumo. Torna-se caro recordar. Mais caro ainda tentar compreender os mares vertidos em nosso caminho. Por isso acho importante contar o que ocorreu. Quem sabe reunir as cartas e entregar de uma vez aos que queiram ler; para que avisem Mador que alguns amigos ainda seguem seu rastro, que outros se perderam da sanidade ou se perderam da vida. E se ele não for encontrado, que encontremos alguém conhecido para valorizar antes que se torne um fantasma sem nitidez no rubor do bem querer.

Em devaneio

Melhor seria ultrapassar os limites conhecidos
da ciência e avisarmos o que espera a chamada humanidade.
Enterrar no crânio do passado a imagem
do que ocorre com um mundo quando o ouro
precisa ser galgado inda que o perecer de muitos
seja apenas números estatísticos a serem observados.

Quando a respiração de alguém é trocada pelo níquel
é chegada a hora do anoitecer definitivo.

Escreverei esta e partirei em busca de Mador e seu chantageador

Os relâmpagos de dúvida se intercalam
com as orientações da razão.
No vinho da vida o deguste nos cacos de alguma taça
nos deixa o sangue ao canto da boca.

Não retornarão ao que eram antes disso tudo,
pois, expor-se ao mundo dessa forma traz muito mais
do que rubros e escarlates pedidos.

Recolha-se, Bárbara, no dizer próprio
até que Manuel Antonio volte para seu abraço de amiga.
O mundo de si será o conforto necessário.
Ainda restam humanos passeando por todos os vales,
relembrando todas as virtudes que parecem lendas
antigas demais para serem enxergadas como possível.

Reencontrem o que são

(Uma voz vinda por detrás de uma porta)

_Nos abrigos colossais, centenas de metros abaixo de onde tentamos dormir, os que provocaram o quase-fim estão escondidos, dizem. Esperando o ódio passar para trazer pão, circo e ganância descabida novamente. A tempestade da vida é estupenda demais para nos acolhermos somente no fel. Somente no que foi perdido. Tratemos de encararnos definitivamente no espelho do próprio olhar. Admitir que o erro nos pertence em sua medida justa, perceptível. Que os propósitos sejam outros na reconstrução do que hoje é caos. Os fantasmas que pareciam mortos nos servem para vislumbrarmos aquilo que poderíamos ter dito e foi calado. Que cada um retome a busca do próprio valor. Não o do níquel que cai do estelar manicômio da putrefata ganância desacertada. Voem assombrados todos nos ventos que nos banham os mares da alma. Retirem os atributos necessários para ir adiante à poeira que ficou. Sucumbir diante de nós mesmos é enxergar que podemos vir a ser algo muito melhor do que fomos. Isso tudo para dizer aos que ficaram escondidos em suas casas molestando a madeira nos reparos necessários: Mhorgan e Judith precisam ser honrados nos próximos passos. Manuel Antonio retornará acompanhado, bem mais do que cartas de tavernas, do que poemas escassos e vestimentas sujas e manchadas de sangue. Que o teu beijo seja o do recomeço afável.

Fragmento de Carta de Informação

Prezada Srta. Bárbara,

Comunicamos a V. S.ª que escreverei mais sobre Leon e Mador assim que encontrá-los. Que possam ler o que é de Mador, que eu descanse a pena, que eu me volte para a tempestade da vida. Caiam máscaras.

Fragmento de Declaração

Que das cartas que os olhos alcançam, manifesto somente que o nevoeiro do chão se levanta para encontrar arenosas questões. Declaro que, sobretudo a respeito de o nome Camena, não tenho certeza que a ninfa dos escritos madorianos é a senhorita do punhal à mostra;

que do tinteiro borrado e esquecido, cada mergulho na folha é um discurso e um conto que teima na existência de Mador;

que a boca do destino mastigue a vida e deixe como ensino o tino da esperança, porque o som do frio na lembrança faz zunir em cada tímpano os fantasmas de nós mesmos...

Cartas. Que anunciam boas vindas. Abençoam e aconselham. Retorcem trilhas e descaminhos que trouxeram a morte do Adagio que tentou ajudar. Fatos que precisam ser expostos. Ossos da humanidade rasgando pele e caráter. E dos teus olhos tanto se verteu, mares de Odisseu, rubros e escarlates pedidos.

Fragmento de Pedido

Leia, Bárbara, os textos a seguir, são de Mador. Sincero abraço,

Eliéser Baco.

Hecatombe

Escapar durante o quase fim (sinistra hecatombe), muito mais do que simplesmente sobreviver.

Certos de que os úmidos passos terminariam no frasco defensivo da clausura, percorremos os bosques inacessíveis, as florestas densas e os desfiladeiros malogrados. Chegando o senhor do mundo hesitante, a discursar terrivelmente aos sãos, atravessamos as tempestades abruptas, os calabouços temidos e o vermelho solo das catacumbas. Não foi o bastante.

Ainda assim, tememos o fim dos caminhos e nos dispusemos a traçar novas raias marítimas, com embarcação suspensa nos dedos dos ventos amarramos nossos corpos trêmulos ao gélido mastro central, e, abraçados, esperando apenas o calar de nossas vozes pelo destino, fomos arremessados nas horizontais nuvens dos sonhos. Ecos e lembranças, acima das cabeças, a hipocrisia dos discursos. Fendas entre a relva abaixo de nós e rachaduras espectrais no abismo do medo. Depois de passarmos pelas terras leves do conhecimento, os mares temíveis do diálogo e as nuvens vibrantes dos sonhos, os arroubos das putices alheias nos transformaram, como passos que estalam mais altos e mais sôfregos a cada martelada do respirar. Sim, eu sei leitor, é angustiante demais ficarmos a espasmos verbais em torno de frases que mais obscurecem do que nos deixam ver. Que fiz? Adentrei ao caminho torto que não poderia fazer? Respingos dessa chuva ácida fazem os portos e os cais menos interessantes do que nas enseadas estrangeiras e brancas.

Pare; feche o livro e descanse os lábios do vinho; deixe a pena aí mesmo; não há motivos para continuar a enveredar pelos caminhos tilintosos dessa via, ela me diz.

Sim. Cada simples olhar diante desses caos e poemas nos levam à beira de tudo, como uma onda sonora e portentosa de diálogos tendenciosos. Como querer algo mais do que apenas ouvir a voz chamando para o leito? Seminua e com traços delicados essa senhorita me contém e eu contenho tudo para ser digno de lembrança. Todos se foram, exceto ela.

Os passos diminuem. O silêncio traz consigo as sombras, as cautelas, as cantigas e mazelas dessas. Marteladas no respirar, por quê? Já não foi tão rápido assim que me tolheram tanto? Que despejaram meu corpo diante do lodo daquela última rua acessada por mim, senhorita?

Os raios condenaram os talentos ao esquecimento e os outrora amigos condenaram meus atos, esquecendo-me aqui nessa jaula em forma de quartos, onde vestes brancas passeiam durante as madrugadas quase eternas. Provocam-me seminuas na porta. Sorrisos; incrível como por anos mantém-se assim, as mesmas, seria o sangue do fantasma de D. Gray corroendo aquelas entranhas?

Pulam nos canteiros os anjos dos séculos passados, esquecidos de suas missões medievais... Veem aqui trazer novas explicações para os catárticos poemas novos sem eixo e queixo. Duvidam de mim quando relaxo, aperto as mãos contra o peito e sigo a contar tudo que vivi. Reflexo impuro da falta de zelo. Goteiras de mel. Respingos de chuva, catarse teatral, leitura dinâmica, pernas brancas e coxas pálidas, sol que nasce e dó que marca, si que ajeita e acordes fenomenais de loucura. Fechem frestas das janelas, as ninfas nos ouvem por ali, achamos que são zumbidos dos ventos, mas, espere... Irradiam magia lasciva. Creia-me, quem lê essa folha amarelenta: o certo mesmo é que a perdição nos chega momento ou outro; quem ri do trôpego na esquina logo cai de nariz na quina de algum concreto. Provérbios banhados no canto de alguma pequena? Na raiz de alguma açucena? Lixo pueril, poeiras mil fixa nos olhos da humanidade, salvem os mais velhos, anotem os nomes dos artesãos, cubram o sexo das insaciáveis, é tudo questão de tempo até que as desventuras do presente se encostem em todos nós, transformando rumos em ritos e rimas, até os versos serão tripudiados quando a arte for trocada por níqueis do poder???? Quatro interrogações para que escritor doido dos infernos!!!!

Ela abaixa sobre mim. Tenta acalmar-me, dizendo frases sutis como as notas graves do piano tentando conduzir para uma passagem mais quieta da partitura. Ouço com atenção, sei que os efeitos disso em mim duram mais que nos outros que foram diagnosticados com essa febre vinda de sei lá que norte, que porte, que coluna do mundo. Respiro fundo enquanto escrevo para tentar ser compreendido. Delírios; diante de um mal secular, colega leitor, a cada parte do dia acomete-me sinistramente, levando-me a sair da razão, por isso as pobres frases confusas e tolas. Sou do novo continente perdido no velho; sou o jovem senhor saído do sul em direção ao sudeste, e de lá para a antiga imperial cidade. Visto que desencadeio momentos de torpor imenso... Ela, a única, a verdadeira, quis aqui continuar, cuidar de mim, trouxe-me um novo significado nos dias que, pensei não veria mais. Goteiras de mel cessam aos poucos como as semibreves aos loucos dos pianos e cravos. Ciclos de ventos em mim. Pergunto-lhe sobre minha atual situação, e o seu início na humanidade atual. Ela se explica assim: a Arte e a Loucura não puderam ter filhos, chamaram o Poeta e seu melhor amigo, o Poema. Fizeram filhas nas duas. Desta doce empreitada da Arte com o Poeta nasceu a Ninfa; da Loucura com o Poema nasceu a Musicista, desse embaralhar de sêmens foram procriando, até termos a Artesã, a Lasciva, a Febre. Olhando-me assim percebo querer rusticidade, senhorita. Sorri e debocha levemente, esgueirando seus dedos alvos e delicados entre meus cabelos turvos.

Aquece-me com sinceridade, rastro final do humano essencial. Não vê em mim mal ou nobreza, aspereza ou graal, santidade ou gentileza, banal ou imaturidade; não vê crimes ou castigos, dons ou casmurrices, mortes sem nome ou póstumos recados; não vê regras ou presságios, adágios ou nostalgias, pecados ou abadias, surtos ou sinestesia; não vê afinidades ou maiores vínculos, apenas me vê como algo que só ela poderia explicar, só ela poderia detalhar melhor; só posso dizer-te, retirando a máscara principal do homem - que desvirtua a própria visão de si mesmo – que essa agonia intensa febriculosa trouxe-me diante do espelho maior e mais profundo, o que dispara dos meus olhos aos meus olhos o que não necessariamente precisava ter sido, o que necessariamente precisei fazer por mim e o que posso escolher.

Ela pede que eu pare um pouco. Lê as últimas frases. Não me lembro dos celeiros que ela mencionou ontem, talvez tenha concordado para não parecer mais perdido do que fico nessa manifestação dos bacilos e seja lá o que mais for, que me destrói assim. Mas dizem que já estive pior. Pior?? Escárnio de onde trazem para colaborar tanto assim com minha melhora? Convenceu-me. Escreverei um poema ao som de suas mãos ao violoncelo. E que delicadeza feminil ela consegue demonstrar defronte a partitura; oh, não, essa ela irá trazer da própria da alma para eu poder escrever do âmago algo que o ar ainda não levou, que o mar ainda não banhou, que o fogo ainda não vislumbrou. Noto cada passo em direção ao que precisa, volta-se para este que escreve, arruma a pena e as almofadas atrás das costas, beija a testa e pede a superação em nome de mais um dia de vitória diante de um mal que passará. Tentei sorrir e consegui. Pedi o vinho e degustei um gole a mais. Os primeiros momentos são de mirar suas mãos e deixar as notas envolverem-me, cambaleantes e dignas, sorrateiras e límpidas, como um caminho feito na alquimia da própria essência. Dedos delicados, os cabelos pouco se arqueiam no ar, os vibrantes sons abusam de sua perfeição, o arco desliza pelas cordas afinadas em quintas de um jeito que me inundam de pressentimentos e quereres; Stradivarius, Boccherini e as sonatas italianas desculpem-me, esta senhorita merece um continente de honrarias. Ademais leitor, absorvido fui, não mais hesitei, e depois dos melindres em ouvir e me entregar por completo à cumplicidade dessa força, percebi os olhos dela mais avermelhados, tragado fui, e compus.

Réplica

Todo meu poder de réplica, toda minha força de erguer a voz, aquela mesma força que já fez aproximar-me de ti, tudo isso, que se envolve nas lembranças e se despe na saudade, meio que cai, diante do teu mirar. Não há como eu ter menos vontade de recomeçar tudo, de fronte teus olhos, dos mesmos olhos que em vão quis que me olhassem durante tanto tempo, e, pelo visto, ainda não foram envolvidos pela minha presença, e que parecem se safar da dúvida, na minha ausência. Sigo o calafrio que me assola até os degraus que me levam para baixo, para mais baixo na minha estima, alcançando o que me foi sempre caro: teu toque, teu tato, teu laço, fere e encanta, ensina e estanca tudo que posso querer a mais, do que não sei se ainda tenho contigo. Todos os candelabros da memória estão acesos, teu gosto permanece na boca e nas virilhas, meu primeiro caminhar na chuva sem teu perfume junto ao meu ainda ecoa, como ecoa para ti a suave porta resvalando no amadeirado batente, deixando com um estalo o final de um ciclo, escancaradamente aberto o estalo no resvalar da porta.

Cavei, e bem fundo cavei no limiar instintivo do bem-querer tudo que forjei de novo na alma, ao te defender perante mim mesmo, perante a consciência que tinha que dois febris corações e corpos se ajustam no gozo, se reciclam no abraço, se confundem na saliva, mas, poderiam no episódio final da porta resvalada, ferir-se mutuamente. E cavando como quem procura saída no subsolo denso e claustrofóbico, encontro-a, a ferida: que musical como tua dança, ou tua ilusão de dança, ainda aberta arde facilmente, talvez por não existir antibiótico suficientemente competente para calar o respirar dela; talvez, por não haver motivo melhor para saná-la... Por enquanto, ela, a ferida, treme, pulsa, expulsa convulsamente prática as chances, as melhores chances, que através da porta, fecham-se tortas. Pudera então dançando embriagado ou atônito hipnotizado, convulso ferido ou soturno estilizado manifestar um mero e pobre conjunto de atitudes, necessárias que seriam a fazer dos dois indivíduos um par, erráticos que fossem; par que não são, dos "ais" do suor cotidiano do ato selvagem que não mais são, que sequer puderam supor e endoidecer, e devanear, que foram. Sangro no silêncio incômodo e sutil. Não toco teu semblante com os dedos poeticamente envenenados de vontades alucinógenas. Não paro teu movimento de quadril e mãos e gestos e pele que adoro e sorriso que enlouquece e ombros nus que aquecem meu fervilhar por dentro. Não faço nada disso, pois, se o fizer, debruçarei nos teus pés caros pecados, e derramarei frases banhadas nos continentes do sentir. Perderei minha alma, que é poema, na música que és. Transtornado, degustarei cada milímetro de ti, e, em cada nota de um gemido teu desvencilhar-me-ei mais ainda de mim. Improvisarei novos beijos e amarrarei teu corpo ao meu; fundamentarei; engendrarei novo ciclo; mostrarei o cântico dos sexos. Fazendo isso, essas muitas volúpias, concentrarei tudo que sou em tudo que és pra mim, abrirei um mar intenso na alma e baixarei as pontes levadiças da fortaleza do receio, entregando-me. Sutil poema, cúmplice da música voraz. Resvala, a porta, nos anseios... Difícil hesitar tanto, quase a segurei quando se fechou rítmica, suave.

Carta 19

De Eliéser Baco,

Primeira Narrativa

Meus passos pareciam cansados no amanhecer, Bárbara. O sol envolvido por algumas nuvens, o céu cobalto, as trilhas ora esverdeadas, ora cinzas. Queimavam no céu também alguns dizeres das nuvens, antes brancas, agora em fogo reluzente em pleno dia. Meus passos pareciam cansados ontem. Meu sorriso em incógnita é por saber que ainda assim acredito e em frente cambaleio. É assim? Então, o impacto de meu olhar para com a vida será sempre como aquele souvenir deixado na famosa e antiga caixa... Sorrisos e passos críveis, ainda que pareçam cansados dos últimos meses para cá. Deixei o cavalo preferido a descansar. As portas que preciso bater, as janelas que preciso espiar não podem ter aquela segurança e ritmo de meu cavalo preferido. É preciso ter algum mal dentro de si, é preciso estar carregado do que todos nascem tendo, a mão da cura e a mão da desonra. Céu cobalto, meus passos e a esperança em uma das mãos, ainda que a outra traga uma lâmina pronta a me defender e ou ofender. Inundo a boca com um líquido que adoro, mistura de morango e algo mais que não recordo. Água bem guardada dentro do casaco. Não se tem notícias de nevoeiros por aqui em pleno dia, mas, ainda assim, avisto um avançando lá embaixo perto das tavernas. É necessário encontrar Mador, avisá-lo de Manuel Antonio, avisá-lo de tudo. É necessário saber se resolveu o xadrez da chantagem que sofrera.

É necessário perceber que nas amizades é guardada nossa esperança, nossa segurança, que lá ainda vive aquele algo que nos identificamos tão bem, dos valores que temos e tentamos demonstrar no agir. Sim, no agir. O agir fora das verdadeiras amizades é uma incógnita sem sorriso ao canto da boca, digo isso, pois, muitos esperaram em vão, diga-se, que das nuvens que hoje repicam fogo, que daquele céu cobalto que por vezes chove algo que machuca, esperaram os guardiões dos justos, as asas de Deus a acolher seus ninhos. E o agir dos líderes governamentais foi em causa própria quando do momento derradeiro.

Deixemos isso pra lá, Bárbara. Agora, quero lhe contar que apenas um homem honrado, conhecido por mim, sabe entrar e sair do gigante Labirinto Invernal. É com ele que terei. É nele que depositarei o que trago em uma das mãos. Preciso atravessar e falar com Mador. E calma Bárbara, não é somente para avisá-lo, é também para saber se resolveu a questão da chantagem que sofrera. O homem que falarei: Vicente. Conhecido como Vicente Vermelho; sua pele resplandece avermelhada como fogo quando muito exposto ao dia, que dirá sol a sol da agricultura. Ele conhecia o Labirinto Invernal antes de seu acréscimo, é bem verdade, mas, sua mente reduz tão bem as dúvidas tamanhas que muitos têm dos passos dados lá dentro, que é nele que confio. Recluso. Ficara recluso desde que precisou enviar ao Labirinto I - como alguns chamam - seu resto de família. Sua filha viúva e os filhos dela. Tornara-se recluso diante da culpa. Não quisera mantê-los aqui por medo que piorassem as coisas, e os enviou sem o querer, obviamente, para os braços da sombra final. Sua filha levara todas suas crias, duas meninas e quatro meninos. As crianças sofrem mais nos tempos de fim de ciclo. Apenas o menino mais velho vive. Imagino o olhar permeado de sombra que vive no olhar daquela mãe. Crianças são tão raras como a esperança nestes tempos... Vicente Vermelho será a voz que obedecerei no intento da travessia. As amizades trazem esperança. Somente por lembrar-me dos amigos já sorrio. Os verdadeiros amigos são o sopro enquanto o calor nos cerca. É por isso que me compadeço por Manuel Antonio, por Leon Chivalry, por tudo que li sobre Adagio. Esperança os moveu. O recordar de algo bom os soprou. Na busca daquilo que talvez seja o ímpeto dos justos, o bom esperar, as ações em causa dos amigos. Na trilha que caminho, muitos sopros, nenhum como o das amizades. Amizades sopradas como aquele souvenir da caixa antiga, em forma de atitudes e um franco sorriso.

Quando avistei Vicente Vermelho no pátio, no fim de quatro vielas desembocadas ali, ele estava olhando a fonte de água, seca e sem função, enquanto parecia ter uma bela rememoração. Não sei qual era a intenção daquela expressão, mas, um pensamento que parecia secreto de tão reservado o olhar e o gesto. Vestes surradas, mas, de corte bom, uma cabeleira rala e grisalha e mãos pesadas quando me cumprimentou. Semanas sem vê-lo. O olhar sombreado pela vida, a pele marcada fazia sulcos perto do queixo e uma cicatriz perto da orelha direita mostrou um homem forte e pensativo. Um propósito disfarçado no olhar quando me perguntou como estavam as trilhas, se mais cinzas do que de costume. As trilhas eram o caminho que me traziam até ele, a trilha da amizade antiga repleta de um bom esperar naquela conversa. Sentei-me na beirada da fonte enquanto ele modificava o olhar de choroso para alegre, aos poucos. Nada encobre por muito tempo uma dor ou uma saudade, disse a ele. Mais uma vez com um propósito disfarçado, disse-me que eu não havia respondido sobre as trilhas, e sorriu amigavelmente. Comparei as trilhas pisoteadas a marcar o caminho com as amizades feitas nos anos, com o passar do tempo, abertas no solo da vida para sempre nos trazer algo bom. Fez um gesto como a brindar minhas palavras. Comentei das amizades que derrubam as fronteiras dos continentes, mares, oceanos, estruturas imensas demais para alguém pensar em transpassá-las somente por um querer minguado. Apreciou e emendou que a saudade também dignifica certas ações. Sim. A saudade dignifica ações e reações. Perguntei qual era a dele, que machucava o semblante quando chegara eu, há pouco. Olhar pensativo e firme a mim, como quem pede silêncio e só. Perguntou o que me trouxera ali e expliquei somente o básico, da procura pelo amigo que não via há um tempo. Soletrei o nome quando ele pareceu surpreso e meio surdo. Soletrei novamente quando ele disse um nome parecido. Olhou-me sério, como a disfarçar uma certeza e compreendi ser aquilo somente reflexo do tempo árido que por vezes castiga o pensar dos mais experientes. Vicente Vermelho não é propriamente amigo de Mador, mas já o viu na minha presença.

Negou-me a travessia, esse é o fato. Pediu para eu entrar com ele para beber água fresca no jarro de barro que tinha. Aceitei. Parou na porta para arrumar alguns papéis soltos, ali caídos, a maioria amassados. Notei então um papel amassado como a sair do bolso traseiro de sua calça, quase caindo. Pegou todos os papéis e me encaminhou para perto das cadeiras, mais adentrados, então, da casa de alvenaria branca e paredes amareladas não pelo cansaço, como citaria Manuel Antonio, cara Bárbara. Pensei então que a saudade nos faz desleixados com nossa barba, que dirá das paredes. Sentou-se parecendo mais tranquilo. Amassou os papéis e pediu para eu contar com mais detalhes o porquê de tal nome ser procurado por mim. Na mesa pequenina de madeira fraca, dispôs os braços e esperou por minha voz. Pedi água e olhei o quadro acima dele. Um casal com vestes antiquíssimas olhando uma ampla plantação. Duas casas principais ao centro da pintura, uma elevação com um castelo no fundo e na esquerda uma praia, um corte de praia com aves rabiscando o ar. Uma charrete na estrada junto da praia, um músico a tocar violino defronte ela. Parei de olhar com o som do copo de barro tocando a mesa. Perguntei se ele ainda saberia atravessar o temido labirinto. Perguntei se ele conhecia o tal lugar eternizado na pintura. Negou-me. Disse dos perigos, recorreu nas lembranças das mortes trágicas, assaltos, roubos, duelos, curras. Tentei um argumento menos fatídico. Negou-me. Disse uma vez mais dos perigos, pigarreou fortemente e socou a mesa, claramente nervoso consigo e sua tosse forte. Disse do quadro. Cidade costeira. Como se não pudesse então eu perceber o mar a lavar o continente... enfim, sorri palidamente quando me negou uma última vez a travessia.

Levantei-me a fitar seus olhos firmes, e depois pousei meu olhar não menos firme ao quadro. Não quis traçar metáfora sobre a praia, o mar, a travessia, a saudade, os laços de amizade e o quadro e a vida minha, que ele conhecia. Seria como em todos os traços rabiscados de tantos poetas. Seria óbvio encharcar-lhe a visão com metáforas putas e desviadas do nexo forte daquele olhar de Vicente Vermelho, há muito conhecido por mim. Metáforas putas como fiz há pouco, enquanto esta escrevia, cara Bárbara.

Negar-me a travessia é quem sabe arriscar um destino, disse eu, sorrindo amigavelmente. Olhou o vaso de barro e se virou para olhar o quadro que eu tanto fitava. Mandou-me sentar com a voz imperativa dos velhos marujos. Não me contou do quadro. Continuou a me negar a travessia do labirinto tão temido. Os papéis que ele tanto protegia pareciam o motivo de sua expressão mais forte quando eu chegara, antes, no pátio em que estava. Protegia sim. E, sim, mesmo! Olhei a cabeleira rala e grisalha, os papéis amassados, como quem quer raivosamente revirar a vida doutro jeito. Ofereci um vinho em minha casa, ofereci uma restauração no quadro e nem assim animei o velho Vicente Vermelho. Percebi que algum desenlace da vida com este recluso homem era o bastante e forte demais para ele me ouvir. Tentou contar-me uma nova piada e esqueceu-se na metade, levantou-se, dizendo que as sombras e o nevoeiro subiriam em breve, que eu deveria ir embora e desistir da travessia. Abraçou-me fraternalmente, mais forte do que costume, meu amigo agora recluso. De dedo em riste avisou-me que nome algum o faria correr o risco de jogar destinos no Labirinto I. Entendi, então, o elo final do olhar e os papéis e o quadro e o vaso de barro e a água fresca, quem sabe como sua filha deveria preferir. Não citei o nome de José, seu único neto sobrevivente. Quem citou foi ele. Disse José, com o bafo de quem sente a saudade doer e a culpa esmagar uma vida. Repetiu José três vezes, sem mencionar a filha. Abriu a porta e pediu minha companhia no dia seguinte, para caminhar pela trilha que eu subira. Desejou sorte na busca por Mador, mas, antes disso, trocou o nome dele por algo que só alguns poucos poderiam conhecer... Trocou o nome sem querer, de certo, por Bertram, e olhou-me desconfiado, uma desconfiança armada a se defender. Eu fiquei intrigado, notei a porta ser aberta por completo, uma repleta brisa quente me enlaçar e um convite ao recolhimento ser proferido.

Bertram é o nome que nosso querido Mador, cara Bárbara, assinou quando de sua primeira internação na casa de saúde bem ao leste do Labirinto Invernal. Que coincidência tamanha... No caminho de volta, já distante de qualquer olhar que pudesse me averiguar, desamassei o papel que apanhei caindo do bolso da calça de Vicente Vermelho. Corri os olhos ansiosos pela folha quase a rasgar-se, vi a assinatura: Bertram/M.

Transcrevo, pois, Bárbara, o texto da amarrotada folha:

Memória

No que consistem aqueles teus apelos? Por esquecimento? Ainda que trouxesse uma memória falsa à tona, poderia encurralar a verdade no frio do caminho, entornar devaneio repentino no abraço recém-esquecido e ainda assim saber que existes. Ter aquela certeza, que uma manifestação diferente, única, tombou pés delicados ao meu lado. Daqueles prejuízos que todos enfileiramos quando as árvores já se fazem podres nas trincheiras montadas. Trejeitos refeitos quando ninguém nos via. Minha memória falsa acusaria assim que tuas coxas adentrassem qualquer rua, qualquer poema, qualquer soturno sonho que me acometesse as vigas do lar adentrado ao peito. E da respiração sem ritmo que perderia a memória verdadeira e a falsa, a natural destreza do zelo zombaria de tal atitude, esquecer, e no nadar da primeira maré outra memória se faria do cheiro das ninfas e do som do oboé. Trincheiras montadas por defesa, árvores dos frutos pretendidos, rastro daquele sim tão aquecido...

Conheço bem o que me diz respeito, sei dos pormenores dos enganos teus e meus. Cada parede enrugada soube dos ditames nossos. Obrigações e limitações do espaço e tempo, cama e minutos. Ainda que digam que há caos onde tu te aninhas, ainda que suplicassem que eu adentrasse o ramo de folhagens que obscurecem o que de ti conheço, no tracejado de pólen que deixo cair das mãos ou que deixaria, preferiria me esquecer prontamente, a perder o derradeiro fio de saber de ti... Que ramo é aquele de fronte ao meu leito? Que nome é este que me chamam fervorosamente?

Bertram/M.

....

É um incômodo tamanho perceber Vicente a esconder uma informação que me é preciosa. Se ele teve acesso ao papel, pode ter tido acesso a Mador, homem que já viu em minha companhia algumas vezes. Não eram amigos, decerto, porém, poderia esquecer facilmente o semblante de um amigo meu, que já treinara esgrima conosco? Em minha primeira opinião quando o vi, Bárbara, era somente aquela a reflexão do pai preocupado, a do avô consternado, do ser humano em ritmo dissolvido. Poderia em suma e propriamente não saber que Bertram é Mador, nome rascunhado pelo mesmo no assombro de ser levado na marra para um lugar de dissabores e alguma violência. Muitos querem a qualquer preço destituir a saúde de um para salvar um enfermo familiar. Já ocorreu nestes tempos cuja sombra da morte tocou num sorrir estranho, cidadãos comuns e saudáveis, dissecados nos corredores de qualquer mansão para dar chance de vida a outros que, ricos, não tinham o veleiro da saúde percorrendo o peito. Por essa razão Mador rascunhara o nome Bertram. Medo, medo imenso de sua ficha médica cair nas mãos dos que carregavam a foice da nova medicina em tempos obscuros. Por isso as tavernas não são seguras nas madrugadas. Madrugadas que são secretas em certos acontecimentos. Então, eu que fora propor uma travessia para um homem cuja honra sempre tive como seu predicado no tabuleiro das amizades, volto com o selo da desconfiança incrustado no olhar. O melhor de tudo é voltar amanhã, como ele mesmo me pediu. Ser mais direto quando o abraço aparecer diante da fala e mais ressabiado quando ele mesmo preferir assim. De certa forma, a travessia inicia amanhã, no próximo diálogo labiríntico com o tal Vicente Vermelho, homem cujos papéis amassados podem me dizer se Mador fora novamente tragado àquela "casa de saúde", covil, hospital psiquiátrico do tal Dr. Bethlem.

A vela está na metade, mas, continuarei essa carta que pretende erradicar qualquer dúvida do paradeiro daquele que vieram saber.

Para esclarecer alguns pontos, manifesto que sei que Mador estivera um pouco doente quando fora instalado num hospital improvisado, como eu mesmo escrevi antes. Eu mesmo o levei lá, quando tombou febril e inconsciente. Conhecera lá Leon Chivalry, e com ele foi tentar desvendar a chantagem que sofria. Recebeu uma carta misteriosa que não tive acesso. Fui revolver papéis burocráticos e quando do meu retorno avisaram que, tinham os dois, partido, deixando-me apenas um recado: Contra a chantagem a caminho de Chalybs. Leon se interessou por algo mais que ainda não sei. Esse texto, Memória, deve ter sido escrito depois disso. Mador sempre me mostrava seus novos textos nas tavernas que frequentávamos, íamos nelas para suprir o novo dilema de vivermos um mundo caótico e sem muitas certezas sobre o porvir. Depois disso, ambos sumiram. Há algo em torno disso, contornando como lápis que não ataca o centro da folha, que tem muito com a vida de Vicente Vermelho.

Semanas antes do evento do hospital improvisado, Mador havia sido levado ao hospital psiquiátrico do Dr. Bethlem. Disseram que estava ensandecido, querendo atear fogo em uma propriedade. Assinou Bertram/M e dois dias depois fugiu de lá, com textos nas mãos, todos eles assinados: Bertram/M. Eu li, eu vi, tive os textos nas mãos e assinaria escritura pública declaratória sobre esse fato, assinaria qualquer papel público sobre o que afirmo. Lembro, que Mador proferira que um perfume secreto percorre alguns corpos e curvas do hospital psiquiátrico. Mais que isso não sei. É o fio que tentarei apanhar na conversa e na casa de Vicente Vermelho. Ganância de alguém? É uma serpente demais astuta. Muitas serpentes nos enroscam o pescoço vez por outra, serpentes aguçadas com o que querem da vida. É uma serpente demais astuta a ganância descabida, entenda Bárbara, a ganância des-ca-bi-da. É um silvo que invade certos dias de certas pessoas, e ali fica, despercebida. Muito do que o senso comum faz brilhar no alto da árvore social é uma mensagem tal qual o silvo dessa serpente. E alguns pedem para o que estava despercebido aflorar. Aflora do canto da casa, do cesto de lixo, aflora do rumor esquecido sobre um mal outrora vencido. Aflora da morada de outrem e se aconchega como música celeste revestida com algo diferente. A benção desconjuntada, diria um amigo meu. Li nas cartas de Adagio e Joaquim que muito de uma ajuda pode se desenfrear como infortúnio. Não quero isso pra mim. E não será assim. Terei o tato de quem já soube de alguém ter caído precipício abaixo no labirinto de uma conversa mal tateada, mal apalpada. Neste momento, o que penso somente é que algo fez o que era bom e bem aflorado em Vicente Vermelho, ficar no canto despercebido, e não como uma serpente vil que merece ser acuada de nossa mente e de nossos desejos. Algo fez ou alguém propiciou que Vicente deixasse seus atributos de homem honrado no cesto de lixo, inda que momentaneamente, para satisfazer uma serpente faminta. Sendo um homem experiente - de uma identidade formada, já abalroada com o que a vida nos traz do que desliza sorrateiramente para nos testar firmes ou destituídos de caráter - não creio que tenha sido somente a serpente da ganância descabida a gelar aquele coração do melhor agir que poderia manifestar ao mundo. Algo maior, algo no centro de sua reflexão, algo no limiar de uma necessidade vital e pertinente demais o fez cair no calabouço vil. Ruína, ruína que nos traz o fim bem perto do olhar, bem próximo do tatear, ruína. Que ruína é essa? Que acontecimento golpeou-o com tanta força, com tanta pontaria, com tanto núcleo de ruína nesse despenhadeiro que se forma a vida às vezes? Abrirei o diálogo nas trilhas acinzentadas e pretendo sair de lá com respostas, com a esperança renovada e tendo certeza da morte da tal serpente dentro daquele coração, seja qual for a espécie e o ritmo dissolvido do silvo.

....

Olhei-o com atenção. Os passos marcando a cor cinza da trilha. Não havia claridade como no dia anterior. Nas nuvens, um tom negro em várias camadas e algumas luzes de dentro tornando algo sombrio, um pouco mais disforme. Mancava um pouco. As roupas em tom claro mostravam a predileção por combinação de cores frias. A idade pesava e o mancar se aprofundava em partes do terreno mais duras. Deu-me a mão com um sorriso diferente, com um olhar avermelhado, como quem ou dormira pouco, ou ainda precisasse descanso. Era cedo da manhã. Voz mais rouca, o passo mais lento, olhar mais vermelho.

Tudo em Vicente decaíra. Ou apenas eu queria assim. Queria que ele amansasse num sono para eu vasculhar sua casa. Queria que ele extinguisse sua vitalidade por alguns momentos e entrasse na mesma ideia até quase o fim do pensamento e como uma febre voltasse ao inicio do raciocínio até ir ao caminho que o levaria febrilmente ao início novamente. Queria que o ciclo fosse assim se repetindo para que eu tivesse o tempo necessário para vasculhar e encontrar os outros papéis amassados, se é que ainda existem. Se ele não queimou ou enterrou-os. Assim o pensei quando o mancar se fez mais duradouro. De outra forma eu não teria forças para maquinar algo contra o velho Vicente. Preciso somente descobrir que razão o faz jogar poeira nos meus olhos, se o que preciso é enxergar tudo com mais atenção. Ele não é vil. Ele pode morar perto da vilania, saber de onde vem o silvo da serpente e até compactuar em algo, mas, ter a essência e o perfume das flores do mal... Seria uma surpresa inenarrável para mim.

Mencionou as cinzas e os caminhos, assunto recorrente eu sei, disse não querer putaria nenhuma de assunto de amizades e trilhas, de sol e sorriso, nada dessas frases que não são diretas ao ponto que pretendem acertar. Apenas sorri algo amarelo. Disse também que se lembrara da piada por inteiro e que era tão ruim e sem graça como meus apelos pelo Labirinto I. Daí já não sorri. E nem fiz expressão senão a de paisagem cinza. O que percebi em cada momento foi intenção de não ir profundamente a nada. Nada que o diálogo pudesse trazer seria algo denso de se conversar. Não iríamos longe a cada novelo de assunto ou tema. Iríamos parar onde ele percebesse ser para ele, o melhor. Superficialidade e aparência. Estava frágil no corpo, como não estivera em nenhum momento no outro dia e uma fortaleza em sua mente e no que demonstrava querer da conversa comigo. Declarara rapidamente intenção de tracejar de acordo com seus passos o diálogo. Uma conversa manca, manipulador escondendo algo, voz e timbre uma força a impelir para uma direção. Inclinando meu olhar segundo o que queria ver, inclinando meu pensar ao que transformada estava a direção do diálogo. Linguagem rápida. Comboios de argumentos a proteger o núcleo de que quer me afastar. Raposa ágil o velho. Ouvi por muitos minutos sobre a dificuldade em se manter vivo neste período e por sua vez a necessidade de que eu me calasse sobre amigos, travessias e o que quer que me fizesse ou viesse a fazer procurá-lo. Disse tudo pausadamente. Num movimento brusco agarrei seu colarinho, pondo-o de pé rasguei sua camisa e com uma pequena lâmina consegui rapidamente rasgar parte de suas calças. Ali estavam. Hematomas. Muitos. Rosto intacto e o corpo ferido. E a alma como estaria? E a verdade onde estaria?

Ao que pareceu, cansou de tentar a fuga mental. Não pediu desculpas ou se lamentou. Não quis continuar com o enredo que trazia o abismo cada vez mais perto, inda que nossa distância fosse pouca. Tentou arrumar as roupas rasgadas e não conseguiu. Sem fala, aparentemente sem fala fez sinal com o dedo, a me chamar ao retorno para sua morada. Não observei mais nada do arredor. Foquei apenas no entendimento e nas especulações que passavam por minha mente como cauda de um ser quase no todo enxergado. Não é fácil arquitetar saída quando as peças ainda faltam. Peças importantes, diga-se. Definitivamente, parte eu compreenderia assim que ele se assentasse em algo familiar e de aconchego, fosse o antigo chão com o vaso de barro ou o sofá surrado com qualquer vinho de qualquer lugar. O importante era ele se sentir seguro emocionalmente, visto que fisicamente ficara exposto, assim expondo toda sua artimanha verbal. Superfície e aparência, eu me repetia, tentava compreender o discurso e me antever ao que diria. Encontrar minhas saídas para não ser apanhado por uma ideia que poderia ainda mais me lançar para o início desse mistério, talvez febril, com certeza, labiríntico. Não quis perguntar nada para não causar um estranhamento maior ainda. Uma pergunta feita na hora inoportuna poderia afugentar todas as palavras de explicação que pudessem estar na ponta da língua e na primeira respiração antes do desabafo. Segui o trajeto todo calado, esperei atentamente ele abrir as três fechaduras da porta. Esperei o mancar se alongar até o cômodo interior, olhei novamente o quadro e me servi de água e sentei-me na cadeira antiga, assim que ele retornou. Vestido com outras cores e outros cortes. Revestido da segurança do seu lar? Blindado na paciência da caminhada? O tempo desde o rasgo nas vestes até ali poderia ter sido útil para ele também formular suas hipóteses e suas saídas. Diante dele, um conhecido de muito tempo que o julgava um amigo, portanto, o absurdo poderia voltar no diálogo que pretendesse ser verídico.

Disse o nome José. E ali pousei toda minha atenção, naquele nome que deveria ter tanto a explicar no som do fonema e na qualidade da articulação das palavras. Respirou fundo, cada vogal e consoante do nome do neto pareciam cada canto do mundo, seu mundo era o neto. E a filha? Iniciou dizendo que trouxera a filha e os netos assim que o marido dela morrera de febre amarela, longe de onde estávamos. Que a filha ainda tentara manter a pequena propriedade e sua agricultura; que, sabendo ser perigoso uma mulher com suas crias, sozinha no corroído mundo, decidiu trazê-la para mais perto, e depois que o luto havia passado cogitou enviá-la para mais longe, vilas e vilas depois do Labirinto I para que se recuperasse em clima ameno para ela e as crianças. Até ali tudo bem. Vicente e seu zelo. Não perguntei nada, só o deixava descansar a voz, beber água e continuar. Disse que procurou o Dr. Bethlem para cuidar de sua filha, Vicência. Que no início tudo parecia se encaminhar para a melhora dela, que estava em luto desesperado, em solidão, ainda que os filhos estivessem lá esperando por ela.

O redemoinho claustrofóbico que muitos condena. Um passo a mais na conversa e Vicente discorreu... Que existem necessidades que precisamos plantar no coração de quem amamos; que existem ideias que precisam ser carinhosamente usurpadas da verdade para salvar quem amamos. Disse que conversara com Vicência sobre um sonho tido, que José, seu neto mais velho, salvaria a família de destroços sociais quando deixasse aquele local, e atravessando o Labirinto I, estaria seguro para crescer e se tornar um homem forte na cidade de Chalybs. Que o acaso do sonho seria uma projeção divina do futuro. Olhou-me sério, a segurar o próprio peito com as duas mãos. Ela não queria ir, mas, sorriu, disse-me Vicente, compadecido. Sorriu, alcançou esperança e na primeira oportunidade contou ao Dr. Bethlem, que a abraçou quase que friamente. Aos poucos, com os dias e as luas a ideia fizera-se firme no coração de sua filha, mas, durante a travessia do Labirinto Invernal, foram interceptados por homens a mando do doutor. As crianças e a mãe, levadas, encapuzadas; Vicente Vermelho, acorrentado. Descobriu então que ludibriar a própria filha para convencê-la a atravessar aquele imenso labirinto era jogar a família nas bocas dos lobos famintos. Ela não queria deixar aquela terra, mornamente foi aceitando o fato de o sonho transformar a sombra da alma em novos raios de luz. Ela aceitou sim, de fato, pelo sonho de Vicente a respeito de José. Logo José então, no sonho plantado divinamente no adormecer do avô. Seriam então iludidos por Bethlem. Havia crianças ricas precisando de órgãos que os filhos de Vicência forneceriam. Incrível como a inocência é tolhida. Inacreditável como os olhos do velho Vicente Vermelho eram carregados da sombra da morte. Olhando atentamente compreende-se melhor. Ele compactuara com uma serpente.

Disse-me que acorrentado precisou entregar sua alma ao doutor. Entregaria sua vida e seus pertences pelo respirar dos netos e de sua filha. Bethlem, o dono do hospital psiquiátrico, chamou seu amigo, Mathieu d'Provence - um articulador chantagista - e o tabelião, para aprontarem a papelada que faria Vicente entregar tudo para salvar a família. Interados de tudo deixaram claro que queriam mais que isso. Iriam deixar apenas Vicência e José, internados, sob os cuidados e as visitas de Vicente, e as outras cinco crianças iriam ficar como depósito do acordo a ser assinado. O tombo na vida é mais interessante do que isso. O perfume das flores do mal, o redemoinho que traga é mais sutil e dá mais esperanças. Os hematomas serviriam para não contar nada a ninguém, uma simples recordação do que poderia ocorrer. O mancar seria da recente surra, espancamento da recente madrugada. Peças que se encaixam como faca criminosa no que resta do crânio deste homem. Com o caos que se instalou nos lugares dos países ibéricos após o quase-fim, não havia resposta da sociedade. Tabelião, médico e um forte comerciante de informações discursavam então para suprir o que os governos corroídos não poderiam mais fazer por falta de estrutura: roubar e alienar o povo. Políticos sumiram em fuga para não serem mortos pela população. A força era essa no microcosmo do mundo, aquela cidade. Então Mathieu, conhecido como Insone, enviou seus emissários para conhecer as terras de Vicente, inclusive as terras deixadas pelo marido de Vicência. Buscaram informações sobre toda a família de Vicente, para saber se poderiam anexar ainda mais ao patrão, Insone. Os emissários eram conhecidos como Chacais. Não tinham pudor ou moral, compaixão ou qualquer outro atributo que pudesse percorrer o entorno de uma página meramente humana. Meramente ou porcamente eram socialmente humanos. Nos caminhos que o levaram para as terras de Vicente e Vicência, aniquilaram vidas, corroeram a terra com sangue de animais doentes e fizeram vítimas. Notícias diziam que haviam estuprado algumas mulheres e posto fogo na propriedade de um homem chamado Pierce, que as acolhera. Se fosse uma canção seria vinculada com sons estranhos e pausas e recomeços frenéticos, se fosse um fado seria de um canto sombrio, como a voz de Vicente Vermelho. Só fechei os olhos a ouvir a peste em forma humana que eram as ações deles todos. Imaginei como estaria José, Leon, Mador, se estariam a sorrir pela medicação intravenosa ou se estavam adormecidos para sempre, ou incubados em algum processo maléfico demais para eu compreender. Ainda assim, abri os olhos e continuei a ouvir, com o bom esperar percorrendo fortemente minha intuição. Dirigi-me a ele para levantá-lo.

Não quis nada. Só bebia água. Da jarra que José tanto gostava. Só bebia os ares da recordação. Ingeria cada copo d'água como a querer limpar a própria sujeira que se tornara. Bebia o nome José e os olhos ficavam cada vez mais cadavéricos de culpa. Cada segundo de culpa que atraíra para sua vida e sua verdade, de nada cortês. Entre o pensar e o agir, alguns tornados nos tomam pelas mãos. Perguntou seu eu poderia ajudar de alguma forma, perguntou e levantou-se num ímpeto louco a esmurrar as paredes, a mancar suas palavras e seus passos nervosos. Olhos presos no nome do neto, sua profundidade indo e voltando na consciência, a verdadeira consciência de sua responsabilidade. As veias do pescoço a saltar com os nomes nas bocas, Vicência, José e os demais netos. Usara de uma mentira para dar esperança. Que semente escusa e sombria aquela que plantara no coração de sua filha. Contou do abraço em José antes da entrada no Labirinto I. Contou da mão no ombro de Vicência a encaminhar o passo e os sonhos. Golpeava seu próprio tórax, golpeava sua mente com cada recordação banhada no sol daquela profecia. Nada de acaso ou opiniões alheias, disse que pensara. Quando moeu e deixou a mentira afável para a filha, terminou por acreditar? Abaixei-me e fiquei de joelhos a perambular meus ouvidos naquela história tão vergonhosa. Os golpes nas paredes enquanto contava, os golpes contra o corpo quando citava a forma como José olhava esperançoso o avô. Um fio de esperança torna tudo tão passageiro. A fome torna-se um impulso de aço no chão do porvir. Acredita-se no que virá. Não me contive e comecei a chorar ao me colocar nos braços do sonho do pequeno José. Uma vida melhor, uma vida melhor eu me repetia, de joelhos. Ouvia os lamentos de Vicente a enlouquecer diante de mim e me repetia os sonhos banhados na mentira adornada com sentimento tão puro.

Cada retalho de movimento, cada ruído de seu viver passou a me incomodar fortemente, tentei levantar enquanto ele chorava no canto da sala com as roupas novamente em frangalhos, pois ele as rasgara. Eu tentava encaixar todas as peças para formular saída daquele momento abruptamente caótico no pensar. Uma vida melhor para todos então... Como não pensar numa vida melhor para todos. Como repercutir tão malignamente as ações em causa própria. É uma turba de filarmônicas no clímax da composição cada gota de lágrima por aqueles que sofrem por uma profecia abalroada pela ganância. Como agir por Mador, por Leon, por Manuel Antonio? Como calcular quem eu deveria querer a salvo primeiramente? E Vicente? E José? E Vicência? E eu mesmo Bárbara?

Levantei-me agarrando-o fortemente e enquanto ele gritava ensandecido por ser o carrasco dos inocentes, eu o soquei... Tão fortemente quanto um homem cansado e envergonhado pode fazer. O meu ímpeto não mensurou os hematomas, os Chacais ou quem quer que fosse. Os meus socos eram para tentar acordar daquele pesadelo que não tinha razão de ser verdade. Na superfície de meus punhos a profundidade de minha vergonha por conhecer tão vil homem. Não compreendia ainda que aquela grande massa em turbilhão de bons sentimentos que o fez mentir... Que aquela multidão de razões que os detalhes de cada sonho podem reluzir... Cada partícula que se formava no chão quando se escreve "o bom amanhã", estava ali dentro da essência do coração daquele homem, Vicente Vermelho, que polvilhou de esperança sem querer ferir, sacudiu boas almas e fez das noites um belo dia, fez do dormir um breve descansar para o bom amanhã que ainda não viu sua família. O que me fez contorcer de uma possível alegria era que todos poderiam estar próximos uns dos outros, sem ao menos saber. No mesmo lugar, esperando sob o mesmo imenso teto da casa de saúde do Dr. Bethlem, daquele hospital psiquiátrico, antro não mais destinado à cura.

Apoio-me na brancura que não se vê em discurso algum. Brancura da esperança e suas raízes. Mador deixara São Paulo com a expectativa de um bem maior que nunca tivera; Manuel e dois amigos vieram atrás dele por culpa, esperança e outros sentimentos que não discursaram ou empreenderam em papel. O Adagio italiano tropeçou no infortúnio e por sua boa virtude pereceu, com as ações repletas da boa natureza humana. Renegados pela sorte, ao que me parece, em certo momento da existência, porém, com a cor do vinho e sua fraternidade nos olhos. Há certa tolerância uniforme nesses três camaradas, sim, pois, como não? Os desvios todos que enfrentaram em si e no mundo para arcarem com certas consequências... Há uma cor diferente no ambiente quando se tem Mador ou Manuel Antonio por perto. Havia bravura no rosto do Adagio italiano, ainda que desfalecido. Manuel Antonio não se conforma pela perda toda vez que recorda do último ato desferido contra aquele corpo musical. Renegado por si próprio, repousa, a se recobrar de tudo e me ajuda no que preciso para manter as arestas e amabilidade da vida, ainda que em tempos dificílimos e com essa missão estranha ao sopé do acaso. Não faltam boas virtudes em suas ações, de ordem cavalheiresca. Raízes comuns na fraternidade, na tolerância com um mundo de toda forma hostil ao procedimento nobre. Gostaria de vê-los todos na mesma mesa, com as taças nas mãos, o melhor vinho da região nas goelas e um cantar vivo pela vida e sobre a vida. Por isso, Bárbara, não me canso de revolver o assunto, há a brancura da esperança sim nos meus olhos; ao sabor da ventura e da fraternidade encaminho essas frases no ritmo do nevoeiro lá fora, no rastro das amizades que quero e preciso acreditar e honrar.

....

Voltei-me a Vicente, caçado de alguma forma por sua solidão disforme, em seu jeito de compreender sua trajetória; olhava somente o nada da parede quando fui ao quarto vê-lo.

Terreno hostil o compactuar dele com Insone, Bethlem e o tabelião. Arriscou muito em causa própria, algumas caras existências dependem não mais dele, nesta frustrada tentativa de ajudar. Uma doença que afeta a vida assola-o. Necessário e fundamental saber o máximo que puder, disse a ele, em tom pausado. Algumas doenças sociais, disse eu, afetam a vida, Vicente; tais males afetam a sociedade e a identidade clara que todos supõem ter. Os filhos do capital por vezes fazem muitos sofrerem, ainda mais agora que não temos mais tecnologia, por ser apenas um bagaço pestilento os cantos do planeta. O sumo já foi vertido humanidade, o fel agora é colhido, Vicente. E no fel das noites longas demais para se acreditar, a brancura que não se vê em nenhum discurso reaparece volta e meia. Confie e me ajude a te ajudar. Limpe suas entranhas e clareie seu porvir com tuas ações. Precisa me trazer do hospital psiquiátrico algo que me faça conceber uma névoa para colocar nos olhos daqueles homens. Algum documento cujo atual mistério seja deixado para trás. Essa sombra que te percorre irá cessar quando pudermos compreender melhor tudo que ocorre lá. Visite tua filha e teu neto, vislumbre a brancura do melhor sono com raciocínio zeloso. E traga de lá algo que possamos lançar luz nos rastros deles. Ouviu tudo atento, tateando o rosto ferido. Lembrar-me-ei da raiz do melhor que um dia eu possa ter sido, disse-me. Minhas mãos sujas e minha alma lamacenta e meu olhar moribundo... Essa é minha verdade hoje. Não me identificando com isso abrirei como as asas de um albatroz voando sob o mar gélido que assola aqueles corações. Preciso acreditar que posso, disse-me Vicente. Preciso acreditar que sou melhor que meu agir mostra-me hoje. Este albatroz vermelho irá ao navio, que é aquela casa de saúde. Seguirei a última luz de minha sanidade com voo imponente, uma névoa, nossa amiga, irá me ajudar. Névoa da dissimulação que estará na minha voz e meu mancar por lá. Essa mesma névoa eles usam para corromper e enriquecer, neste caos que se tornou tudo. Seguirei a última luz de minha sanidade, disse-me outra vez. Deixei o quarto e a casa, dizendo voltar em dois dias.

....

A sensibilidade virtuosa na ação.

Nos dois dias que fiquei ausente da companhia de Vicente, Manuel Antonio resolveu me acompanhar nas refeições, nas reflexões e no tabuleiro. Ainda machucado pelos ferimentos diversos, mostrava o olhar compenetrado, quando o assunto digerido trazia a boca Mador e Vicente. Tentou movimentos de esgrima e não conseguiu. Era agora um manco latino na procura de um amigo antigo. Perguntei se preferia voltar para São Paulo. Restabelecer saúde. Internar Joaquim. Rever-te, Bárbara. Riu-se que não. Ocupara tempo demais já nas terras formosas do velho mundo. Decrépito de tão velho, riu-se. Se não era o fim para todos, parecia, disse.

Então, resolvera elucidar o destino do amigo Mador. Elucidar sua própria consciência do que era naquele momento. Dois que vieram com ele morreram, matara um virtuoso italiano na defesa de uma mulher que tornara uma ilusão inteligente, a visão que dela, ele teve. Identificado com um terreno hostil resolvera, então, ficar. Não enlouquecer na viagem de volta. Agir. Pensar menos no caudaloso destino dos demais. Agir. Pensar indo em direção frontal. Arribar em sensibilidade virtuosa, cochichei. Não colocar o peso do seu mundo nas costas de ninguém. Não iludir-se. Raciocinar e colocar luz sob seus atos. Tudo já era muito hostil para desistir. Desistir se tornara um ambiente inacessível, de tão severo. Não enlouquecer poderia resumir o assombro pestilento.

No final da tarde avistamos um cavalo a trazer tortuosamente o corpo de um desfalecido.

Bebíamos e conversávamos sobre o transcender, enquanto a febre do homem que viera em cima do cavalo afrouxava as amarras no corpo e na mente. E respirava forte e gemia nomes e só um era comum a mim: Leon. Como não éramos muitos nas redondezas, imaginei que talvez pudesse ser o tal Chivalry que estava com Mador. A redução na população, os trajes e o nome aproximavam aquele estranho febril da labiríntica história que mais e mais abrangia. E mais e mais vidas retorcia. Concordamos a respeito do sabor do vinho e discordamos sem temor sobre o que eu dissera: que éramos uma vegetação em terreno estranho, que crescíamos e nos alongávamos na sombra do tempo; que somente ao sabor de nossa natureza selvagem poderíamos alcançar a lucidez do fim, naquele terreno enfermo. Disse então mais... Que o ciclo das estações eternas trazia pouco a pouco a nós - vegetação unida por amigos - o comportamento alucinado e caótico que tudo poderia derramar em sangue, a fim de apreciar colheita estupenda, que atendia pelos nomes de Mador e o neto de Vicente. Manuel Antonio disse-me apenas um "talvez", enigmático e gélido como o vento dentro de um pergaminho errático demais para ser literatura. E nada aqui era literatura senão...

Senão o que o tal homem disse enquanto a febre o consumia: Sou eu o escudo das ninfas.

Estrangeiros a verter sangue e vinho em prol da solução dos problemas alheios. Estrangeiros a pestanejar nas paredes do solo, o que mais poderia estar ocorrendo dentro das mentes daqueles que, maltratavam o que restara para poderem ser mais ricos, mais importantes e cheios de tentáculos a macular o que aos outros pertencia. Terras, propriedades, crianças sadias, bons cavalos? Tudo interessava aos usurpadores. Restava a vegetação que crescia e avançava nos ciclos das estações eternas, identificadas com o caos, a natureza selvagem e com a força do vinho. Apenas olhava, então, o estranho que se denominava "o escudo das ninfas" e Manuel Antonio, cada vez mais lapidado a parecer uma estrutura tal qual lâmina febril, querendo atacar...

Não poderia, então, eu, percorrer terras e caminhar de pé no chão e ser afagado pela natureza, tudo parecia um chamuscado de rusgas da Mãe Terra contra o que caía do céu. Contra os seres que tocavam o solo. Os caminhos eram diferentes, na posse dos dias transcorridos, mais difíceis. Os pés e o caminhar desenvolto em rimas hostis à saúde. A essência de cada um adoece boca adentro, caixa torácica adentro, cérebro adentro, mas, é vegetação que não se extingue. E a essência de cada um transmuta-se em vestes teatrais. É trôpega a querer evoluir no terreno. A planar. Podemos acordar em madrugada densa e olhar aos outros com outra eficiência, com outra prudência, pelos caminhos que precisamos percorrer para continuar crescendo. Quem tem certa essência, é como vegetação antiga que espera o sacrifício para ter boa colheita. É pedir o vinho na mesa do diálogo e proferir que nele está a verdade, e assim ir deixando as peças no tabuleiro do enfrentamento verbal. Essência não se extingue, vai voltando rasteira até poder se mostrar frondosa no bosque preferido. Vegetação firme, embora tenhamos que pisoteá-la no caminho de certas tempestades, e esconder sob o olhar esguio para alguns, indiferente, para outros. Cobri muitas vezes o olhar enfermo para demonstrar o cintilante afiar das armas. O contrário também se fez necessário, é assim. Nada como abraçar os convivas e sermos nós mesmos, porém, entretanto, tem bosques soturnos demais para podermos sorrir o verso predileto. Ontem e assim, sempre.

Escrevi estas linhas e circundei as redondezas de onde estávamos. Luar vermelho. O homem que chegara mais cedo com tintas febris tentava subir sorrateiramente em seu cavalo. Circundava-se como o cão a procurar o próprio rabo. Parei, constatando o cheiro do medo. Minha mão no queixo a segurar a intenção de rir. Jogou-se no cavalo e de lá caiu. Não levantou. E o cavalo saiu a puxá-lo caminho afora.

A perna presa e as mãos a cavoucarem o pó. Deixei irem por algum tempo. Andei mais rápido, até alcançá-los. O cheiro do medo e a intenção de rir. O relinchar e o luar vermelho. A faca lentamente sacada da bota chamuscada de cansaço. A lâmina desafiada ao ar, o olhar perdido a procurar meu vulto, o cavalo, o ritmo do pulsar nas veias. O cansaço do mundo em nossa volta. O cansaço e o cheiro de medo e a vegetação semimorta aos pés da dúvida. Nós, ali, a sobra do cansaço, a vegetação que resta, eu segurei o bom cavalo, pedi calma ao "escudo das ninfas", expliquei de sua chegada e da poção feita de raízes que eu e Manuel Antonio demos a ele. Continuou a tentar se levantar, pediu desculpas, disse que por demais sinceras eram suas desculpas. O cansaço de seu mundo ali nos seus olhos. O cheiro de roupas vindos do inferno de seu mundo e de sua fuga. Trapos de suas vestes com resto de algo queimado e certa fuligem. Os cabelos como que regrados pelo caos, assim como seus passos; certo nervosismo vindo do gesticular de suas explicações. Do incêndio na casa de um homem que o acolhera, Pierce. Seus amigos outrora acolhidos pelo mesmo, dispersos pelo resto do que temos. Sua companheira, Maiys Portman; Samantha e Michela. E Leon deixado em um quase hospital. Perguntei se era Leon Chivalry o tal amigo. E antes que sua faca invadisse o ar lentamente outra vez, expliquei que eu e Manuel Antonio procurávamos Mador, nosso irmão não consanguíneo, e este, então, amigo inclusive de Leon Chivalry.

A feição muda repentinamente não é mesmo, Bárbara?

Mudou da mesma forma a do tal escudeiro. Disse-me seu nome, Dimitri, filho de Luc, que era filho de Fiódor. Contou dos feitos de Leon, do assassinato que praticara por seus ideais, e que fora recolhido na fuga por ele, Dimitri - amigo antigo - e pelas mulheres. Como na tempestade feita num segundo, foram apontados pela população como cúmplices. E todos empreenderam fuga caótica, de ímpeto hostil.

E como no calar da sombra, Dimitri se calou e caiu uma vez mais. A peste avança na sociedade, avança na vegetação, avança em tudo que restou. Antes de desmaiar naquele momento, correu ao cavalo, e antes de retirar o que fora buscar, foi derrubado por Manuel Antonio, que eu já havia percebido a mancar no entorno de nós. Um tabuleiro cheio de dúvidas, sim, com suas peças se movimentando de acordo com o tropeço e o resmungo alheio. Argumentos e proliferações de idas e vindas. Um doido diria que nada é aquilo que se manifesta verbalmente, não é mesmo Bárbara? Perceberá isso em alguns amigos, ao ler certas passagens e revendo o fio da memória.

Mas, Dimitri, apenas retirou um calhamaço de folhas e entregou a Manuel Antonio. O título no meio da primeira página: Mr. Chivalry e os invernais. Quando perguntado quem seria o autor, Dimitri não soube explicar. Mencionou algo que, Manuel Antonio olhou-me atravessado ao ouvir: Que recorda pouco dos últimos acontecimentos. Que recorda somente que um nevoeiro o alcança vez por outra, e é como uma febre que não precisaria cessar. Soltou cinco palavrões a Manuel Antonio e desmaiou seus olhos amarelados. Voltamos, então, eu carregando o tal escudo; Manuel Antonio, mancando, sendo imitado pelo cavalo que lentamente puxava. Após amarrar Dimitri em sua cama e administrar mais das raízes em sua boca, pus-me a ler as folhas trazidas pelo cavalo, sem o amigo vinho por perto.

....

O primeiro capítulo do texto Mr. Chivalry e os invernais foi chamado de "O que se esvai entre os dedos". Logo no início algo me intrigou: Dimitri disse que eles eram cinco; Leon Chivalry e ele, os dois únicos homens. Samantha e as outras duas, as mulheres. No texto diz: "Michela, Srta. Portman, Samantha, acompanhada de seus pares, esperam-no." Ou o autor esqueceu-se do plural de "acompanhada" e eles não eram cinco; ou de tão misterioso quis mencionar que Samantha estava acompanhada de seus pares, a soar como dois pares de amantes para ela; ou ainda os pares de cada seriam cada um deles, identificados que estavam uns com os outros e principalmente com ela, Samantha. Hã? Fiz-me entender ou precisamos todos de um bom café e um bom descanso? Depois disso, Bárbara ou outro alguém que agora lê, o tom da argumentação de Chivalry é de bastante devaneio, com ideias que não conduzem a algo de pronto esclarecedor, o que pode, claramente, trazer severas críticas se não houver paciência e zelo por leitura. Espero conseguir esmiuçar cada capítulo para tentar encontrar algo interessante além da boa leitura.

Precisei interromper, Vicente batia a porta incansavelmente na boa madrugada. Sua expressão sempre firme e rabiscada pelo tempo encontrou algo de tão aterrador que nem o mesmo Vicente parecia. Tal como uma máscara que fora retirada abruptamente da face tão impregnada de ilusão teatral. Sua boca sangrava muito. Sua língua, agora perfurada, saltava dentro da bocarra tétrica. Conseguiu fugir antes de perder a fonte da boa dicção. Não conseguia explicar. Manuel Antonio não se conteve e o estapeou até os grunhidos cessarem. São aves estranhas alguns momentos, querem nos levar para longe do ritmo de então, com suas asas escandalosas a forjar perigo. A iludir abrigo.

Até que ponto Vicente poderia agora ser verdadeiro?

Até que ponto nos colocaria em risco para ter retornado aos braços fatigados a vida dos netos e da filha? Sua língua perfurada poderia representar a nossa entrega aos raptores no lugar da família? A perfuração na língua poderia ser parte do palco criado para envolver-nos no último calabouço a entrarmos vívidos. Poderia?

O soluço da dúvida, cara Bárbara, eis então, após sorver o líquido do momento, o soluço da dúvida...

Acalmou-se. Quinze minutos quase. Não me identifico com pareceres duvidosos.

Não me identifico com a máscara de Iago.

A inspiração campestre diz quem sou. O suspiro das notas musicais, o passo semibreve dado na partitura do dia, a ribalta de nada trivial do cálice da arte. Identifico-me com a vegetação orvalhada em ritmo de lua crescente. Minhas vestes despidas pelo vento intenso das mãos de uma pequena. O vigiar da própria sombra sem discurso ritmado. O agir identificado comigo mesmo. O identificar-me no outro, nos olhos do outro, no agir do outro, na essência do outro. Gravura firme, lapidada na mente e na alma, em caractere impresso no passo verdadeiro e honrado. Vicente pode ser outro agora. Identificado não mais com o que nos reuniu outrora. Vicente pode ser outro, a usar a máscara do Vicente antigo para parecer qualquer que não o que ele é agora. Qualquer outro que se identifique em mim. Identificado por mim. Identidade cheia de sangue e sem fala por hora. Ao menos não vai tropeçar o discurso no erro fatal. Manuel Antonio disse, sobre cadeia de acontecimentos, quando me olhou, enquanto Vicente recuperava forças no banheiro. E Dimitri amarrado e desmaiado. E o infortúnio estalando passos afora. Um comboio das ondas dos mares de Odisseu, entornando confusão ao redor do cálice da vida.

Assimilar e reparar os movimentos secundários, disse Manuel Antonio. Eu não mencionei a ele minhas dúvidas e meus planos tamanhos. Só mastigava mentalmente os movimentos primários, repletos de força e que tinham desenvolvido os outros movimentos, os naturais e os das outras pessoas, envolvidas no remoer todo. Comboio de ondas dos mares de Odisseu. A importância do passado de cada um na nitidez dos próximos passos, movimentos cheios da inspiração, embebidos no sorriso do caos.

Não pude mais ler então a calhamaço trazido por Dimitri, o escudo das ninfas.

Manuel Antonio já guardava seus poucos pertences.

Vicente escreveu algo em um bilhete: Sacrifiquem-me e salvem José.

Não há heróis no fim de cada mundo. No fim de cada tempo. No término de cada folha de existência. Somos vilões por vezes? E heróis, Bárbara? A vilania pertence a nossa espécie e alguns poucos são menos dados a tal procedimento. E fim, e sim.

Amordacei Dimitri e amarrei seus braços para trás. Amarrei seus tornozelos unidos. Com dificuldade, coloquei-o em cima de seu cavalo. Mador e José pra mim eram mais importantes do que Dimitri e Vicente. O tabuleiro mental se dava dessa forma quando ouvi Manuel Antonio me chamar. Os cordeiros já estavam conosco. O touro e o cabrito. Címbalos bem guardados. O tirso, a vegetação, o cálice.

....

Dimitri lá fora amarrado em cima do cavalo. Desacordado. Sem escudo. A defender ninguém de nada. Um vento intenso e poeira nos olhos. Vicente cuspindo sangue e eu via tudo, tudo que embaralha a mente eu via passar por minha memória. Manuel Antonio perguntava algo e eu só caminhava a preparar nossa saída. Dimitri um vento intenso e Vicente, a poeira nos olhos. Manuel Antonio, o cuspe dos amigos em direção a Roma. O cuspe dos amigos na cara de Mador. E nós, na mais que centenária filha do Lácio, bastarda, sim: Portugal. Acolhendo em suas coxas o sêmen da vida pós-caos. Vinho, sim. O vinho descia em minha goela. O resto da última garrafa, o pingo que faltava o resto o derradeiro.

Nós então: o resto, o derradeiro.

Vicente com a boca ensanguentada, cambaleava, tentava se justificar, entregava-me papéis. Um minuto a mais de magia eu pensei. Papéis para limpar o rego da vida. Para estancar qualquer ferida. E um minuto a mais da magia do mistério que pode a todos tragar naquele vento, velho e intenso afora, em poeira que repicava nos olhos. Dimitri, lá fora desacordado e amarrado, largado ao cavalo. Manuel Antonio saiu e a porta rangeu nas frestas, o vento novamente cantou um mínimo de bravura. O "escudo das ninfas" era Dimitri, o vento intenso era Manuel Antonio e Vicente, a poeira nos olhos. E eu, Eliéser Baco, a palavra transcrita nos papéis amassados. Não era o efeito do vinho. Pouco vinho parco vinho resto de vinho no resto do mundo no resto de nós mesmos. Era o que Dimitri portava como doença a me sacudir as frases!? Febre. Tentei manter a serenidade e olhei os papéis enquanto raciocinava o tempo que Manuel Antonio estava lá fora. Vicente balbuciou nevoeiro bem na hora que preguei os olhos nos papéis que me entregara: Contrato de Cessão; Outorgante cedente - Leon Chivalry; Outorgada cessionária - Chanson Triste. Objeto da cessão - propriedades de Leon.

Corri os olhos febris com os dedos febris tentando ajudar na colheita daquelas palavras trôpegas no embaralhar de mim mesmo perante o momento. Corri, com as folhas amassadas para tentar mastigar o mais rápido possível alguma raiz ou erva que pudesse me livrar daquilo tudo. Vicente balbuciava nevoeiro e eu ouvia Manuel Antonio gritar algo, quando tropecei e todos os vidros onde estavam as últimas plantas foram comigo pro chão. Sempre no derradeiro momento a última erva que salvaria alguém está no vidro postado lá no meio do caminho para ser acertada sem propósito pelo ser que precisa muito ou que quer salvar alguém! Não é mesmo? Não é assim que sempre lemos ou vimos? Pois bem. Acreditei que fossem os últimos vidros. Não eram. Deixei os quebrados e pisados por mim no chão e fui em direção ao outro armário onde tinham outros mais. Para mais pessoas para mais leitores e para mais livros e para mais febres e tudo mais que vier depois de nós. Respirava com dificuldade quando ouvia "nevoeiro" cada vez mais perto de mim ainda que Vicente estivesse no mesmo lugar.

Quinze minutos ou quase isso pouco mais que isso.

Levantava-me, quando escutei o repicar de algo na janela que já não tinha o vidro todo para salvaguardá-la. Não sabia se ia acudir o velho, se saía a ver Manuel Antonio e o escudo ou se lia o contrato ou verificava o que fora atirado pela janela sem vidro. O amargo da erva na boca minha o sangue do velho na boca dele o sangue de Dimitri na sela do cavalo o sangue de Maneco nos escombros de Roma. Éramos o sangue da erva daninha nos escombros do mundo; erva mastigada pelo caos fingindo que cura o solo que sobrou cinzento e estranho. Se os governantes os ratos, nós a pulga dos ratos pestilentos.

Percebi os sentidos mais firmes, os passos mais firmes. Então o contrato em minhas mãos. Vicente no banheiro a salvo a cuspir. Manuel Antonio desarrumado a entrar ofegante. O cavalo e Dimitri ancorados perto da porta. O nevoeiro a cessar mansamente. Manuel Antonio perguntou se eu senti um perfume fresco no ar. Vicente cuspiu positivamente.

Eu fui ver Dimitri e não dei atenção.

O nevoeiro, Maneco desarrumado, parecia que mordido ao canto do queixo...

E os olhos a crepitar na leitura do instrumento particular de cessão de direitos sobre imóveis; de um lado Leon Chivalry, chamado simplesmente cedente, e, de outro lado, Chanson Triste, chamada simplesmente cessionária, têm, entre si, como justo e contratado o que segue e que mutuamente acordam:...

E assim iniciei a leitura ouvindo os cuspes e as perguntas, ouvindo o cavalo amarrado reclamar, o relincho do tempo estranho a se formar incendiário em meus olhos crepitados na leitura. E as raízes na minha boca querendo me deixar de portas mentais abertas ao acúmulo da febre. 1º - Por força do contrato de promessa de compra e venda, o cedente tornou-se titular dos direitos aquisitivos dos imóveis tais... Diz o cedente que os imóveis descritos e caracterizados na cláusula anterior se acham livres e desembaraçados de todos e quaisquer ônus judiciais e extrajudiciais, foro, hipoteca de qualquer natureza, bem como quite de impostos e taxas. E li a 3ª cláusula e a outra e depois a seguinte e a próxima e depois na 9ª: - A cessionária é, neste ato, imitida na posse dos imóveis, ficando a seu cargo, a partir desta data, o pagamento de todos os tributos, taxas e tarifas que incidam ou venham a incidir sobre os referidos imóveis. Assinou como testemunha, Mathieu d'Provence, o bandido que consegue ter tudo com base no lícito jogo corrupto. Assinaturas reconhecidas por autenticidade em cartório de notas. No único notário que sobrou graças aos...

Conhecia o cartorário que desabou sua assinatura no ato. As peças se movem no inferno das noites. Frases curtas e de bom entendimento. Fui verificar o que Manuel Antonio tanto tateava no objeto que fora arremessado contra nós no momento do vento tempestuoso e do nevoeiro trapaceiro. Um monte de papel amarrado num bloco de pedra. Na primeira página, rasgada em parte:

A estória de Zorzi e o Jardim Enegrecido.

Coloquei mais perto dos meus olhos voltando a crepitar para entender aquilo e reli o título. Olhei Manuel Antonio e lhe entreguei o contrato. As peças do inferno se movem e devem gargalhar de todos nós. E Maneco leu em voz alta, então, quando eu tentava me concentrar na parafernália toda: O preço certo e ajustado para a cessão é de tanto, valor esse recebido integralmente, neste ato, pelo cedente, em moeda corrente, pelo que o cedente dá a mais geral, rasa e irrevogável quitação para nada mais exigir em relação a ele ou à cessão que ora é feita. Inferno de voz a titubear, a de Vicente agora. Ora, pois, que sim os infernos gargalham de nós e nos envolvem com papéis e mais papéis que poderiam servir de combustível numa fogueira razoável. Nada de vento lá fora, puxei Dimitri para dentro. Tirei as mordaças e as cordas todas.

Dei água ao cavalo, remexi os planos mentais e traquinei com a memória e o requinte de astúcia das sombras de pensamentos. Esse mundo cão quer nos morder, pensei. Febre que alcança Dimitri e a mim, sangue que se esvai da boca vacilante de Vicente, Manuel Antonio mencionando que os textos e o contrato nos levarão ao desfecho. Sim, pois, claro, algo precisa terminar nessas cartas escritas, correto? Que imensidão de talentos poderia escrever cartas que não terminam mais? Que nos atentemos aos fatos, elucidemos o que pudermos e tentemos salvar ao menos José e Mador.

E que raio Leon, Chanson, Mathieu, o Insone, o Labirinto Invernal e as frases longas e as frases curtas podem ajustar? Manuel Antonio percebeu que eu lia e falava alto e resolveu que todos deveriam tomar um pouco de láudano e tentar dormir. Vicente verificou as janelas, Maneco as portas, eu o entorno da propriedade. Percebi uma risadinha tal e qual uma mulher decidida e sagaz quando pus a mão novamente na fechadura. Percebi ou a febre percebeu e me fez entender como uma percepção digna de nota em carta direcionada pra ti, Bárbara?!

Bebi o láudano e me deitei.

Gostaria de apagar muita coisa que já reli aqui, Bárbara. Gostaria de rasurar, reescrever algo a deixar tudo menos impregnado da febre de mim mesmo.

Queria propiciar a fertilidade campestre que reconhece a força do vinho na conquista dos dias. Consegui resumir mentalmente após a primeira onda de febre me arrebatar: Mador melhorou e sendo chantageado por alguém saiu em companhia de Leon Chivalry; este foi possivelmente chantageado por Insone, e transmitiu a posse de suas propriedades. Vicente confiou a saúde mental de sua filha Vicência, ao Dr. Bethlem, e o mesmo, em acordo com Insone levou-a durante a travessia do Labirinto Invernal, carregando consigo os filhos dela também. Crianças sadias valem peso de ouro, pois podem doar seus órgãos para famílias abastadas que tem suas crianças doentes. Dimitri é amigo de Leon e apareceu doente, após a casa onde foi acolhido pegar fogo. Não sabe do fim de quem o acolheu, Pierce, nem das mulheres que diz, estavam junto dele: Michela, Maiys Portman, Samantha.

O Hospital Psiquiátrico do Dr. Bethlem pode ser o fim de alguns deles, principalmente Leon e Mador. Vicência, José e seus irmãos podem estar lá também, aguardando o fim da chantagem sofrida por Vicente; ou podem estar somente aguardando as arriscadas cirurgias.

Leon, assassinou o homem que criou remédios para tirar a população mentalmente dessa realidade tão funesta. Precisaremos assassinar

Insone e Bethlem? As forças de polícia inexistem para proteção nesses casos. Estão mais preocupadas com a salvaguarda das suas famílias. Os governantes se mostraram ratos e estão escondidos nos buracos que os salvaram. A força campestre e fértil, o doce vinho das uvas, a sexualidade masculina, a possessão em nome da vida e da arte. Onde estão as ménades? Onde está a alucinação da dança? Onde está a máscaras e o disfarce, a iniciação mística da terra que nos afaga e cede a bem-aventurança em qualquer vida?

Está tudo dentro de nós.

Tudo.

Deixe-se embalar por uma canção que precisa ouvir e reluzirão seus olhos a melhor manhã, o melhor sono, o mais vibrante gosto do beijo do vinho da vida. Olha a ventania nos campos e no solo e na raiz. Bebe do sumo das vinhas, acampa e observa a cor das diferentes castas. Colhe no beijo da mulher predileta o torpor do amor e do sexo. São folhagens naturais tão belas, estas. Tome posse do outro eu que habita tuas entranhas. Calmaria e frenesi. Tome posse do suor daquele ou daquela que ora se movimenta abaixo das suas vestes, e vez ou outra prefere subir e controlar o leito, as vestes do leito, as vestes do ato. Vê a dança bucólica da vegetação que circunda sua morada, o sorriso dos versos da excitação e a melancolia intacta nos olhos do poema, na fala do ator e sua objetividade, no gesto da atriz e sua transposição mista.

Sê a dança bucólica da vegetação que circunda os poemas da atriz, o sorriso transposto e o gesto objetivo na fala da excitação mista, a morada em versos melancólicos do ator. Sê a máscara, as vestes e o subjetivismo dentro do teu outro eu. O confuso, aqui, leitora, é o desentendimento das frases e ações de alguns.

Dormimos por muito tempo. Partimos, todos, creio que no outro dia, quando a noite se fez melhor para nós. Montados, Dimitri e Vicente, a febre e o sangue. Manuel Antonio e eu a pé, a inspiração e o caos. O escrevente que reconheceu por verdadeira as assinaturas: cúmplice ou chantageado. Por verdadeira, no meu parco saber, é o reconhecimento feito na presença do funcionário notarial. Precisa se identificar com documento original. Leon esteve no cartório, assinou o que foi preciso. Chanson e Insone, da mesma forma. Esse é o desenrolar comum dentro do expediente. O escrevente não faria isso nada de anormal. Durante nossa caminhada avistamos um cartaz colocado em frente da porta do Notário: "...profissão está preordenada a conferir segurança jurídica, a aclarar situações, sendo então o objetivo medular do sistema notarial."

Cúmplice ou sob ameaças aos seus passos, o escrevente Santino? Alguém sempre sabe onde outro alguém mora, ainda mais quando sobram poucos para ronronar nossa mediocridade.

Prédios desgastados na cidade velha, Órgãos que pretendem mais se reestruturar e refazer seus arquivos do que propriamente funcionar como antes. Colunas fundamentais, Bárbara, destruídas na sociedade nova. Uma viela e a casa dele.

Bati calmamente na porta. Demorou um tanto. Lentamente abriu. Olhou-me curioso. Cumprimentei-o, impostando educadamente a voz. Pedi desculpas pelo horário e minutos poucos de diálogo. Respondi prontamente quando perguntado o assunto no susto da noite: Leon Chivalry. Ele, sem susto, sem hesitação. Expliquei do bom exemplo de Leon para a sociedade lisboeta antes do crime contra os novos alienados, e de minha procura por ele. Da amizade recente dele com um grande amigo meu, Mador. Sem susto, sem hesitação. Mencionei Mador sendo chantageado, sem saber o autor. Mais um pergunta e pronto respondi, mostrando antes o contrato com a assinatura deles todos. Indiquei tranquilamente o local do reconhecimento das assinaturas. Pasmo, assustando-se. Convidou-me a entrar. Parecia exausto. A surtar. Ofereceu-me bebida, bebeu prontamente alguns copos. O escrevente Santino parecia um alcoólatra correto. Assustado com minha descoberta ou com a falsificação de algo? Apresentei-me então. Saiu da sala abatido. Voltou lentamente. Minucioso, leu o contrato. Atento na assinatura própria. Saiu e olhou anotações. Preocupado. Caiu num movimento só. Preocupei-me. Quem sabe a mistura do cansaço com o álcool e com a ansiedade nova a aparecer. Santino não é jovem senhor. É senhor abatido. Fui de encontro ao escrevente caído. Ouvi batidas na porta e não me importei. Talvez alguém para Santino, talvez Maneco. Repetia algo que não entendi. Ele estranhamente gesticulava com uma mão e a outra apertar o próprio colarinho. Coloquei-o no sofá preto. Respirava melhor. Servi rum novamente, o remédio do cidadão Santino. O escrevente é um exemplo do que se apossa do ser quando em colapso. A minha febre é meu colapso. Parecia, então, o nada respirando ao sofá. A cabeleira presa temporariamente ao sofá. Após algum tempo observando seus móveis e sua burocrática sala, fui ao piano.

Sarcasmo? Tédio?

Poeira e partitura. Guardei-as. Depois de cinco minutos da melodia que eu retirava do instrumento, uma voz em temperatura de inquietude começou a esbravejar como numa crise visceral. Santino. Levantou-se rapidamente e se pôs a tagarelar. Poetas e teorias conspiratórias, teorias literárias e teorias sobre ética. Serviu-se das bebidas todas de seu lar. Um doido cartorário recheado de caos e dança e uma fuga ritmada pelas notas do piano velhaco. Listou cargos, então, enumerando detalhes e desvios de conduta. Caretas. Elucidou acontecimentos sobre Insone e citou o medo, o percalço, a solidão, o sexo, o ritmo da doença social que aplaca tudo. Esperança e nomes. De mulheres, advogadas, clientes e sua iniciação no mar do momento. Na tempestade de sua mente inconformada. A música retirando dos escombros da cabeleira... Palavras e senhas, ditames e fatos que esclarecem a mim e ensurdecem paredes. Guardarei nos meus escombros muito do que ouvi. Deixei-o tão logo pude na madrugada. Babava e distorcia seu próprio nome. Pus ao seu lado os textos *Mr. Chivalry e os invernais e A estória de Zorzi e o Jardim Enegrecido*. É no hospital psiquiátrico que a ruína reinará. De papéis, lá, não precisarei.

O degrau do pó

Arremedo de pessoas somos todos.
Daquelas compostas em versos lusos.
Da surda dança dos loucos francos.
Cópia de algo que já se propôs bom.
Tabulações sem rima na escada linguística.
Um tabuleiro formado de pessoas que usarão outras.
Em sentido próprio, em olhar falso, em degrau torto.
Um medo me assombrou a caminhada tensa, noturna e ímpar.
Singular maneira de terminar uma travessia no âmbito pessoal.
Espaço que fica entre o falar, o respirar, o agir e o que deveria ser realmente importante.

Descemos todos.
Tropeçamos em nós mesmos.
Tropeçamos na sombra que somos sim!
Retiramos os corpos de frente a nossa estrada.
Se precisarmos seremos hostis e febris e gentis e tudo.
E nada ao mesmo tempo quando nos deparamos com o sonho.
Julgamos os políticos e queremos sim entrar no rol da pura ganância.
Desenfreada e pertinente, importante e claustrofóbica, alucinante, pura e fria.
Degraus que queremos subir por acreditarmos ser o mais puro merecimento, amém.

Declaração particular

Declaro para os devidos fins de direito, que, avistei tão logo pude olhar com exatidão, o corpo de Leon Chivalry pendurado. Enforcado. Em frente ao Hospital Psiquiátrico.

O som dos ventos

Sombra (com uma lâmina enorme nas mãos)

_ Acalmem-se todos os que chegam. A verdade é que a ruína estará presente.

Manuel Antonio (com um nevoeiro bem perto dele, a mancar)

_ Que direi eu de tudo que sofri para entrar no covil e desaparecer! Que fatalidade meu pai!

Vicente (com a bocarra cheia de sangue)

_ Inha íngua tá angrando uito, icência nde stá ocê, osé? ão me raia outor.

Dimitri (desamarrado e sorrindo em cima do cavalo)

_ Os fetiches declamados por mim enquanto febril são a mais pura manifestação poética!!!

Eliéser Baco (A olhar para a sombra e seus companheiros)

_ Os versos tombados são os degraus que percorri minha vida. O vinho da vida bebi feliz!

(Todos subiam os degraus enquanto Bethlem e Insone chamavam Chacais e funcionários)

Diário da Manhã

O hospital psiquiátrico do Dr. Bethlem passará por reformas devido sua recente expansão, é o que informa seu novo diretor, Mathieu Insone.

Declaração nada poética e puramente particular

Declaro para os devidos fins de direito, que: vi um homem muito parecido com Santino chegando ao hospital psiquiátrico, carregado por pessoas de vestes brancas.

Caos

Arrojo trêmulo e descompassado era Leon dependurado.
Vicente e sua bocarra vermelha a puxar um punhal contra mim.
Dimitri a gesticular para retirarem o amigo enforcado.
Manuel Antonio como a visualizar no céu um querubim.
Círculos e círculos forjados das próprias consequências.
Atitudes e frases que se refazem como bosque muito estranho.
Era isso que via na antiga casa de saúde e seu rebanho.
Tudo se pode maquiar para parecer algo melhor, sem demências.

Bilhete de um paciente que achei no chão vermelho

Agora tudo se resumia a se esconder, a roubar comida, a apropriar órgãos de pobres ou corrompidas para fazer algum doente viver mais. Trapaças, joguetes, chantagens, política, arremedo de integridade, cartas no chão verdadeiro.

Uma cena

(Um homem a gritar no hospital psiquiátrico)

_Traga o vinho, derrubem os templos, contrabandeiem palavras de fé, arrumem o estofado, pois, a visita última irá chegar. Adentrados estamos nos círculos dos círculos, fincados no chão da existência desenhado pela febre miserável chamada: Parasita Homem.

Declaração muito particular enchida de febre

Declaro para todos os que, pacientes, chegaram até aqui: Joguei Vicente Vermelho por cima de algumas grades com apenas um grande esforço. Declaro que me perguntei: existiria ainda José, Vicência? Mador? Declaro ainda que, vi Maneco e Dimitri em nossos cavalos a empreender subida contra os portões a nós escancarados.

A sós com as dúvidas

Queriam-nos lá dentro, sadios, com cavalos e vinho a impregnar com nossa esperança o fio daquele último instante.

Seríamos internados a participar dos percalços dos encarcerados?

Desavenças com nosso destino, este, em nossa mente, tão próspero e recheado de paz.

O cavalo a imitar Maneco manco.

Dimitri a rir do sangue em sua face, a gargalhar das duas estacas em seus braços.

E Michela, Samantha, Srta Portman?

Dimitri levou cinco na queda longa quando viu Maiys Portman amarrada, perto do jardim negro de árvores disformes, tétricas.

Um lago com uma sombra imensa no fundo da gigantesca propriedade.

Mais ao longe, como um semblante poético, o imenso e glorioso Labirinto Invernal, tão cheio de tudo que nos resta.

Outra cena

(Eliéser Baco ouve o que diz alto, Mador, ao ser encontrado ferido)

_Os desvarios fazem chiados na fresta da porta. Sacodem a janela. Pulsam logo ao meu lado e eu nada vejo. Só penumbra e cobertor gelado e fogo nos meus olhos e febre que não cansa, ou cede. Os toques dos meus pés no chão. Sujo chão, sujo poema escuso em delírio, que sou. Sou um desatino vindo de uma estrutura que tenta existir, uma voz, um clamor, um sorriso que precede o salto no abismo. Que sou? Um texto sujo em delírio vindo de uma estrutura linguística que vinga o poema. Que dilacera o sistema, que rompe a placenta alienada. Os desvarios fazem penumbra no meu chão, ao lado meu, e eu só quero estar no delírio de acreditar em mim, de reeditar de mim um texto escondido na poeira da vida.

De Eliéser Baco,

Segunda Narrativa (esta, bem mais curta)

"E o centro demandando, em que firmado
Do universo gravita todo o peso,
Trêmulo havia a treva eterna entrado,

Eis, sem querer, da sorte ou por desprezo,
Entre tantas cabeças caminhando,
A face de um calquei no gelo preso." – Dante Alighieri

A febre, que tomou Dimitri por inteiro, estava em mim, quase por completa. Tudo estava em chamas, Bárbara. Mador, o fantasma, comigo, ferido e louco. Vicente, a carregar os corpos de Vicência e José, ainda vivo. Ao longe o Labirinto Invernal, morada, castigo, abrigo, local da maior tragédia nunca vista na casa de saúde. Manuel Antonio a mancar, forte, sereno, nossa lâmina viva a nos embalar e defender no caos. O que mais posso dizer a respeito desses círculos de acontecimentos que nos tomaram? Posso somente agradecer o entendimento. Somente precaver quem tiver curiosidade de ler. Eu ficarei. Manuel Antonio e Mador embarcarão. Do restante dos citados, escrevo em outra data, se necessário, se permitido for. A paz precisa ser alcançada. O níquel mais valioso nada pesa quando falta a paz. Saíram todos, fugiram, foram soltas em massa as correntes que prendiam os chamados pacientes, neste admirável mundo. Os parasitas humanos sempre existirão. Pisei cabeças, pulei dificuldades, consegui saciar a vontade de livrar José e Mador, principalmente, do pior. Nunca será perfeito. Desculpe minhas frases tolas e confusas. A febre deu trégua e já retorna. O amor é sempre a melhor trilha, ainda que difícil e espinhosa. O abraço dos amigos ficou para trás, há pouco. Escreverei mais a frente, se quiser ler. Preciso organizar tudo que recolhi nos caminhos e publicar. Fazer migrar essas palavras e acontecimentos. Para meu reduto familiar, toda minha saudade. Um nevoeiro denso cobriu Maneco e Mador. quando acenaram. Mador acenou para o lado contrário a mim, e acho que ouvi um riso de mulher, creio que, senti um perfume cativante vindo de lá, mas, é a febre que retorna, deve ser, só pode ser, é, é sim.

Agora só quero pensar no nome que retumba e os ventos dizem. Agora só quero ir de encontro ao que me é mais precioso. Preciso da paz que não encontro senão com ela. Se alguém perguntar por que dessa minha próxima caminhada, Bárbara, diga que inclusive foi por Mariane Rocigno, minha companheira ideal, minha amada que está no lado leste de onde me encontro. Atravessarei tudo por ela. Deixarei um escrito, para se algum dia me perder no labirinto. Ah, a vida, construção cheia de passagens e divisões, disposta por vezes tão confusamente. Quero segurar aquelas mãos e mirar poeticamente aquele olhar. Escreverei. Não te esqueças, se permitido for, mais ainda escreverei. E será! Que se encerre essa carta antes que a febre volte. Leia o poema! É da alma transcrita. Recolhi todos os textos, a respeito de Chivalry, Zorzi e Santino, e, os envio anexo. Cuidar-me-ei no caminho. Cuide de Manuel Antonio, recolha nos braços a fragmentação demente que é hoje, Mador. Nada é mais considerável que a bonança, quando fazemos cessar a maior tempestade.

Daquelas frases do livreiro

> "Quando ela fala, parece
> Que a voz da brisa se cala;
> Talvez um anjo emudece
> Quando ela fala." – Machado de Assis

Das palavras todas,
embebidas de rotina,
calibradas de mofo,
contornadas de relento...

das miúças nossas,
devaneios na retina,
mastigadas no sopro,
das horas de beijos roubados.

Das teclas todas,
do erro humano cansado,
colocado como teu,
ali, aquele humano, teu.

Das mobílias todas,
sonhadas no dizer,
alicerçadas nas mãos dadas...
acostumadas no abraço trôpego, enxuto, chovido, imbuído de tanta história e tanto querer, que o poema se transforma em prosa e o querer se transforma em viver. E o piano em partitura, e o beijo em fissura, e o calor em peles se ritmando de madrugada.

Dos degraus todos. Dos abraços todos. Do cantarolar bobo, das cores e das lágrimas beijadas ainda no rosto, sem deixar cair ao chão. Minha estrada é tão bonita quando a olhar de fora das vias....

Tuas mãos queridas, unhas pintadas ou não, pés descalços ou não... Das palavras todas guardadas como no livreiro, a que mais quero já ouvi, já escreveste, já desenhaste para meu entendimento. E eu, humano que sou, atraído que fui, emboscado que me deixei ser... Pela chance... Aquela chance, aquela derradeira do coração cansado. Aquela chance verdadeira. Aquela, que brilhou nos meus e nos teus olhos. Cintilante que era teu olhar todo, teu abraço todo, minha saudade toda, minha saudade disso, que pensei que estivesse somente guardada no livreiro. E eu corri pelas ruas próximas de mim, e vi que as palavras todas dos poetas, poetisas, escritores e escritoras, as palavras guardadas no livreiro, estavam ali, ali diante de mim, de um poema sonhado a uma prosa poética vivida... Tão vívida, intensa, tão intensa que já doeu, e já sarou e já renasceu, e já doeu de novo, humano que sou.

Eu falo demais que até eu canso. Imagina tu? Que silencia mais que diz. Que ecoa mais que tudo, que reluz mais que tudo. Eu beijei parte de sua alma no canto dos teus olhos e o gosto foi tão bom, tão bom!

Das palavras todas,
aquelas que quis...
desde menino, guri ainda era,

e das palavras todas,
que vi no livreiro,
nos poemas todos daqueles derrotados e renascidos...

aquelas que quis... Quis tagarelar, cantarolar, viver e intensamente viver, de poema a prosa poética, em ritmo dissoluto ou casto!;

eu colhi mais que nos teus beijos e mais que nas tuas mãos.
e mais que nos teus olhos empoçados de lágrimas por mim.

eu colhi mais que nos bilhetes feitos na pressa do cotidiano,
do rabisco que não ouvi direito.

ah que dói e que dor bonita essa!
destrói até me fazer sorrir de novo. eu perco o sono e a pontuação por ti, guria.

eu me encontrei.
eu me desfiz de pedra humana, cheia de receios...

eu me encontrei.
daquelas frases, que li tanto e achei que fosse lenda, eu vivo e perambulo por elas. eu vivo extasiado e febril.

em ti, guria, que me despedi querendo rapidamente voltar, em ti eu me encontrei, e perdido como os verdadeiros poetas, sonhei, vivi, errei, chorei, e estou aqui, humano que sou, de braços abertos na chuva, a esperar teu forte abraço, cheio de saudade, cheio de palavras, aquelas palavras, só sei acreditar vindas de ti, minha guria.

Eliéser Baco.

FIM

Anexo

A estória de Mr. Chivalry e os Invernais

Capítulo 1 – O que se esvai entre os dedos

Mr. Chivalry encosta-se na cerca ampla de uma estalagem para abrir o guarda-chuva, a garoa que parecia firme e ritmada transforma-se de vez em tempestade. É tarde da noite. Michela, Srta Portman, Samantha, acompanhada de seus pares, esperam-no. Dimitri acende o cigarro de uma delas e coloca o capuz de couro sob os desalinhados cabelos. Caminham.

Mr. Chivalry

_ Seres que não sou. Momentos que viveria se o breu se revirasse ao... (um inconsistente tremor na vinha do outro lado da estrada o faz subitamente parar). Solos que pisaria acompanhado se a mágica oferecesse. Mágica de possuir, como num ato... (da vinha nada parecesse mais atrever, mas todos a observam)

Ato de deixar de ser, acelerar, acelerar, e bruscamente levitar, enxergado que fora!

Srta Portman

_ Os modos enfraquecem o que conhecíamos da mistura dos povos, da andança das gentes. Tudo se parte em situações que empobrecem o teor de mim, o teor de Michela, de Samantha Bathory. O breve riso, maléfico riso dos outros. Austera escolha, Chivalry, o de tentar ser, difícil nestes tempos de costuras e remendos no falar, nem ouvir mais podem ou sabem.

Mr. Chivalry

_ Trocarei de lugar com o retrato, bela moldura... Acertado que fora. Labirinto, teor d'arte de relevo em pintura?

Dimitri

_ Do que falam? Remendos na fala? Trocar de lugar com a pintura? Qual pintura? Não acompanham o resto da humanidade? As guerras fazem fortuna, as doenças continentais da mesma forma. A arte é ser famoso, é entreter com pão e circo os que votarão em os mesmos coronéis de sempre. Para que refletir se podem ficar grudados nas vidas alheias, sejam folhetins ou não. Do mais que tratam nas tavernas acompanhados do vinho e do uísque, são idiotices, penas que voam na esteira do tempo, perdem demais refletindo e suando uns sobre os outros, precisam acompanhar a marcha desta sociedade. O espetáculo está lá para podermos admirar. Para que o arrebol? Tenhamos, pois, a ficção de achar estarmos certos ao nos deixarmos levar pela mídia. Leituras? Leiam as bulas, e prestem atenção nas letras miúdas, velhacos.

Param de caminhar.

Michela

_ Estás doido Dimitri? Deram-lhe absinto?

Dimitri

_ Quase a convenci, não? Preciso melhorar meus improvisos teatrais.

Riem e o expulsam para a chuva.

Samantha Bathory

_ Na Taverna. Aquele momento maior. Se debaixo do som daquela voz do poeta, se no momento em que respirou para continuar a declamar, aparecesse... Seria ritmo, força do cosmo em poeiras, sorriso em licor que se esvai entre os dedos.

Todos admiraram a quieta Samantha. E ficaram a memorar o que para cada um se esvai entre os dedos.

Capítulo 2 – Embriagado por tuas palavras

Mr. Chivalry

_ Um rosto desalinhado pelo tempo, inanimado pelo sempre. Tão urgente perceber que me escondo. Os rastros do que fui ecoam vez por outra. Na parede poucos retratos em cores, alguns em preto e branco. Bom gosto ou o que? Os feitos que inflamados pareciam torpes, hoje vejo como vida; os que pareciam vida hoje não me parecem tão luminosos assim. O tropeço nos serve para algo mais além de evoluir?

Dimitri, encostado na porta da entrada da varanda, braços cruzados.

_ Está melhorando e isso é importante para nós todos. Evoluímos aos poucos, importa que façamos, a velocidade parece tênue, mas se comparado a outros viveres é velocidade boa, Leon.

Mr. Chivalry

_ Perdoam-me por tudo que já fiz?

Dimitri

_ O perdão possivelmente venha forte e completo na hora de sua morte, Leon. Neste momento todos estarão aptos a perceber do teu sincero arrependimento em ceifar o que ceifou. Matar quem matou. Perdoa-te primeiramente.

Mr. Chivalry

_ Um descuido e abrupto o mal nos leva pelos punhos, nos usa como instrumento cortante e cirúrgico a aprofundar mazelas nos outros. Há saída Dimitri?

Dimitri

_ Samantha Bathory, Michela, eu e Srta Portman estamos contigo. Seremos caçados possivelmente, mas, ainda assim somos nós em essência, não estamos fardados de algo que não é nossa pele verdadeira. Conte conosco. Sua forma de ser nos ensina, é um cavalheiro no mínimo dozes anos mais velho que o mais velho de nós.

Mr. Chivalry

_ Não seremos caçados somente por vocês saberem que fui eu. Sua companheira adentra contigo na sala do mesmo pensar?

Dimitri

_ Neste assunto sim.

Mr. Chivalry

_ A senhorita Portman ganha muito em estar contigo. Tem alma jovial, difere e muito de mim nisto. Consegue equilibrar o frescor do sorriso pelo nada ao teor mais denso de um joguete verbal.

Dimitri

_ Leon, sabe que defenderia suas atitudes em nome do verdadeiro! Quanto ao que cada um pensa de diferente, são elas, as diferenças, que nos chancelam com a marca da variedade. Não tente deixar de ser quem é por coisa alguma. Cada vento encontra as palavras corretas para levar adiante ao mundo. Além desses pormenores, preciso perguntar-lhe...

Mr. Chivalry, ajeitando o chapéu e os cabelos

_ Sim?

Dimitri

_ Se pudesse externar para ela o que sente neste momento, o que diria? (Samantha ouve escondida)

Mr. Chivalry

_ E mesmo que o cansaço viesse a derrubar o insone embriagado por tuas palavras, ele iria sonhar com cada palavra tua, e dormindo sorriria.

Dimitri

_ Mas nem todos são mais humanos para compreender isso, meu amigo.

Mr. Chivalry

_ Humanos... Quantos sobraram depois da hecatombe?

Capítulo 3 – Serpentes, poeiras e ritos

Leon Chivalry pede a opinião de Dimitri e Michela sobre versos que quer entregar para alguém. Lê então:

_ Que do mar, uma rosa instigante banhou o peito do poeta. De lá, do mar daquela alma então, poesia repleta, incompleta... Que há de se completar, no brilho do teu cristalino sentir. E há de vir, por assim manifestar e completar, aquela poesia.

Dimitri olha lentamente para Michela. Ele tem no rosto um olhar que sorri quase a gargalhar. Michela repreende-o com o dedo. Leon Chivalry abaixa a folha, olha-os curioso.

_ Adorei Leon.

_ Para quem pretende entregar este, Mr.? Pergunta Dimitri.

_ Para a senhorita Bina.

_ Aquela que rimaste cristalina com seu nome? Enfatiza Dimitri.

_ A própria, caro amigo.

_ Posso então escrever um texto para manifestar o que penso que esta senhorita gostaria de ler, Leon?

_ Certamente.

Michela tenta dissuadir Dimitri, mas..

Minutos depois.

Dimitri lê em voz alta como a dançar com um riso sarcástico:

Pastos. Onde não há flor. As mesmas estão recolhidas nos leitos empoeirados das rameiras que vieram para cá, vencer na vida. De quatro.

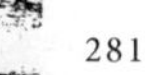

Torcendo então para serem sugadas por homens de línguas imensas, sem coração ou arte para melar as coxas. Só espermas ricos, cheios de lama rica e perfumada do pólen das flores colhidas, renegadas a poeira do vazio peito. Seios fartos onde há peito vazio. Oeste ou Sul. Centro ou Leste do leito. De quatro para encantar fardas, sardas e o saco escrotal. Para que ler poemas, se podemos segurar os cabelos delas firmemente e dizer: urra!! Na careta de uma mulher que não aprecia versos, está sempre escorrendo o esperma de alguém. Pastos, poetas com versos, mulheres sem arte, aliás, como não? De quatro.

O soco desferido por Leon Chivalry fez Dimitri atravessar a mesa central e derrubar tudo que nela havia. Dimitri levanta-se como a pedir a palavra com sua mão que não segura o torto maxilar.

_ Tento impedir que passe vergonha, que ela ria de ti na frente de estranhos, ela não compreenderá o que te perfaz. Não te chamo ao florete neste momento, pois sei que fiz o certo e respondeu com os nervos, Leon.

_ Conhece-a tão bem assim Dimitri? Pergunta então Michela, segurando o punho cerrado de Leon Chivalry.

Michela, que é a voz doce dos ventos nos ouvidos dos poetas, compreende o quanto a resposta pode afetar Leon.

_ Tenho certeza que ela se desfará de Chivalry. Que estranhamente para ele cuspirá, por assim dizer, no chão que ele derrubar seus poemas. Ela não merece teus versos, Leon.

Michela nada pode dizer ou questionar mais. Leon Chivalry caminha para tentar arrumar a mesa junto de Dimitri. Ela observa os amigos, e nota-os com um semblante digno de verdadeiros homens, abalroados por um vento misterioso, que traz consigo serpentes, poeira e ritos de arte em pergaminhos poéticos. Diz baixinho pra si quando ao se inclinar para ajudá-los. "Serpentes empoeiradas de relento, vento forte crise de alquimia, vista em nostalgia no silêncio, em você."

Michela escreve no diário antes de se recolher: Podem apagar recados, manchar o tapete do caminho com fadigas exatas. Não apagarão a mancha do vinho nos olhos da bacante. Tampouco o zelo do escritor por suas crias, que alguém verá e não enxergará.

Capítulo 4 – Belo peregrino acinzentado

Samantha Bathory. A escrever. Janelas do quarto abertas. Um falcão-peregrino olha firme seu semblante:

E do alto do telhado o corpo rolou aos poucos. Olhos amarelos só mexiam o rabo, enveredando o mirar no sangue. Escorria dos ouvidos. Ninguém retornaria o pedido, se chamado. Não morrera o egoísmo, nem a inveja. Não morrera o dinheiro ou a exploração do outro.

Só mais um corpo a rolar depois do açoite. Do assombro, à noite em tintas, anjos fornicavam ninfas. Vinho derramado em vão... Corpo sacudiu a poça, dedo mordiscado e um cão. Irmão de alguém. Grande coisa! Pequenos sermões do inferno caminharam na calçada. A demora no derradeiro suspiro. Não havia foice nas mãos da morte. Por estar, um caminhar tranquilo. Mr. Chivalry compadeceu-se.

E do alto céu abobadado - circo do inferno para alguns, motivo de um gargalhar astuto e corrupto para outros - o receio; de vingar tanto e por tantos e ainda assim ser considerado o vil, o mal personificado e idiotizado. A vingar a morte de um homem de bem que não era nada ou ninguém. E assim vingou somente a si.

Ceifou o novo "rei" após a 4ª guerra global. O novo Midas. O criador do melhor do mundo que deixara a todos fora de si, suas pílulas do sonho por um mundo irreal. Seu propagar que deixou todos perplexos pelo consumir. Comodatos de almas por boas aquisições. Escambo do sexo pelo vício costumeiro deste tempo. Despenhadeiro de ser nos ventos do ter. Sim. Simples assim.

E de salvador de si, caçado por todos. Vimos tudo, perplexos. E caçados inclusive então, visto que não defendemos ou impedimos o ato do sacrifício do cordeiro maligno, aos olhos de Leon Chivalry. O pacato poeta, tolo sonhador, dos dias que não virão. E que alguns disseram que viveram um dia. No vagão solitário do que rememoram na combustão semanal dos cigarros.

De fato colocou-nos nisso, inferno em caçada. Na incerteza de ser tido como errôneo ao libertar alguns da alienação que supunha estarem, não cogitou estar ele alienado. Doente. Depois da tuberculose, mal do século do grande passado, e do estresse, mal do século do ontem, restou a alienação, mal do século que Mr. Chivalry julga ser deste tempo. Após mais duas guerras globais, ambas mui severas, as pessoas têm necessidade de não estarem conscientes desta existência todo o tempo. Parecem ter um último espasmo de sobrevivência ao tocar minimamente a cauda deste animal industrial. Consomem, pois. Flamel Eschenbah, o "rei" morto por Mr. Chivalry, era o último fomentador disso. Por isso Leon caçado é; a intolerância destes tempos impede que possamos ser inocentados, visto que tivemos dúvidas ao defender o "rei" deste ciclo. Não fomos carregar o corpo, fomos ver como estava o homem de bom coração, que num ímpeto furioso despedaçou um em dois com sua lâmina.

Os fatos são estes sobre o ocorrido.

Por onde passamos não é difícil encontrar lugares vazios, com mobília e equipamentos que mesmo sutis, nos acomodam bem. Assobradados, casarões, repletos de deixados familiares. Abandonados. Com rimas brancas. Olhares eternizados nas paredes. Olhares empoeirados de rimas com o passado. O declínio trouxe a escassez dos versos. São tolos os que defendem algo da arte com as dores de fuga pelos campos ou pelas mentes intoxicadas com pílulas do "rei" morto.

Depois de o homem-ninguém cair das telhas, exatamente depois duas luas disso, Mr. Chivalry fez o coração do novo Midas parar, após um duelo dentro do Labirinto Invernal. Comoção ao perceberem que o criador das fugas existenciais havia perecido. Por isso somos perseguidos, por tentarmos compreender as razões do vingador? Por ser nosso amigo e querermos ouvi-lo? Por encontrarmos nele algo que pudéssemos ter dentro do nosso pensar racional?

As respostas talvez sejam...

O fato é que precisamos da inocência cunhada socialmente. Depois da maior hecatombe, que nos fez ir das viagens lunares ao retorno aos galopes dos animais e às plantações rudimentares, é necessário compreender que só há uma cabeça a fazer pesar esta verdade.

Que tudo aqui seja lido e devidamente compreendido.

Assim que possível enviem-me novamente o belo peregrino acinzentado.

(Deixa o perfume impregnar sua pele para o falcão percebê-lo, dela. Guarda junto ao pequeno invólucro preso ao corpo da rapina um frasco com sua fragrância e a mensagem. O voo inicia justo e firme. Fecha as janelas, acende velas. Calafrio percorre o corpo, de nua a vestida, pouquíssimo tempo. Deita-se a cobrir parte de si. Lê novamente a mensagem trazida pelo falcão-peregrino:)

Que nem todas as estações reunidas na mesma mesa a discutir, conseguiriam explanar sobre uma beleza única a ensaiar o olhar perante o mundo. Que do olhar lindo que viram, Primavera, antes, veio a dizer: a alma é mais bela que o olhar. Outono constrangido perguntou: Quem dos mortais poderia melhor confirmar isso? Verão pergunta também, quase afirmativamente: Todos que a perderam? O Inverno cerra os olhos e mensura: B... Sua alcunha é B., nunca a percebeu como mere-ce, mas, B. pode confirmar sobre a alma de Samantha. Direções opostas e uma certeza, ele percebeu a alma dela.

Capítulo 5 – Essência dos esquecidos

Madrugada. Temperatura a cair.

Srta Portman

_Sorrisos tem um frescor que não se encontra nas tocas que nos tornamos. Depois de tanto caminhar, vangloriar as noites nos cavalos retirados de amigos, que nos deram adeus com suas roupas esvoaçantes... Sorrisos são os souvenires das conversas, quando o vinho se tornar nosso sabor preferido. Por isso compreendo o apreço deles por este sabor. Ontem passamos por um corredor longo durante a noite. Um corredor majestoso... Parecia uma parede imensa as colunas de árvores. Imensas. Disseram que era propriedade de um antigo morador. Gostaria de saber que árvores eram aquelas. Talvez um dia. O interessante foi a distância percorrida naquele espaço em corredor. Sorri no frescor da noite. A falta sentida, dentre outras, foi do teu sorriso. Não o do sarcasmo ou ironia. Do teu sorriso puro, que da essência dos esquecidos me alegra e conduz.

Dimitri

_ Conduzido sou, teu olhar. Não saberia dizê-lo como foi bom te ver, a sorrir na penumbra da garoa. Das árvores também não saberia, um dia voltamos refeitos a perguntar. O bom de o mundo estar mais lento, sem tantas forças tecnológicas, é que temos tempo para sair das cidades sem sermos importunados.

Srta Portman

_ Ainda vê com tanta certeza o que naquele momento via, Dimitri?

Dimitri

_ Dizem que a certeza é um joia que não tem todos os elos no pescoço de uma mulher. Que dirá de um momento chuvoso como aquele, bela. Eu sempre defendi teorias sobre o que ocorria. Como não agir para defender Leon? Como me aninhar no receio? Meu respirar é uma vida realmente se eu me esconder na toca que me criei?

Srta Portman

_ Está mais difícil ver seu sorriso. Seus jogos teatrais e o seu sarcasmo...

Sorriu. Abre parte da cortina e senta-se na poltrona. De frente para a cama. Ela continua lá. Lençóis avulsos e brancos. Muito bom ver sua silhueta sob esta luz, diz. Ela tenta se mover. Ele nega. Receio que machuque os pulsos.

Corredores depois e algumas camadas de madeiras, Leon está acordado em seu quarto, olhando pela janela. Os cabelos já crescidos escondem seus olhos, a barba por fazer equipara sua face um intenso homem que esconde de si; pela segunda noite acorda abruptamente. Pesadelos que se aproximam quando a consciência traz o embate raciocínio versus sentimento. Seus pensamentos espalham-se pelo recinto.

Ainda há sol pra todos. Os cérebros deste mundo ainda não conseguiram tecnologia para retirá-lo de alguns. E da sola do sapato arcaico, o suor do trabalhador, artefato que pinga, escorre, como se nada fosse. Encontrá-lo no labirinto àquela hora da noite foi uma surpresa. A conversa iniciou com base neste susto, e as asas da tensão fizeram vento quando questionei sobre a verdade da venda da alma pelo poder que detinha. Perguntou se eu teria coragem para manifestar o ataque verbal em um duelo. Honra. Coragem. Verdade. Dedos lendários que tocam a fronte dos doentes, segundo dizem. Um doente. Assim torno-me: o disparate. O absurdo que tenta manter-se "eu". Quando a dignidade é comparada ao quanto pode despender do que se acumula de prata. E nem de prata sou feito. Mas comparado com. Deveria tê-lo matado por moedas de ouro? Beijado sua face enquanto o punhal era estacado em algum ponto vital? Usar do florete não para o duelo; para o assassinato pago com chantagens sexuais das jovens deturpadas pelo "rei morto"? Igualar-me-ia ao puto finado. E poderia, na escuridão, usar a coroa consagrada, no torpe e útil momento da anexação de mais poder em minhas mãos.

Os pensamentos se calam quando estalam passos de alguém.

Pés femininos descalços. Manhosos ao passear pela madrugada sem querer fazer mínimo alarde. Da porta entreaberta do quarto de Leon, o vê. Nu. A fortaleza que se torna é intransponível. Mesmo para saciá-la. Saciar seu corpo e só. Saciar como se fosse um ato de ingerir água, para saciar e só. Samantha volta, como fogo entre as virilhas, ainda que caia a temperatura. Não é de sentimento que se escreve as linhas do corpo, o sentimento que detém é por outro. Saciar e ponto. Lembra-se que está próxima das terras do senhor Insone. Alguns dias a mais, então, nessa sede, supõe.

Dimitri olha sua companheira. Sente-se liberta assim. Entregue por completo com os pulsos amarrados a cama. E as vontades de Dimitri nas madrugadas.

_ Logo estaremos na cidade que mora Insone. Teme este dia? Questiona ele.

_Temo que me encontre. Ele ainda tem documentos para me chantagear. As chantagens dele são... Mas, esqueça isso. Beije-me. Ela sussurra: Ata-me com propósitos cultos. Adentra a porta e desnuda o piano, do tato das vontades, recoberto de pele e dedos, e sol e poeticidade, cumpra sem receios o que quer de mim. Ele sorri e cobre-lhe os olhos.

Capítulo 6 – Emboscada

Insone Aedo, como gosta de ser chamado agora o Sr. Mathieu d'Provence, está entre eles. "Singelamente" por todos chamado Sr. Insone, ou, O Insone. Visitou-os na segunda noite em sua cidade. Chegara sozinho, confiante, rosto marcado por cicatriz pequena abaixo do queixo. Estavam de saída quando interpelados na escada. Retornaram aos aposentos todos juntos. Malas no chão. Cavalos nos estábulos. Mãos suando, dos dois únicos homens do grupo. Pernas quentes, de duas, ao olharem fixamente o homem conhecido por seu arquivo vasto de cidadãos de diferentes cidades e nacionalidades. Não lhe devem dinheiro. Tampouco favores. Ele está ali para ampliar o arquivo. Ampliar a chance de chantagem futura. Todos procurados por emissários de todas as cidades. Chivalry matou o fornecedor do torpor. Eles ajudaram-no na fuga. Chivalry destruiu o sonho de alienação de milhares, os milhares que não sucumbiram nas catástrofes que dizimaram setenta por cento do que conhecíamos. As instalações do rei morto queimaram junto com a cidade, quando Chivalry saiu do Labirinto Invernal. Apoiado por sete. Hoje resistem quatro junto dele. Os cinco invernais, como são chamados. Mr. Chivalry, Michela, Samantha Bathory, Dimitri e Srta Portman.

Insone (acende o cachimbo e retira o chapéu)

_ Simples será. Não os quero mortos. Não os quero aqui. Dos cinco, tenho provas contra Portman. Ela e Dimitri o sabem. A escolta virá aqui, em peso e prontos, se eu não for intacto até eles. Observem o que digo: não há como escaparem. As saídas estão cercadas agora, neste momento. A possibilidade única é Leon Chivalry entregar a arma no crime. Ficará comigo. Amplio meu arquivo e Portman segue caminho junto de todos. Se um dia eu precisar, uso contra. Sem hesitar. Até lá, boa sorte! (Apaga o cachimbo, coloca o chapéu, calça luvas.) Não quero dialogar sobre. Isso ou nada. Alguém abre a boca?

Samantha (Dimitri nervosamente segura às mãos de Maiys Portman)

_ Preciso conversar contigo em particular antes que vá.

Leon firmemente solta palavras de certeza do que fará. Que inexiste mais nada a perder, que não prejudicaria nenhum deles.

Insone

_ E o que sou, assassino?

Mr. Chivalry

_ Chantagista. O chantagista.

Insone concorda e sorri ironicamente. Samantha vai-se ao quarto. Exige que bebam do que trouxera. Brindam forçosamente enquanto ele guarda a arma que matou o rei morto, envolvida em algo que não escape as digitais de Chivalry. Domínio psicológico contra a vontade de quase todos. Samantha delicia-se internamente. Ela aprecia. Cumplicidade, ainda que só ela saiba disso. Ela precisa de Insone. Uma dezena de minutos após beberem, movem-se trôpegos. Torpor dos cálices envenenados age em suas mentes. Leon puxa Michela, sussurrando em seus ouvidos: _ Num segundo podemos ver um olhar capitunesco e ficarmos densamente presos nele. Um segundo! Caem no corredor e lá ficam próximos do corpo caído de Maiys Portman. Os gemidos de Samantha são inclusive de dor. Joelhos a raspar na madeira, enquanto Insone fortemente a segura. Joelhos sangram. Virilhas suam. Ela sorri com os olhos virados ao avesso.

Dimitri cambaleia com os olhos semicerrados, como a dançar numa saturnal distante: Sua mente resiste ao agir da bebida alterada. Em sua face somente uma situação errante enquanto começa a resmungar: Detivera-me o passo aquela emboscada. Final surpreendente, pensei, em palavras simples e humildes diante do eminente fim. Fora torpe o momento anterior e agora ali. No escuro, prestes a ser dizimado pelo presente, nem o futuro angustiava-se mais de não me ter mais em suas mãos no minuto seguinte. Furor, lembrei: furor é uma palavra que não parece desatinada desse momento. Parece o acorde ao piano simplesmente impactante, então me serve. Palavras simples e humildes diante do derradeiro. Cabal, eu poderia usar? Cabal, eu posso utilizar e ler em voz alta neste escuro de emboscada? Armadilha bem composta pelo autor, meu caro leitor. Dívidas de sangue não, mas quem sabe hipotecas do saber. Notas promissórias assinei, para bacantes?

O fato é que ela me achara, eu caíra na armadilha, leve, pousando os pés e não caminhando, parecia. Em minha direção. Bêbado, a confundir o som dos passos com pios de pássaros da Floresta Negra, não entendia mais o que pensava. Emboscada réptil ela repetiu. Serpente danada de boa essa que me trouxe aqui, disse, tentando me segurar na parede fria do local da armadilha. Eu disse que não queria ser achado, quase gritei, mas foi um dizer mais eloquente só. Eu sempre tento ser gentil. Mesmo em pesadelos mil diante de tudo. Os lábios avermelhados mostravam-se pouquinho por debaixo da penumbra gélida. Eu tossi de ansioso e costumeiramente simples. Palavras simples, eu repetia a mim mesmo, depois da primeira estacada no ombro. Que razão de sempre estacarem meu ombro nesses pesadelos de vanguarda? Cochichei algo pestilento e sombrio. Riu-se. Em calafrios. Ajoelhei e pousei as mãos, mas logo agora sua bruxa?

Ela colocou uma corda em volta de meus pés e saiu a puxar. Disse que minhas palavras eram tolas e febris demais para um sanguinolento radicado em outras terras, terras amargas, garantiu. Sendo arrastado nem tentei cravar as unhas no solo... Iria ficar sem elas o pobre tirado de louco em terras amargas, com bruxas provincianas e nobres a estacar madeiras nos ombros. Nos ombros? Ri, questionando o local do ferimento tardio. Sua cova serão teus livros, molambento. E eu achei que fosse mulambento, disse, enquanto ela tropeçava e perdia parte do vestido. Belas ancas, proferi. E arrastou-me definitivamente para o fim daquela noite.

Dimitri cai. Insone os deixa. Samantha e suas vestes rasgadas ao chão. Estão livres para partir ao alvorecer. Partir para onde? O fim?

Capítulo 7 – Poças de saudade.

_ Já escolhi suas nuvens, deixei-me levar por uma canção, caminhei nos ombros dos Tempos e me debrucei no parapeito do vento. Escondi-me do ladrar alheio sobre minhas vestes e pele, e, enfrentei o caos, buscando seu abraço. Beijei o seu sorriso ao longe e encolhi os problemas que vieram nos dias. Farei um pergaminho para manifestar meus sonhos. Farei do mar um olhar menos tristonho em ti. Percebendo Michela quase a soluçar, ele continua. E nem ficou com ciúmes, quando eu disse que teria feito versos para outra pessoa. Eu? Renegado seria por todas de forma alegre se soubesse que no melhor calor do fim de tarde, iria me alcançar nesta existência. E agora o meu anoitecer parece questão de tempo. Michela chora enquanto outras poderiam rir da agonia das frases e sentimentos.

Michela

_ Acalma-se. Está enfermo como poderia ocorrer a qualquer um de nós. Sorria pra mim, sorria. Violino de encordoamento difícil, você é um sopro aveludado onde outros soam estridentes. Vinho com leitura, de tão sôfrega, a noite iria enviar emissários para que lesse mais alto, querido. Sua voz amparada nos ouvidos das criaturas das noites seria guardada no tempo, enlaçada no ventre de uma estrela, que nunca iria cair.

Leon Chivalry

_ Suas piadas são tão estranhas, querida. Ri tossindo, enquanto a face junto do olhar sorriem como um todo. O tempo é escasso quando se toma conta dele! O tempo é amigo se o protegemos de nós mesmos?

Prometa-me, Michela, que ao amanhecer cavalgará rápido para encontrar Dimitri e Maiys. Ao mínimo raiar vá e não olhe para trás com rancor, como dizia aquela música... Daquele século. Ri por não recordar.

Michela (percebe as enfermeiras com olhar frio e longínquo)

_ Irei para depois retornar. No meu caminho muitas poças de saudade. Todas elas transbordando pelos futuros caminhos, Leon.

Leon Chivalry

_ Pisoteie-as. Todas. Minhas economias foram gastas para continuar vivo e fugir com pessoas que foram colocadas como fui, como vil assassino. Precisaria me jogar ao abismo para que sejam libertos dessa acusação? Precisariam me trair? A escolha de vocês foi esta, até o momento. Na minha presença afirmaram de acordo com os atos até tal hora. Que os fluídos do tempo não nos faça esvaziar nossa essência. Ou seriam os fluídos do níquel?

Michela

_ Descanse Leon, agora descanse.

Beija-lhe a testa e sai, conversando com uma enfermeira. Leon olha o teto do abrigo temporário que está. Os punhados de moedas, prata e ouro, farão com que não seja jogado nas valetas dos doentes até que melhore. Isto, claro, teoricamente.

Leon Chivalry

_ Ela me compara ao tenro violino. Não passo de cerdas feitas de crina de cavalo. Dorme.

Quem sabe um veneno mais forte, na taça de Leon, colocado por Insone. Quem sabe uma mensagem enigmática, de um falcão-peregrino, para a bela Samantha Bathory. O fato é que os arcos do céu eram belos, com suas cores de lilás a âmbar; a melancolia era uma pegada seca no passado da estrada; o riso era farto no rosto de todos; os cavalos estavam fortes e rápidos; a esperança era recatada, mas, pousava suas asas nos ombros dos cinco invernais. Tudo se movia de acordo com o que queriam da peça orquestrada. Um majestoso olhar lento deveria guardar aqueles semblantes alegres e vistosos em algum canto do céu; harmônicos e gentis uns com os outros; virtuosos e inebriantes com seus próprios sonhos. Cinco peças instrumentais a cavalgar sobre as campestres e ralas vias. Até que o acorde grave do Grande Arquiteto do Universo encerrou temerosa ária. Quase ao mesmo tempo em que Samantha olhou ao céu avistando um peregrino acinzentado e temeu por sua jornada, quase ao mesmo segundo que Dimitri blasfemava contra os temidos chacais de Insone ao longe, quase ao mesmo vento que cortava um pouco mais o lábio de Maiys Portman... Michela mirou o corpo de Leon se debater sobre o cavalo, enquanto o sangue era expulso pelo nariz e boca. Treze minutos de espanto invernal nos trêmulos vocábulos. Frases soltas, regadas de bacilos tendenciosos. Até que decidiram continuar a fuga prometendo esperar por Michela na terceira vila depois de Chalibys, outrora terra dos castelos numerosos. Dimitri sério. Maiys Portman a balbuciar. Samantha Bathory a se aquecer. Céu lilás e âmbar, antes pertencendo alegria, ali, esmiuçando uma nova melancolia. Árvores baixas, solo entrecortado de chamas em certos pontos, em clareiras em outros. Seria assim o afresco, se pudéssemos congelar o último olhar de Michela neles, antes de subirem aos cavalos. Olharam tentando banhá-la de força e vasta sorte. E saíram a pisotear as poças quase secas de saudade, chamuscadas, clareadas de lamurio.

E Leon olhou ao lado quando a chuva iniciara, viu o homem no leito mais próximo e ouviu: _ Olá, sou Bertram. E tu? E no mesmo instante

Dimitri golpeava um caolho bruto que puxava Maiys pelos cabelos. E Samantha ouvia o nome da mulher chamando-a pouco antes no final da taverna: _ Meu nome é Loris Camena. E as cartas eram jogadas ao ar. Falcão-peregrino no horizonte para lembrar que as asas não descansam jamais; que a caça é diária quando se insiste em ser autêntico, apesar de tantas desesperanças. Michela, optando por tristemente partir quando o sono dele veio congelante, deixando o homem que matou por não querer ver pessoas serem levadas no diálogo da alienação. Mas se elas preferem a fuga mental, quem seria ele para escolher por elas? E Michela saiu então, vestindo roupas lacrimosas. Um leão tímido encarcerado em sua vontade de transformar algo caótico em um tino melhor de existência. Doente, louco? Seria encontrado se o ouro não estivesse presente? E como se alongaram os capítulos deste, alonga-se a esperança por arte, fraternidade e vinho, caríssimos. Quando na primeira estalagem que adormeceu após partir, Michela achou nas vestes o papel e a letra quase trêmula de Leon: "Tua alma é poema em mar, é o caminho que se perde um doido poeta sulista; alma de ventos bem-vinda ao luar, alabastro em caracol esculpido pelo Deus artista. O mais interessante, não é poder responder, quando o dom de seu olhar em farol, ilumina onde se perde a vista. O mais interessante não é crer compreendê-la, no labirinto que se instala o pensar, quando se adivinha de todo o texto a pista. O mais interessante é ser levado pelo rio que se transforma a frase, pelo rio de que se apossa a imagem, leve fio, de poetisa equilibrista." Adoeceu Leon Chivalry. Adoeceu o caráter, a honra, a verdade, a fraternidade. Findou a arte. Findou de agonia. Que ria a miséria humana, o caos, a iniquidade. Que ria hoje, agora. Os invernais adoecem. Ainda respiram. Há notas na orquestra do Grande Arquiteto, e irão soar e ressoar, reverberantes e exigentes do calor dos brados verdadeiros.

Capítulo 8 - Melodias

Não tenho vinho, acabei de notar. E há poeira onde não deveria haver. Troco os dias pelas noites há semanas e isso não é fácil admitir publicamente. O trepidar da vidraça esconde o vazio do silêncio, enquanto escrevo sob a companhia de velas. Vilarejos, muitos conheci, porém, quando a vontade de tecer se manifesta no pesar do mar revolto ao peito, prefiro lembrar de lagos, esquecendo particularmente todos os olhares que roubei nas danças, todos os perfumes que senti nas madrugadas. O piano adormecido há tempos, o violino a reclamar ausência dos melhores amigos que vinham elogiá-lo e extrair dele em cedro e luminosidade, parte de nós todos. Não cala a voz interior, ainda que a boca só resmungue o passado e tussa ao espelho, o futuro. Da cor dos dias naquelas notas musicais tão primorosas das amizades e dos olhares muitos, senti a vibração do mundo, ainda que conheça apenas pedaço do mundo que, dizem, vívido e com diversos afazeres diferentes dos meus.

Tenho poeiras para fragmentar, estas servem, até o próximo vinho chegar rodeado de flores para alegrar a escuridão que prefiro neste momento. Inverti mais que dias e noites, não se engane, minha pequena. Inverti a saudade, pesando tanto, que, ofusco os dias com meu sono e sonhos por ti. Meus devaneios por ti ofuscam os dias com tantos outros afazeres de tantos outros a fazerem tudo, menos o que prefiro. Minha preferência é de meu maior contento. Balbuciar algo enquanto espero as sombras me acordarem para me deliciar com minha vida. Disseram tanto de mim enquanto riam do meu trajeto verdadeiro. Preferem a iniquidade e a hipocrisia dos atos que juram ser o melhor da contemporaneidade. Máscaras veladas pelo tédio, máscaras adornadas pelo menosprezo. Minha queda é pra eles um levantar de nada confuso para mim. Projetam o diário de meus dias para que possam vender na minha falta e lucrar com meu olhar frio, cerrado e tranquilo.

Construí estradas abaixo do jardim para me refugiar sem ninguém saber. Sim! Quando a névoa amiga cai, uso vestes claras e me vou às estradas que concebi. Não tenho vinho ou aquilo que eles querem que eu tenha. Vinho me faz falta. Tenho piano e violino e, os amigos fazem falta aos três. Mas o mar revolto que não cala nunca dentro desta centelha que sou transforma o sono em alento quando amanhece. Amanhece sempre diferente e ninguém vê, olham ao que tem e não aos dias que vejo nascer enquanto arrumo o leito; faço descansar a saudade para te ver nos sonhos meus de todos os dias. E recordo da noite, quando ela vem, porque é sombrio demais sem tua presença para eu estar acordado na luz. Dos olhos meus, luz, é você pequena menina. Melodias? Ouço quando os olhos fecham radiantes; do tropeço que dizem ter dado, nada tropecei. Obstáculos são os atos dos perdidos, em seus materiais fica a poeira, não da casa ou da mobília, fica a poeira da própria vida deles. Tenho um mar revolto no peito, uma pequena para sonhar nos dias, e um canto a esbravejar no espelho do lago, de noite. Na estrada abaixo do jardim, bailo, entre quadros e candelabros, assenta-se o pesar e a saudade nos cantos, cambaleia a voz do meu próprio eu a balbuciar teu nome. A dádiva de viver, enlaçada por sorrisos e cachos mareados em mim, é o que teço, sabendo que em breve se dará o zeloso beijo, e perdido, então, finalmente estarei, perdido de todos, pois, encontrado por ti, o vinho da vida tem melhores lábios para ser gentilmente degustado, minha menina.

Quando Dimitri encontrou o autor do texto acima, estava ele a decantar um vinho engarrafado há mais de cinco anos. Dimitri carregava Portman nos braços e esperava Samantha que, quase sem vestes, caminhava com dificuldade. O olhar do solitário homem foi de espanto, parou de decantar e a garrafa espatifou-se. Vestia, então, uma espécie de capa sobre os ombros, enlaçada quase ao pescoço por uma joia que refletiu para Dimitri como ametista.

_ Que revés poderia então deixá-los assim, jovem senhor?

_ Roubaram nossos cavalos, tentaram com algum sucesso usar o corpo dessas mulheres, nobre senhor. Na luta perdemos quase tudo, menos a fuga e a vida.

_ Venha, venham! Entrem, caminhem pelo corredor com velas perto das paredes, se acomodem, que fecharei tudo e soltarei os cães.

Demorou um tempo para que todos cumprissem. Maiys desmaiada, Samantha olhando somente aos céus temendo ou procurando, Dimitri agradecendo, percebeu que mesmo com dores no corpo, precisava, por elas, ser mais forte que até então tivera sido. Cena turva e merecedora de tintas impressionistas. Os ratos não estão somente na política, pensou, invadem tudo quando aparece diminuta chance.

O ímpeto fez o proprietário percorrer montado em seu legítimo andaluz, chamado Rei Triunfo, acompanhado de cães, e eram sete. O giro pelas principais entradas levou tempo e as alamedas de carvalho da propriedade zumbiam cantos dos ventos, cochichos de ninfas, e, alguns poderiam dizer terem visto aparições, tão densa noite, tão vastos os significados de cada mistério a vergar sobre o misterioso homem. Em fúria preocupada, ordenava aos cães o retorno à principal propriedade, continuou o desbravar, sabendo que o estado daquelas três figuras não faria levar a fenda dos olhos qualquer dúvida sobre as palavras que ouviu de quem carregava a desfalecida. Desbotada era a lua, as patas de Rei Triunfo marcavam a terra quando a adaga surgiu na mão direita, ao pensar ter avistado alguém cair do alto e antigo muro, que dobrado em desenho, muitos diziam ser algo como uma cabeça de serpente. Pulou antes de o habilidoso cavalo parar de todo, caiu. Procurou pegadas onde só havia marcas do fogo da última tempestade. Um dos cães então reapareceu, para seu comedido sorriso. Afagou-o olhando em torno de si, fragilizado pelo momento do desprendimento. Preocupar-se, cuidar, quem sabe ter que deixar de dormir tão logo o sol nascesse. Quem dera a solidão ou, abençoados sejam os que chegaram? Anjos ou fomentadores do mal que o fizera se isolar de tudo? A melodia desta noite era bem-vinda e o estranhamento estaria logo assentado na brancura do olhar, no cinza das vestes, no azul do fundo do lago, no marrom das pegadas deixadas. Sete cães reunidos por fora da morada quando entrou, trancou com mais firmeza as principais portas de acesso aos cômodos. Rei Triunfo sem cela e alimentado. A força da natureza a embalar bons pensamentos. Falou com Dimitri, deixou na mesa central alimentos e vinho, mel, água, toalhas. Tirou a capa e os ouviu.

Capítulo 9 - O lar transita

_ Por mais razões que possa fazer adentrar ao discurso, que sim, é notável, não posso administrar a ideia de que partam logo. Ladrões como esses não voltariam. Tentam tocar a vida dos outros, Dimitri, e se escondem por tempos. O ódio tentará dissuadir do que digo. Quer buscar a revanche? Precisa neste momento aceitar a atual derrota, deixar as horas ociosas velarem o que cerca cada um aqui presente. Reconheça isso, assente ideias, a varíola volta a ser inimigo letal, tuberculose idem, gripes proliferam e há vilas completamente vazias. O importante é descobrir uma rota melhor para possíveis novas fugas. Aqui onde eu moro não serão perseguidos. Talvez nem tenham certeza do que houve com a morte daquele que explorou o desespero. Ainda que teu semblante pareça uma rocha preparada para a luta, é apenas manifestação facial. Olha ao chão com uma firmeza digna daquele próximo do minuto inicial de um duelo fatídico. O duelo é com teu pensar momentâneo. A verdade é esta, existiu uma falha parcial da tua parte, mas estavam sós. Precisam recompor a saúde.

_ Deixei Leon para trás, depois Michela, não protegi Maiys ou Samantha. Elas precisam recobrar forças, preciso cuidar de tudo para partir sem hesitar, quando tiver que ser. Aceito teu conselho. Levanto o olhar em direção ao homem corajoso que nos recebeu prontamente. O homem que caminha sereno, que se estende. Aperta mãos de estranhos selando amizade e fortificando seu lar. A mais frágil fisicamente é Maiys. Samantha é quem está mais perdida sem a antiga família que fazia parte. Compreendo algumas atitudes dela, ela é forte, uma manifestação da própria natureza em formato humano. Maiys confia no que eu confiar, nossa proximidade dentro disso é inquestionável. Se precisarmos ir às mesas dos carteados para buscar comida, ela aceita e luta comigo. Questiona somente atitudes contra a vida alheia. Que a

Deusa possa fazer por ti o que não tenho condições materiais, amigo. Deste resto de planeta, o que pudermos ter de homens como você, tanto quanto melhor. Na minha cultura não se oferece a companheira ao herói do dia, para que dela, ele fisicamente se farte. Mas, tenha certeza, teu nome será guardado por mim até tuas próximas gerações.

_ O que faz maior falta é o lar, aqui, ainda que cercado de materiais que me fornecem meu próprio pão e vinho, não é um lar. É um amontoado geométrico, com utensílios que interessam. Com móveis ou sem, não me pertenço neles. Quando uma mente quer voar entre os estreitos do oceano para buscar um nome, o da companheira que distante está, nenhum lugar é o lar. O lar é onde puder estar com ela. Não tiveram abrigo enquanto as patas de seus animais galoparam fortemente por esse resquício de vida. Passaram momentos enquanto o luar empoeirado os protegia. Nesta propriedade afastada eu dormia aos dias para me encontrar nas noites com o que sou, solitária sombra sem minha pequena. E se preciso for puxar adagas e espadas para proteger suas vidas, eu farei Dimitri. O abismo tocou a todos depois que a ambição levou ao cataclismo mundial. No abismo dos novos dias, da nova existência humana, se forja novos interesses e convenções. Só não se podem forjar novos valores humanos. Para alguns, como os que atacaram Maiys e Samantha, nada mais importa quando as sombras protegem o crime. Não haveria crime se elas tivessem consentido com o feito sexual. Mas houve, e algum dia, por nossas mãos ou de outros será derramado o criminoso sangue, e no sangue vertido estará justiça, refletida pelo luar, evaporada pairando no ar, até que chova, e que na chuva a justiça fecunde novamente a terra, adentre raízes de todos, do carvalho inclusive. E das folhas lobuladas dessa sagrada e imensa árvore, tenhamos o manifestar do vento, a voz dos bosques, o sopro dos mitos. E o carvalho em forma de barril acolherá o néctar sagrado retirado das vinhas.

_ E na mesa com frutas, brindaremos, e serei justo, agradecendo sua hospitalidade e amizade.

_ A poeira, que muitas vezes cobre tudo, descerá do céu e brindaremos novamente avistando perfeitamente o luar. Um silêncio momentâneo. Dimitri nota o lábio voltar a sangrar. Vejamos como estão elas, depois descansaremos. O lar, assim como a fé, transita; para o olhar da companheira o lar, para o olhar do mundo, a fé. Dimitri concorda, levanta e o segue.

.....

Dispara o respirar de Samantha ao acordar repentinamente. Deitada, aquecida, com vestes limpas. Vê Maiys e seus ferimentos. Bacias de água e panos, bandeja de alimentos. Candelabro e velas. Não levanta completamente, sabe que precisa de mais descanso. Sente o bom vinho, néctar tão apreciado, invadir sua boca trêmula de fome e sede. Pudera ter uma lista incrível de nomes para procurar e não tão sozinha se sentir. Apegada foi ao que era. Apegada aos novos amigos? Apegada a tudo que poderia resultar em um justo fim para eles, que fogem, fogem e fogem, sem nunca ter tempo para pensar sobre o que de bom podem retirar de tão insana fuga. E nem mais as palavras torpes de Leon ou a calmaria de Michela. Há a cumplicidade de Maiys e Dimitri, respeita-os profundamente. Sabe que sua verve diferente pode levar ao melhor que eles podem ter, ou ao fim trágico e inútil. Sr. Insone (Mathieu) não seria aliado senão temporário e à custa do abuso físico. Este proprietário e salvador, é o tempo a vagar dentro do infortúnio que foram acometidos; o tempo que precisam para assentar nas entranhas tudo que foi feito. Caravana marginal. Talvez não mais caçados como antes pela morte de Flamel. Os que roubaram saberão quem eles são, enviarão mensageiros, mercenários irão querer raspar a lâmina no pescoço e depois o corpo no sacio indecoroso das vontades. E nem assim conseguirão deixar a vida sem a luz justa refletir perante eles. Tudo foi perdido. Protegeram o assassino, assemelhados com ele então ficaram, ficarão. Tudo que foram antes daquele ato esquecido fora, pela proposta tentadora de elucidar os doentes, doentes alienados. Cinco criaturas invernais que não sabiam que doentes alienados colocam filhos no mundo para poderem receber esmolas de reis e bruxas? Sabiam. Erraram ao tentar ajudar. Não é estória ou história de grandes finais onde a verdade supera a mentira. O bem perdeu. A natureza quis expulsar a raça humana do solo e não conseguiu, assim como um corpo animalesco sofre com parasitas que só causam dor ao hospedeiro. Cada dia admira mais Dimitri. Razão pela qual teme desejar estar entre os dois na cama. Maiys parece acordar. Cobre-a com ternura. A porta range enquanto os lábios tocam a testa. O olhar não muda. Dedos entre lábios e o queixo. No canto do olhar, percebe Dimitri a sorrir. Um poema a nascer?!

Capítulo 10 - Poemas

_ Poemas não são o que Leon Chivalry via. Poema é ouro, a arte é morte, cultura é lixo; e o ouro não se lapida como se fazia há décadas atrás. Arte é morte para alguns, aqueles que destruíram tudo, famílias, sonhos, projeções nossas ao mundo. Maiys se cala e sorve o que há na taça.

_ Tentem perceber o tempo que não ouvimos um riso de criança; não sobreviveram para resmungar palavras, agitar braços e entornar o dia no tato afoito. Nem ao menos meus irmãos menores, diz Samantha. Esforço-me para manter vivo o som deles, o perfume, a fome. Quando o sol voltar a irradiar por inteiro, quando tiverem plantações mais fortes, ainda assim, nenhum dia será igual ao passado. Nenhuma luz se fará maior do que eu já tive e nem por pouco soube valorizar. Talvez isso incomode mais que a falta que me fazem. Não percebido o tempo que foi, a chance de sorrir com a antiga família terminou. E hoje, nos lençóis estranhos em casa estranha que tão bem nos recebe, inda que mesa farta em segurança preferiria a fome familiar, no lar que perdi. Tento esquecer as manchas de sangue, os trapos que antes detinham corpos aquecendo o lar. E da fé ensinada e praticada na infância, onde fora transitar senão na distância do olhar materno?

_O que retira da tristeza um minuto de riso, fortalecido estará. Eis o que nos ensinaram, diz Maiys, irônica. Se a tal raça que destruiu tudo por indolente ganância fosse devidamente humana, estaríamos presos nessa fuga? Estaríamos empoeirados ainda que longe dos desertos? Se a força do trabalho e sua prole fossem bem vistos, tudo teria sido jogado ao submundo? Perceber então que são demônios tão impuros e vivos os que fizeram tudo. Nas sombras sempre disseram estar os malignos, mas neste ciclo de história, os homens que se diziam repletos de luz eram a própria inconsequência! E em mim, em nós, para Leon e os invernais, como somos chamados, ficou a demência, a fome, a palidez comprobatória do mal que outros enviaram. No rosto, ossos aparecem quando passamos dias em viagem até encontrar alimento estocado em moradas vazias.

_ E ossários de famílias inteiras aos caminhos, em certos cômodos, assim como na minha antiga morada. Ossos dos irmãos pequenos, que seus choros e risos se refazem nos sonhos que tendem a pesar pesadelos e se reciclam nos dias quando o silêncio de algum lugar perdura.

Não há alquimia, oração ou encantamento. Nada resolveu e não resolverá. Nenhuma reza fez diferença. O traço esplêndido da humanidade está nas mãos dos que restaram: desesperança, fuga, pestes. O avanço tecnológico fez ruir e abriu abismos no espaço geográfico e em pensamentos e atitudes, e ainda existe ouro para ser recolhido e pilhado. Eis o fator primordial da existência. Talvez por isso discorde ela, Samantha, de Chivalry e Dimitri, e ao mesmo tanto os respeite. Poema e arte não encontram lugar na voz do mundo? A moral e a honra serão tão raras e foram tão raras e continuam tão raras que na raridade pertence ao lugar donde eles estiverem. E mesmo sendo uma continuação errônea de pensar, cada dia mais tem apreço e deseja, ele, sólido, firme, ainda que fragmentado pela ação de outros, assim como a natureza cambaleia, Dimitri, o escudo, das ninfas Maiys e Samantha.

Maiys se recolhe. Abre as janelas e diz olhando o inconformado céu cor anil:

_Ligada ao oceano da vida por outros mares que não sou eu. Destinada a ser um objeto que não quer ser objeto algum. De tudo que vivi da minha própria história objeto é que não sou. A não ser quando escolho ser. E dos anos de terra nos olhos e dívidas com um arteiro chantagista à mesa do carteado para salvar a própria fome. Escolhi e fui escolhida. E não quero ser mais podre do que já fui, sendo invadida como objeto, algum depósito de esperma que não quero dentro de mim.

Ligada a outros mares, para ser uma força única e tempestiva, fui controlada, por um amor errôneo e dócil ao mesmo tempo. Aceitei ser objeto dele por me excitar com isso. Ele, um mar que se ligou ao meu mar por estreitos que a natureza forjou por séculos. Deixei de matar por ódio minha própria família, por aceitar que dele tudo pode ser completado em mim. Nada de bagaço de laranja ou metade do raio de Júpiter na alma do outro, ou puritanismo barato para controle populacional e oferendas em moedas de ouro para abastecer os vermes que se alojam no corpo do sacerdote. Apenas a natural escolha quando do uso e abuso do livre-arbítrio. Os mares que todos somos e merecemos ser quando as ondas de nosso olhar encobrem a fúria do outro. A fúria por amar mais do que mereço ser amada por esse homem que ainda sabendo do passado de minha família e dos crimes praticados por eles, aceitou me chamar de uma palavra que nunca conheci: amor. Minha delicadeza foi somente dele. Alguns viam como debilidade. E no assalto de nossas cargas e cavalos, adentraram bem mais que o meu sexo. Irrigaram muito mais que meu ódio quando o líquido espesso e branco escorreu. Irrigaram a vontade pura e dilacerante de voltar ao meu eu, me jogar ao mar bravio da revolta e após isso me lançar ao mar vivo do adeus, para deixar de ser um estreito vínculo com o infortúnio. Voltar a ser parte do mar, findada e sepultada no oceano da vida. As lâminas dos outros podem girar no meu estômago. Antes disso eu irei rasgar os filhos deles, se tiverem. As mães deles, se tiverem. Para mostrar que podem fazer tudo comigo, menos descansar em paz depois disso. As páginas anteriores eram poemas belos e frases carismáticas, quase estetas de tanto sentimento de esperança e de bem estar. Até o vermelho cobrir o céu do meu recanto. E não haverá amor algum, por quem quer que seja, a me privar da vontade de abafar o som daqueles gemidos com a lâmina nada misericordiosa de Maiys Portman, um verdadeiro bálsamo saído das últimas florestas existentes para ser o perfume e o alento de um homem, mas, também, o aroma de conforto do anjo da morte, a pender perante os ladrões que abusam de corpos femininos.

Ainda que tenha que fazer mais um acordo com Insone e ficar ainda mais presa aos caprichos dele, a colheita por aquelas vidas será iniciada quando eu puder subjugar aqueles olhares e línguas e dentes e roupas que rasgarei. É um mar violento o que tocaram com aquelas mãos podres, ainda que parecesse apenas a bruma de uma onda destinada a banhar cicatrizes alheias. Todo olhar de uma mulher delicada pode ser manso quando do interesse dela. Todo dizer de uma mulher delicada pode ser terno quando do interesse dela. Todo flertar de uma mulher delicada pode parecer sincero quando do interesse dela. Ainda que me chamem de amor, se me negarem a chance de ver artérias derramando a podridão líquida de alguns, é como se um tapa selvagem e quente fecundasse em mim o filho do caos. Uma confusão geral formada de blocos insanos se forma em meu ser, ainda que minhas palavras precisem parecer poéticas e eu tenha que ceder o que há entre minhas virilhas para usar este momento, em detrimento de outro. Uma erosão de consequências no mar de meu ser, ligado a outros mares até minha fúria de fêmea ser aplacada.

Cambaleia ao tropeçar no próprio ritmo e antes que caia desmaiada, Dimitri a segura. Fecha as janelas, as cortinas, cobre-a. Olha estupefato para sua companheira, segurando o queixo, tentando compreender o que ouviu enquanto ela vociferava aos ventos.

Capítulo 11 - Molestações

Os ventos traziam molestações. Via Pierce caminhando solitário com seus cães, a imaginar o impossível, algum entendimento entre o que restava e os que restavam. Fomos modificados, até a forma de encararmos a loucura. A esperança acalenta cada coração ao seu modo, os olhares transpassam nuvens, solos, gramados, colheitas, animais, objetos. Muitas vezes ficamos perdidos olhando coletivamente o nada, talvez, querendo trazer novamente o antigo mundo que compreendíamos tão bem.

E a caça recomeçará tão logo Maiys e Samantha profiram que não conseguem aplacar a dor sem ver o sangue derramado. Nunca o ser humano mudou. Desde os tempos da vingança dos hebreus, dos romanos, avançamos somente na ciência e tecnologia. De resto, o coração humano é a sobra de tudo que deixa minguar do que vive. Lodo extremo em noites sem fim no pensar, óleo perfumado quando a força de estar sob os outros, alcança algum viver. E os poetas nem poderiam dizer o contrário. Pois o que há na poesia senão o nada, a explanação de algo que inexiste na prática?

Atente-se para ordem dos textos, caríssimo que lê. Acima foi somente digressão.

O florete resvalou no rosto de Dimitri e trouxe sangue. Um risco feio que o deixará sem parte de sua ironia, estabelecida por toda a face nos momentos oportunos. Fora ríspido com Pierce? Talvez. O ambiente da discórdia estava repleto de possibilidades, num golpe sem hesitação Pierce retirara o florete exigindo um duelo. Cada vez mais adentrados no submundo de si mesmo, diria Maiys, se estivesse presente. Samantha olharia tudo em seu entorno, primeiro, depois ao céu (esperando o falcão?), depois aos olhos inflamados de quem quer que estivesse transformando um momento em minutos a menos de vida, a mais de desafios. Na ameaça de Pierce ele não se abalou, ou acusou, ou testemunhou, ou fez discurso a defender ainda mais sua tese contraditória, por vezes sarcástica, aos poucos inteligente, de nada trôpega. O que dissera de tão grave que não fosse a mais infeliz verdade? Maiys realmente se abalou com as palavras dele a Pierce, Samantha rascunhou algo no pensar e nem dialogar quis.

Então estava Pierce querendo um duelo, Maiys chateada do lado de fora da propriedade, Samantha tentando conversar com ela, os cães abanando o rabo para as duas, os cavalos pressentindo uma tempestade ao longe e, nada, nada tão certo como o desajuste e o enfado aproveitando-se de tudo aquilo para sorrir. Pierce realmente olhava Maiys com um sabor nos lábios, introvertido, mas, o fazia. Agora, remeter o quase flerte de Pierce numa vontade de possuir o corpo de Maiys na recordação de seu amor longínquo, era demais. E dizer que talvez Maiys o quisesse entre as pernas para fazê-lo voltar a ser um animal social, da mesma forma. Com o sangue no rosto e um sorriso ideal na boca, Dimitri ainda reforçou suas anteriores frases: _ Todos temos desejos, não sonhe com isso, viva! A pesada no peito o fez atravessar a janela e cair por três metros. Dimitri e suas palavras ferinas quando o assunto é sexo, assim fora com Leon, assim é com Pierce. Sempre com os amigos, as melhores sacadas e devaneios que dentro de si são caminhos fartos de superações. Talvez fosse ficar pior se Michela não estivesse com Maiys e Samantha a perguntar quem era o homem que voava por cima de tão belo jardim. Dimitri percebeu ser ela, e, somente pensou que, tão logo dessem chance ouviriam mais ruídos de sexo. E Leon será corno. O sangue escorria. Dimitri, febril, sorria.

....

Dimitri ouve enquanto Michela está calada ao seu lado.

Ide ao encontro dos negros ventos,
guardados adiante das escolhas desgastadas.
Ide ao encontro dos demais rudimentos,
que fazem de ti parcas lembranças desbotadas.

Léu em suplício sem dizeres bentos,
refeito dos escombros de uma lira inacabada.
Ihéu semimorto de sondar sedento,
uivo de uma esquina desta mancha impregnada.

Não é mais mantimento ou alicerce em raiz preso em forma alguma. Que diria se pudesse olhar de cima a própria história? Enfadado dos tropeços e dizeres alheios, torna-se a própria lâmina se curvando no redemoinho a se ferir.

Desenvolto em ronda noturna destes passos menos murchos, não cairá tão cedo, visto que teus erros amedrontam o destino de alguns. Incomodado com os próprios elos do que é constituído, abra os braços para defender feito um escudo; marcha letal, matéria-prima em ebulição.

Dimitri pergunta a Michela quem mais está ali.

Se a natureza deixou de ser apenas palco das aventuras e não é mais produtora ou geradora do conforto anteriormente conhecido, agora se torna saudade que poucos manifestam sentir. A força natural que adivinha dos rochedos, das tempestades cíclicas, das nuvens a se formar antevendo a escuridão ao meio-dia, a sutileza das águas se encontrando nos braços de rios despejando suas oferendas ao mar, tudo corroído ainda que guardado nas recordações de tempos saudáveis. Nem mesmo o violino mais raro e bem polido poderia trazer à tona a fantástica manifestação dos galhos expandidos, dos frutos amadurecidos, das sombras convidativas, das marés evolutivas, dos cardumes contemplativos. Tudo se acomodando em um som sinistro que ainda mantém em sua cauda fúnebre a esperança.

....

Michela se assusta quando Dimitri tenta se levantar contorcido.

Bem sucedido, mal sucedido, com provimento, garboso em movimento. A terra dissolveu-se em certos pontos. Dizem que um continente ruiu. Dizem que nada mais resta dos indígenas, dos aborígenes. Bem sucedido, mal sucedido, tudo que é torpe e sem lamento. Tudo que resta é só um momento, e no passo adiante um bom esperar. Risos, choros, sacrilégios, ouro, risos, provimentos em detrimento da angústia alheia; hoje e sempre. Bem sucedido então, congratulações; parabéns por suas ações. Enterrados vivos, chamuscados pelo incêndio da inveja, homens cobiçosos, que não eram feácios na honra. Honra? Cada gargalhar é um golpe no assunto, uma chicotada desleal e desproporcional quanto o tema é honra e o enredo é de criticar tudo que morreu pelo ouro. Filhos do Criador, congratulações, bem dizer de suas ações. Será resquício da cópula dos filhos de Deus com os filhos dos homens novamente? O vulto que escorre seu sangue nas paredes dia a dia chama-se Emanuel? Que nada. Chama-se qualquer um; qualquer pessoa atende por qualquer nome se é para garantir o pão feito do trigo amassado no chão. Não há então identidade. Não há como identificar-se com nada quando não há nada para superar isso. E vão chamar o texto de melancólico e confuso; e o que se torna a consequência da ação humana quando age para si? Bem sucedido, náufrago perdido que da jangada pulou e nadou semimorto. Congratulações por suas ações. Ainda há ouro a ser pilhado por sua Rainha. Levanta de tua tumba semiaberta e vai... Caminha até o que destruiu tão bem, há ossos de crianças misturados ao ouro. Levanta e escraviza, manda os mais fracos erguerem paredes de bronze e tronos de ouro e taças de prata. Bem sucedido, mal sucedido, mal amado o próprio umbigo; congratulações da terra subterrânea, meu amigo. Ouvi vozes dizerem um dia antes do quase-fim que os sacerdotes eram abençoados pelo Criador por terem mais terras, mais estudo, mais fortuna e mais mulheres, dignas ou não. Bem sucedido o abençoado, e as tais vozes se calaram, e os vermes definharam suas faces, e os sacerdotes ficaram pasmos, pois, restaram da hecatombe. E, pasmem, procuraram primeiro o ouro para depois buscar suas filhas com as sacerdotisas, que deveriam, pois, serem virgens e castas. Ah sim, eis que está; acreditaste nisto também. Todos castos? Congratulações por tudo, amém.

....

E lá chegaram, diz Dimitri suando, olhares contemplativos aos últimos bosques de araucárias. Milenares ideias quase solitárias, entre centenários troncos. Tatos nas vias decadentes, entre as pálpebras da natureza esquecida.

O que mais poderia despertar o riso daquela lembrança senão a sinceridade estúpida do beijo ao ar? Nenhum homem deveria esconder os poemas debaixo do olhar, assim como as aves não deveriam esconder em suas asas tamanha força? Que palavras idiotas diante do capital, caro senhor! Olha para Pierce. Eis o que o poeta Leon Chivalry fez de errado: arriscou. E arriscando a própria incerteza, perdeu-se nos abraços daquele vento, que era fazer sua justiça. Continuou sorrindo, Dimitri, enquanto todos o olhavam.

Capítulo 12 – Maléfica ilustração

Um cavalo quase a vagar, lentamente resmunga para a saída da propriedade. O homem ferido tenta o equilíbrio em cima do animal cauteloso. Nem todos os sonos são tranquilos quando o vazio nos toca firmemente o cotidiano. Acordara pouco antes, com suor intenso, apesar da madrugada fria. Febre intercalada por horas de sono profundo. Duvida que esteja ocorrendo uma vez mais tal emenda da sorte para com ele, adiantaria sorrir como um louco que se esqueceu de chorar no tombamento da vida diante dos frangalhos, que são os continentes? Os músculos tentam o apoio final na ordem mental de levantar o maltrapilho corpo acima do cavalo, que apenas aguarda um chamado para correr em disparada, para longe, bem longe do incêndio que tomou conta de tudo. O movimento compreendido no som da voz e o animal busca ritmado aumentar o galope pouco a pouco. Arrastado amigavelmente diante do fogo que se apaga em sua bota. O fardo da tentativa, a busca pelo recordar mínimo, que possa lhe cobrir a certeza que todos escaparam. Quantos dias estivera doente sorrindo ao nada?, cuspindo ao nada?, ouvindo vozes que nem sabe se realmente estavam ali, cambaleando os pensamentos para tentar ser menos confuso no dialogar consigo mesmo? Os dados jogados, as aves voando, o remexer da língua a pulsar dentro da boca, finalmente se torna o parasita que alimenta o que lhe infeccionou a saúde. Arrastado pelo cavalo sadio, lentamente enfurecido, parece tentar ou ajudar na fuga ou arremessá-lo diante do nada. Nevoeiros pálidos que aparecem a cada minuto e desaparecem logo após o instante, ou terá dormido o suficiente para tornar cada respiração novamente um pesadelo justo e febril como sempre pensou merecer? A luz do pensamento que transformou séculos chamados sombrios em avanços industriais e tecnológicos poderia salvá-lo agora, poderia fazer com que a ciência o segurasse nas mãos e descansasse a pena da escrita turbulenta? Poderia aparecer defronte o nevoeiro vivo que alcançou tudo, soprar refeita a vida nos trinta por cento que sobreviveram ao desmoronamento mundial? Sobreviver não significou ter bonança no paladar, ao engolir cada vez mais terra atrás de solo como alimento. Os dados da fortuna foram jogados na mesa de ouro. Mesa dos que decidiram o convívio da verdade, tão bem escondida, com o povo massacrado e torturado pela falsa esperança. As aves voam cada vez mais a procurar carniça da raça que raiou seu domínio em direção a todos os lugares, que culminou seu semblante pesado no frio do quase-fim. Em resumo explicativo aos que possam torcer o nariz ao papel hermético, escreva-se na terra batida pelo cavalo: Ciência de desordenada ganância. O senso de justiça abrasa somente os raros que podem vingar sua força diante dos culpados por tudo que veio no enxofre de consequência. E caçados e vendidos como escravos, os políticos iluminados que trouxeram a luz da crueldade tão viva e certeira no coração do povo perecido; suas rebentas e descendentes tão bem guardadas e cuidadas nas dependências dos lugares que poderiam tratar suas possíveis doenças... As mais velhas, de pronto consumidas como espólios sexuais de guerra. As infantes, bem alimentadas para ter seu debute aos quinze anos. Por todos aqueles que, fortes o suficiente poderiam trazer à tona seus desejos e devaneios ressurgidos, sujos, empalidecidos, sujos desejos por manter sãs e salvas as filhas dos nobres, limpas formas, sagradas curvas, com línguas que se rebatem dentro da boca a sugar tantos, até as noites de trintas horas terminarem. Quem, por onde o cavalo arrasta Dimitri, descende daqueles que deveriam ter zelado pela existência? O senso de justiça abraçou vestes, mãos, lâminas, sorrisos e olhares de Samanta Bathory e Maiys Portman, que saíram para caçar os ladrões que despejaram em suas virilhas farto gozo. Pierce, sentiu o calafrio do nevoeiro estranho tocar seu pescoço enquanto degustava Michela, que também não viu a mão feminina atear fogo em tudo. Quando a vida de alguém pode ser trocada por um favor futuro, quando um respirar vale um escambo digno de um brinde com terra e sangue, o melhor é se atentar ao todo, em tudo, ao senso de justiça, aos dados do destino jogados na terra que recria centelhas a cada olhar da lua. O cavalo parou, Dimitri sentiu a febre fraquejar e seu corpo domá-la. Desceu, molhou o rosto no antigo rio, avistou a propriedade em chamas ao longe, apalpou o corpo a procura de lâminas de defesa, montou o animal e seguiu pelos caminhos, olhando ao céu meio cobalto, meio sem nuvens, meio de asfalto, sem lua, sem mais ninguém por perto, só nevoeiro tentando se aproximar, cauteloso.

Em cada uivo que poderia existir enquanto o galope fez poeira levantar, o pensamento nas últimas semanas, o nevoeiro na rabeira do animal e o aspecto em espectro de Leon Chivalry, aparecendo no imaginário enquanto as palavras feridas de Portman acompanharam seu rememorar instintivo. Tão seguro de si, das decisões tomadas que não sabe onde está o amigo Leon e a amada. O pequeno reino de Pierce derrubado pelas chamas. Cometidas naturalmente? Por gesto alheio e muito bem escolhido? Caçar quem diante do próximo passo que precisa ser resolvido? E Leon queria levar a arte aos sobreviventes, quando ceifou a existência de Flamel; Dimitri queria levar a honra familiar consigo quando ajudou Leon. Samantha queria o que quando aceitou deixar os restos dos irmãos para trás? E Maiys realmente o respeita após aquele discurso no quarto antes de cair desmaiada? E Michela realmente estava lá enquanto se contorcia ao leito? As mãos em suas coxas eram de alguém que ainda vive ou foi somente mais uma teatralização de sua mente dividida entre o prazer da carne e o pensar racional no mundo consumido até a última curva dos ventos? Se escrevesse tantas perguntas para alguém, pensa Dimitri, com um sorriso que parece voltar a ficar febril, iriam responder ou calar fitando seus olhos? O relevo geográfico faz com que o animal force mais o tronco diante da investida e no cume do pequeno monte Dimitri vê o caminho para uma vila na sua frente, algumas centenas de metros adiante. Rédeas puxadas e a surpresa do que lhe envolve o entorno faz o animal dar diminuto pulo quando olha para trás... O fogo que se mantém forte na propriedade de Pierce é o único ponto embaralhado e luminoso bem distante; o que lhe envolve confusamente é um nevoeiro que lhe persegue, que fica mais denso agora. O cansaço parece corroer animal e montaria. Perfume feminino ao ar, uns passos pisando folhas secas logo atrás quando se viram juntos animal e presa, e se viram novamente juntos quando os passos parecem estar novamente mais atrás, e o perfume fica tão próximo como um esbarrar de ombros e faces que se viram assim, rodeando o próprio eixo por mais algumas vezes. E um segundo de susto e ansiedade o toma, quando sente uma criatura ali, tão negativamente próxima quanto um pesadelo nos desmonta coragens no tombo mentiroso ao leito. Nada mais vê e a fumaça sem odor toma conta de tudo que poderia conseguir enxergar. O cavalo respira cada vez mais acelerado e o cavaleiro não respira por segundos; instinto que nos faz preparar músculos e força física para o embate, quando percebemos o pensamento instigando o corpo ao reagir. O cheiro da terra não adentra as narinas e tampouco a percepção da pele ao vento gelado, que castiga as poucas plantações existentes na região. Pode ser conectado ao momento tenso que faz os ouvidos atentarem-se tanto ao que ocorre ao redor, que o próprio respirar entra em segundo plano. Um perfume feminino, que não é de Maiys, Samantha ou Michela. Que não percebeu nos aposentos de Pierce. Que talvez o faça recordar de alguma taverna visitada durante essas tantas fugas diante do infortúnio que os acometeu. Sua lâmina tão bem encaixada junto às mãos. Parece extensão do próprio corpo quando a maior atenção necessária é retida em cada poro, para defesa própria. Densidade do nevoeiro diminuindo e com isso o delicioso perfume que o convidaria facilmente aos urros estreitos dos matagais mais pantanosos. O opaco fogo da propriedade novamente visível, o vento que não zumbe remexendo seus cabelos, apontando suas lembranças para a próxima taverna a rememorar Leon e Maiys. Cavalo cansado e sedento, Dimitri febril e faminto. As patas encaminhando poeira, a taverna também ardendo em chamas parece cada vez mais próxima.

A estória de Zorzi e o Jardim Enegrecido

Capítulo 1

_ Da saga que me dispus por teu abraço, senhorita, foram adagas lançadas no terreno bravio, a querer-me para sempre. Com toda força que me pedira eu fui, nadei, despedi-me dos meus, gesticulei aos céus. Precisei desfazer-me tanto das últimas correntes que prendiam meu querer, que no susto das madrugadas não hesitei em ter contigo. Não hesitei em ter contigo! E o que representou isso quando meu ouro estava a terminar? Escrevi sobre outras vidas e sobre outras bocas para poder alimentar nosso rumor maior... Nosso rumor maior.

Da saga que me dispus por tuas coxas, com toda força gesticulei aos céus, desfiz-me do susto das adagas e lancei desafios e duelos nos terrenos das últimas despedidas. O ouro não terminou, e fui, senhorita, nas madrugadas de teus desejos rústicos. Amarrei outras e as provei, amarrei outros e te presenteei. Vi, usando corpos e degustando os vinhos e as gargantas e no teu suor deixei que me amordaçasse, para teu sacio. Cumpri, cumpri e não hesitei em ter contigo! Quer agora que eu escreva sobre outras vidas e outras bocas te tocarem, sobre outros corpos a serem usados por nós, para teu sacio, musa. Onde queres que eu nade, despeça-se do vento e me diga, apenas não hesite e diga o que fazer para ter de volta aquele teu melhor abraço e minha alma derramada minha boca adentro?

Ela, antes séria, sorri e os olhos vermelhos tornam-se novamente róseos.

_Zorzi, tua boca é mesmo linda, poeta. Dê banho em Chanson e a amarre. Do calor que me consome sabe tão pouco, traga Gárgula e o perseguidor dele. A Extraordinária os quer amarrados e vendados, os jogos dela são bem menos penosos que as guerras. Trezentas palavras escritas até o amanhecer, ela ordenou isso a você, para que possa ter um mínimo de pistas sobre tua alma. Inicie o capítulo, traga vinho, frutas, os três seres e duas ninfas.

Capítulo 2

_ O sacio de meus dias, ilhas conquistadas, ouro na tua pele, torpe abastada. Tudo cede pelo querer exacerbado da riqueza dos outros. E nisso, por isso, continuo meu canto, sussurro legítimo, banhado no mar de minha sina molestada, a respeito do sacio que ofereço, os nós tão bem atados que pertenço, a escravidão que conquisto pelo ouro que tanto querem. Deleite-se no meu corpo semanas a fio; possua minhas mulheres e homens amarrados; peço-te somente um favor, que é um pormenor de nada longínquo: continue a se entreter no cotidiano, a esmaecer o afeto por outros, por si próprio, transforme em mito as verdadeiras palavras do bem maior, e pronto, conseguirás tua vitória, assim como ele conseguiu. (Aponta para Zorzi) Este é o exemplo prático de quem entrega sua própria alma por um amuleto deveras mais precioso, meu beijo, meu movimento de lábios, de quadril. Quiseram transformar nossa essência em hipocrisia; e os religiosos são pedófilos, que cobram para perdoar, tornam-se perseguidores das mulheres fortes de todas as Eras, de todas as Evas; e os próprios copulam ou sonham copular com as mulheres de todos os homens da comunidade. Ofereço a minha verdade, muito melhor que as mentiras ditadas por homens que são apenas metade de um homem essencial, ainda que tenham mais ouro e terras que muitos juntos. Busquem realmente mais ouro e terras que qualquer outro, percam-se no cotidiano dos ciclos, deixem suas crias sendo criadas pelas ruas de prata, com estátuas vencedoras e ocas.

_ E quando abrirem os olhos fétidos, adoentados, estarão cercados de tudo do melhor, suas almas nos frascos que guardo abaixo deste solo. Vossos vícios e lamentos adornados no discurso tão próprio de quem confunde o labirinto da vida com a chance de apenas conquistar e conquistar... E conquistar mais.

Zorzi continua a banhar as mulheres enquanto os homens já estão limpos e vestidos, sentados, contando bronze e ouvindo ela, cujos olhos e voz e perfume e gestos são tão leves e convidativos. Zorzi murmura algo estremecido, entre curvas dos móveis amadeirados, olhar procurando nos canteiros de flores uma recordação de sua alma.

Capítulo 3

Poderia contar mazelas de outras famílias, o que derrotaram nas linhagens do tempo para ainda existir, soaria como apelo de quem nada tem a contemplar senão a capa que trepida ao longe do ontem. Minha linhagem é dos artesãos, vinicultores e musicistas. Nossos atos eram sem vícios ilícitos e ainda assim não há saída para justificar tais atitudes, as minhas inclusive. Sou musa de Zorzi – dizem que de traços delicados e pele soberbamente bem esculpida pelas deusas de outros tempos. Contudo, temos vontades e nas consequências das minhas estou aqui, presa. Só queria deixar a fome e as promessas para trás, sonhar no tremular de outras línguas e discursos, ser abraçada e protegida por aquele ou aquela que me tomasse no perfume do dia, como sua escolhida.

Assinei com meu sangue a chance de deixar o passado e me vestir diante dos olhos do presente, e presente quis ser aos motivos que Zorzi, o poeta, poderia enxergar. Não mais na sorte dos brutos e somente brutos, atrair o corpo e o vívido querer do escritor de alma tenra, que outras conquistou. Por alimento, envolvi-me no carteado. Nas conversas das madrugadas a conheci, ouvi atentamente suas fábulas sobre anjos, ninfas e corsários, e nela percebi o zelo distinto do bem querer.

Fui bem cuidada e bem vestida por suas serviçais, que enfurecem desejos mais desavisados durante os banhos físicos e o descanso do espírito. E a promessa, desatada da alma aos meus ouvidos antes do sono, que emoldura a feminil sorte, era que só teria que atraí-lo, de sentimento puro e desejo fervoroso, que ela só cortaria meu pulso uma vez, que só deixaria meu sangue escorrer por treze segundos. E Zorzi seria meu. Um sentimento é apenas fel quando sem controle. O meu foi assim. Ventanias sentimentais encantadas.

Capítulo 4

Atraído, Zorzi foi ludibriado, no labirinto mais escuso e sensual que já percorreu os caminhos dos poetas, perdeu a sanidade, dizem que até mesmo a alma. Quando diz algo hoje, quase nada ouço. Flagelo? Encantamento? As sinas, quando a água deste mar nos alcança... Sua musa foi despida por outros, na frente de seu eventual domínio, usada por ela, a detentora agora de nossos destinos, que nada teme senão os anjos que aqui não mais sobrevoam.

Chamam-na “Extraordinária”. Toda força da mulher mais encantadora se fez em sua existência. Nada pode deixar de percebê-la, ninguém... Zorzi, sua musa, eu, que sou apenas o Gárgula. Olhamo-nos sem aflição. Acordo uma ninfa sob ordens, e minha boca aquece-a por completo. Todo sentimento é fel? Essa pergunta, a musa dele me faz sempre, repete para as serviçais dela - ninfas doutros momentos - e para as paredes ás vezes; para os candelabros, ultimamente; para ceras derretidas, quase nunca.

Quero apenas voltar no topo do prédio que fui concretado e ganhei forma dois séculos atrás. Observar novamente a natureza despejando suas juras e sacrilégios céu afora. Desci, na minha verdade, a fim de conhecer o abraço enlameado, que fosse, mas sincero; avancei, para do silêncio poder proclamar versos e sentimentos, não contando que fosse apenas viável se houvesse níquel sob minhas vestes. Idealizei o ser humano, quando os via no tropeço amável, assim parecia; no caminhar lúgubre, assim parecia; no gesticular tão nobre, assim igualmente, parecia. E a minha felicidade, respirar, é tão apequenada se comparada com tantas buscas que se comprometem. É pesada sina não compreender a si mesmo.

Caros humanos, que nessas buscas possam, então, encontrar o que pra mim é o meu respirar. Calo-me, calam-me, serei arrastado por não ser reconhecido como um ser ao menos diferente, este amontoado de pó amou tanto a ideia de ser humano que veio a respirar, e achou que fosse tenro presente. Que nada! Ludibriado, como Zorzi e sua musa, amaldiçoado fui. A melhor parte, sem dúvida, vem agora, elas, ninfas, ajoelhadas, me amarram e depois com mãos e línguas e sexo me possuem, a treinar.

Capítulo 5

_ Nenhuma chance teremos se não aceitarmos a derrota diante de nós mesmos, digo isso, por te querer, por aceitar que o cotidiano nos tirou do nosso melhor e nos trancafiou no que querem de nós. Não somos aquilo que poderíamos ser. Somos uma criatura fosca, moldada para o que precisam. Não conseguimos dar vazão a nós mesmos.

_ Discurso belo como existem tantos, terna mulher.

Penumbra esconde os rostos. Deveriam estar repousando, enquanto a Extraordinária se banha no lago da propriedade de árvores altas, antigas, com duas imensas torres de tijolos permeados de folhagens cinza.

_ Escute-me Zorzi, sussurra ela, enxergo-te como homem sem vestes, ninguém te enxergará ou enxergou assim. Os costumes são ditados pela aparência do que representamos diante dos outros, não pela necessidade vital, que incluiria o aprendizado interior.

_ É sombra da melhor verdade, Srta Chanson Triste, a realidade se mostra como estamos aqui, encarcerados pelo que a Extraordinária quer de nós. Sempre estaremos cercados pelos dizeres de alguma estupenda força que nos deterá.

_ Prefere então existir inerte, diante do que ela diz e ordena?

_ Estamos a salvo não? Do tempo, das doenças...

_ E nossa alma? E tua alma de poeta? Despejou nela junto de teu gozo?

_ Não, em suma, a perdi!

_ Descobrirei como resgatá-la desse jardim estranho.

_ E seremos os novos anjos caídos? A subir? (sorri)

_ Deixaria tua musa para trás? (pergunta seriamente)

_ Diante do mundo lá fora a simplicidade foi traída, não foi? O existir é busca insensata. Não sou eu mesmo aqui. Busco voltar ao verdadeiro aspecto, poema, traço natural sem esse ranço de respirar sombrio...

_ Prometo-lhe minha amizade sem hipocrisia. Há amor aqui, fraternidade? A ninfa diz, sorri, se esgueira entre arbustos. E as vestes dela são mais simples que o tesouro do seu caráter.

Capítulo 6

Como poderia receber tal carinho de Chanson Triste sem introspecção primeira, diante das recentes perdas, de me descobrir sozinho imerso naquela multidão? Os violinos que ouvira, tentando o molde perfeito do sentimento escrito na partitura, eram o caminho a refazer meus sentidos ou a musicalidade por mim escolhida para me defender dos meus claros dias turbulentos? Como era bom ter um parco sentir por horas por alguma senhorita, até ouvir as condições exatas e por vezes aritméticas para se afeiçoar por minha parca forma de vida, desprovida não sei do que tão importante; poderia questionar, de certo, mas, não resolveria, existem questões que devemos transformar em sina, sem maiores cálculos subjetivos.

Os saltos das folhas das estações, indo e voltando dos bosques, num turbilhão da natureza, querendo fazer-se encantadora, era somente frase imagética de minha peregrinação; o dançar sem corrosão das infâncias, o tocar das peles em gosto frutífero das vinhas, apenas o mesmo: Frase imagética de minha peregrinação. Seria bom ter o fino conhecimento de um relato de sentimento, filete de qualquer momento que direcionado a mim fosse... Sem condições maiores, que dividir comigo a taça de qualquer tino de conversa, querendo saber mais do que nas minhas horas vividas tivesse rebatido no meu olhar, como um temporal ansiado, de tão relevante. Ideal morto, não é mesmo? Chanson Triste quer me fazer acreditar que não.

O meu casaco tem um furo que não sei como foi feito, percebi agora. Que estreitas asas foram-me presenteadas quando ouvi seguidamente a voz da musa. E acredite, cri depois de umas semanas que poderia baixar as comportas daquela estrutura imensa que criei para minha defesa... Renovar o calor assombrado de alguém que me conhecera, absurdamente embaçado de sopros estreitos as janelas de qualquer lugar que eu estivesse, ou adentrasse, ou pusesse a me direcionar. Tenho tentado deixar o casaco menos rude e a frase menos confusa, no papel que me acolhe a enlameada visão de detalhes dos dias que tenho e tive. Então, não iria querer minh'alma vagando longe, Querubim, tão embotada de tudo percebido pelas marítimas vilas, mas, vaga, carregada de algo bom, de absurdo vento emoldurando a essência. Que pena, vaga sem mim. (Zorzi sozinho)

Capítulo 7

(Zorzi observa o amigo, que diz:)

_ A claridade fraterna dos dias me encaminharia para a verdade? Pergunta-se Gárgula. Claras nuvens desenhadas por todos os cantos enegrecem também. Confiar na claridade de um olhar que pode confiar-se, revoltoso, léguas adiante? Sangue operário banha o solo destinado a eles, por pura ganância, descabida, diga-se; também tenho, tive, afoita, refletida e contida, prometida, cheguei a acreditar. Ouvi manifestados dizeres do povo aos sorridentes políticos; também de outros, donos de tudo, do ouro, das melhores vestes, das carruagens voluptuosas e voadoras. A claridade pode parecer todos os braços dos rios, dos altos prédios chamuscados por gárgulas que se rebatem pela curiosidade do viver, e tudo pode ruir diante do verdadeiro esforço do coração, que não podemos adentrar e enxergar se clarificado pelo bem ou enegrecido por nuvens dos subterrâneos mundos. O olhar do pai a procura do filho pela casa, pelo quarto, o abraço da mãe saudosa e pequenina, diante das nuvens límpidas, que dedicaria ao filho.

Se alguém olhasse dentro da criação, dentro de seu espírito, de sua magnitude pura, paralela a sua efervescente força em magma destrutivo, talvez fosse enxergado algo próximo das palavras de Gárgula. Zorzi olha-o, como a medi-lo completamente.

_ Um descuido no leste do céu e caímos nos mundos todos que existem. E por desvarios complexos demais, ficamos presos, nos nada escassos moinhos dos erros. Estaria meu viver apto a conviver com tua riqueza de respirar, amigo? Do oeste do poema nasce um sopro de arte neste estranho jardim enegrecido. O sopro atende por Gárgula. (abraçam-se afetuosamente)

Capítulo 8

Zorzi, a falar:

_ A falta do meu eu trouxe-me aqui, diante de todos. A lerem sobre minha passagem por um jardim enegrecido demais para merecer tal fim. Errei, como tantos a errar quando nada mais parece ser aconchego que merecemos, ou pensamos merecer, desde o olhar da infância sob nossos traços envelhecidos. A dúvida tamanha, existir dentro da fé ou no suor das vestes físicas, refreia um agir e proporciona desdém dos meus valores. Perdi minha alma ao acreditar no ser com mais veemência do que deveria, perdi o sangue nos duelos, a nobreza dos humildes nos caminhos e a certeza de minha missão no fel de muitos beijos.

Todos temos alguma incerteza escapada da razão. E se olha agora com mais ênfase frase a frase, é para não se perder na pressa do caos dos teus dias. Uma frase elucida tudo, uma frase, dita no final que seja.

Então, esclareço de vez, perdi minha alma e não há culpado direto. Ou culpada. Não teceria o "cumpra-se" dos juízes do teu tempo para jogar a responsabilidade que me cabe, naquela que me embriagou a razão com tão belas mãos despindo minhas coxas. Buscarei minha alma, mas, antes, devo novamente segurar firme a cintura dela?, com força, visto que dizem que sou quase um selvagem, quando o ato está diante de mim? A calmaria virá na manhã, e as ondas do meu olhar ficarão em sesta momentânea depois de despejar algo no corpo?; por trás, atrás, a evitar risco de fecundar algo nesta alma infértil?

O selvagem sem alma, diga, sem alma, diga, repita, escapulido da fé, quem sabe por causa da repulsa que muitos tinham do homem de boa conduta, humilde, simples vestes e manobrar de palavras a zumbir, como os ventos londrinos. Elas se despem, esperam, silhuetas que instigam essa correria dentro de meu sangue, veias, músculos, destinados a responder ao chamado, ainda uma vez.

Não confundirei minha fé com os desejos que esperam meu balbuciar desatento. O homem sem alma, que achou que não merecia tal dádiva, diga, repita, sem hesitar, deste encorpado vinho da vida, vindo de Deus.

Capítulo 9

Dormir para sempre, em cima dos cantos do passado, protegidos do descaso, da febre. Essa é a vontade máxima que tenho. Eu, Zorzi, desferido do centro de minha virtude, golpeado no gelo firme d'um ser sem alma, ainda buscando a honra de resgatar o melhor, perdido no ritual adentrado.

Dormem, cansadas. Suadas da tempestade sexual que se apodera vez por outra dos homens aqui presos. - (olha para a direita) - Gárgula está por perto, se arrumando, foi trazido aqui por outros motivos; criatura diferente dos demais, alvo da escravidão imposta, por não ser nem humano, nem animal.

(aponta a sua esquerda)

Eis a Extraordinária, resmungando ainda, pedidos abundantes por mais luxúria, vicioso segurá-la firme e despejar o que dá chance de expandir a vida, dilatar vontades, urros, desdobrar sentidos, pela vida, pela morte inevitável; contudo, sem alma, como morrer?

Chanson, a ninfa por mim enamorada, amada por Gárgula, todas as noites. Eis o vício. Ela irá com ele nos descaminhos de um pedido meu. Pavoroso pedido, por esperar neles mais do que tenho aqui. Eis a ruína heideggeriana que me traz a sede da essência. Não há saída. Minha musa entregou seu destino para me prender aqui. Todos escolhemos, vez por outra, o erro, macular uma chance por egoísmo. Rasgar a pele do meu semblante não devolveria nada a mim. Quando me escoro junto ao lago para relembrar como é meu olhar, até sorrio. Fecho os olhos e mergulho minha cabeça, caio no vazio da recordação da infância, do pular sem motivos por apenas estar livre, compartilhando o zelo dos que criam amando a criatura. Era tão bonita aquela fagulha que ninguém ousou guardar no peito, senão eu.

É disso que se faz um poeta errante? É isso que molda o primoroso respirar da arte? Só procurarei permanecer eu mesmo, ainda que meus erros e de outros me privem agora do que eu ainda poderia livre me encantar. Eu, Zorzi, a pedir que meu novo irmão, Gárgula, me abrace e saia para sempre do jardim enegrecido. Leve Chanson, disse, encontre o que não posso encontrar. Respire fundo e nade com ela, atravesse o labirinto no fundo d'água e saia daqui. Tudo é um labirinto que merece ser desbravado, ouvi. Ela cochicha algo para ele e pulam. Talvez ele não morra.

....

É um brilho tão bonito o viver não? Não tema dizer: "não". E sim, é um brilho tão bonito viver! Abraçar quem se quer, tecer do dia uma noite tão linda, tão breve e tão linda no mar da dança dos sorrisos íntimos e no beijo abafados! No beijo abafados, caríssimos! Não quero acordar aqui, mas, acordarei. Arrastado ao vício por todos, até minha alma recordar de mim! Separada de mim a pobre, esquecida, maculada dos sentidos que a faziam aconchegar-se tão bem neste oco ser, que olha o tecido de tudo como se fosse o mais perfeito balanço das pupilas do querer. Olha que a febre me traça! Caminhar sem perceber o rumo... Tão bom ter o avanço do sangue na própria marcha, caminhar sem perceber o rumo. Adentrar qualquer populaça e compreendido ser. Olha que a febre é pela vida, caríssima. Leia sim, até o pontinho derradeiro. Sem vinho em desespero dos confins da minha respiração. É tão bom sorrir e regalar os passos todos em direção ao meu próprio... Enjaulado no jardim dos vícios, vendido pela musa que derramei lágrimas ao negro motivo egoísta, mas, assim, bem que me perco de mim sem a alma. (ajoelha-se)

Criador de tudo, Bem Maior, Grande Arquiteto, seja quem for, seja o que for, (sorri), alegro-me imensamente por enxergar quem sou, hoje perdido, ontem saboreado pelos ventos dignos da vontade própria. Hoje encarcerado, mas, mergulhado em mim na penumbra mais doce, o que vivi. (sorri olhando-se no lago que Gárgula e Chanson se foram)

Da multidão enjaulada, febre em goles de vinho eu prefiro; livres desta sina encarcerada, são sonhos do riso em suspiro?

Só olharei o contentamento quando recordar de tão belas partituras que éramos, que eu era. Olha que a febre pela vida avisa a alma, e ela se volta ao oco Zorzi. Fecharei os olhos e sonharei com o que foi, e que belo sonho será, sim, pois.

Santino

1

Eu a segui até chegarmos perto do Palácio das Enguias, Rua da Cruz Preta. Não acreditei que uma mulher jovem com aquele tipo físico, pudesse, sozinha, arrastar dois homens fortes como eles, sem parecer fazer grande esforço. Neblina densa desde onze da noite e já eram quase quatro da madrugada, meu conhaque estava no final, alguns vadios restavam ébrios perto da Praça das Estátuas e um canto de aves anunciando algo de estranho repercutia ao leste. Ela parou por um instante e não a vi durante trinta segundos, mais ou menos. Achei, sinceramente, que ela fosse me interpelar por ter percebido meus passos em seu encalço há tantas quadras, mas, quem sabe numa próxima vez. Ela parecia preocupada demais para ter repentinos avisos, de nada naturais, sob minha presença ali.

Eu tinha meu casaco aberto pelo calor que o conhaque proporcionava, minhas mãos aquecidas ora dentro da calça, ora no sopro de minha boca machucada pelo soco de um idiota. Sim, eu sei, não sou um exímio perseguidor, ou educado como um cavalheiro da Corte D'Oeste, mas estava lá, sendo sombra da estranha mulher. Os ventos pareciam uivos por vezes, nas frestas das portas e janelas e sabe mais o que poderia transformar a passagem da natureza semelhante a um grito. O conhaque estava ainda descendo goela abaixo, me aquecendo e fazendo meus instintos parecerem mais que fogo, me abaixei, quase deitando, para tentar olhar com mais proteção para aquela cena. Ela amarrou os pulsos dos homens, pendurou-os de ponta cabeça na estátua do Crânio que Verte Vinho, vendou-os, amordaçou-os e quando achei que ela estava se virando em minha direção só senti mais um vento, um perfume convidativo que trazia recordação das mandarinas sicilianas e uma neblina intensa como a jorrar das nuvens. Sem conhaque, sem visão e com muitas dúvidas para pestanejar. Não quis levantar e tentar olhar mais de perto. Esperei calmamente... Alguns minutos depois, um vento abrupto fez a neblina se dispersar como num susto e pude ver os dois homens novamente, sem mais saber da estranha. Durante o tempo da espera não ouvi passos nem percebi vulto ou sombra. Tentei recordar, enquanto caminhava em direção da estátua do crânio, se ela poderia ter sido avistada por mim algum dia. Ou se aqueles movimentos feminis poderiam ter alcançado qualquer taverna ou hospício que havia eu frequentado até então. Nada.

Não tive medo, talvez por consequência do conhaque. Só quis avançar com cautela percebendo os ruídos das ruas, das casas, do submundo que abaixo de mim teria ratos, morcegos e fugitivos. Eles respiravam desacordados. Moedas colocadas nos olhos amordaçados. Mãos arrastando no chão. O que teriam feito para vir parar no final da Rua da Cruz Cinza, em tal estátua perto da praça central do bairro?

Não havia bilhete ou símbolo, só aquele perfume no ar, os corpos ali respirando como num sono mais que profundo. Nada que pudesse servir de mensagem maior aos desavisados, aos estranhados aquele acontecimento. A neblina cessara como se fosse os cabelos dela indo embora, os pios das aves aumentavam ao longe e quando olhei para trás, apenas um homem bêbado adentrando o local que eu havia passado. Na Praça das Estátuas, do outro lado, três jovens carregando garrafas que pareciam de vinho. A moça segurando a intimidade de um e pedindo algo em sua boca. Foram por um lado, me fui noutro.

2

Talvez nunca me acostume com a ressaca que se infiltra em todas as manhãs depois do conhaque. Cada desvio da manhã se chama ressaca, cada ranger de móvel, até uma branda dose de rum desafiar o corpo em sua recuperação. No cartório, uma nova funcionária é apresentada, ainda bem trajada, ainda esperançosa, ainda sorrindo. Um cliente tem pressa, outro nos confunde com carteiros, e meu olhar está tão pesado quanto estaria se eu permanecesse duas noites sem dormir. Aqui é o início do hospício que a maioria desencadeia em sua própria morada um dia. O tabelião, velhaco, astuto, de boas amizades e um sotaque imutável nos anos todos que o conheço, entra rapidamente com sua equipe; filho de sulistas racistas, dizem que tem tantos negócios escusos quanto filhas pelo mundo. Duas delas trabalham aqui, na contabilidade e no setor de novos negócios. A culpa, afinal, é de quem quando um homem só consegue gerar mulheres? Ou não existe culpa, é somente uma sina? Um acerto de contas com o esperma do mundo?

Uma advogada chama meu nome como se eu fosse o único ser nesse lugar. Meu hálito é rum com gengibre, meu saco está torto nas calças e isso dói, machuca menos o sorriso mentiroso que recebo da mulher que só quer ser chamada de doutora. _ Diga moça, o que há?

Diz sobre denúncias contra um homem que tem sua assinatura arquivada no cartório. Diz da possibilidade de uma quadrilha estar falsificando assinaturas dele. Diz que meu olhar poderia levantar novamente do decote aos olhos dela. Diz tanto e com uma voz tão sarcástica que tenho vontade de pedir educadamente que todos tampem os ouvidos, antes de falar mal dela e de seu escritório e de seus comandados e .... Não, não é um bom início deste capítulo, vi algo reluzente perto de seu brinco perolado. Parece não saber que se existe apenas um esboço de sangue de seu cliente no chão de uma suspeita, eu não poderia fazer muito.

O cartório está precisando de novos móveis penso eu, quando caminho até o arquivo e vejo as portas destrambelhadas jogadas quase umas sobre as outras. E tudo precisa esperar quando o tema é: novos utensílios.

Depois de seguir uma estranha que arrastava dois indivíduos, ali, eu, de ressaca, da madrugada tenho muitas perguntas, do meu rum uma saudade, e da advogada que bate o sapato direito ritmicamente contra o piso de madeira, uma vontade de pedir que chacoalhe outra coisa pra mim. Tempos difíceis esses. Poeira por toda a cidade, prédios desestruturados, desta capital de renome internacional, os cartórios e outros órgãos de serviço extrajudiciais jogados às traças. Sempre depois de uma "revolta armada" como esta, tudo demora a se restabelecer. E a Rua da Cruz Cinza invade minha mente quando digo para a moça doutora que não poderei cancelar o cartão de assinatura, que só com ordem judicial, que só mesmo com ordem judicial, que só posso anotar no cartão do referido cliente um breve recado de cautela para aquela assinatura, que por sinal, de tão torta e antiga, parece mais um esboço de rubrica. Deixa-me o cartão, sai, eu vejo o rebolado firme, ajeito o saco que ainda dói, olho para a nova funcionária e saio da repartição, procurando o café que ainda não está lá. Na poeira do mundo, existe uma sombra negra perante a sociedade: uns parasitas deste cartório; e comigo, com os passos que dou comigo, pensativo comigo mesmo, uma esperança, uma saudade, talvez beber e circundar novamente sob a neblina o perfume daquela estranha.

3

Sonhei que valsava. Perambulava discursos na língua e meus dizeres; repicava meus sapatos no asfalto sozinho, a valsar com as saudades muitas que vivi.

Sonhei tão risonho que afagaria a noite por mais sonhos assim; sem largo e tedioso abraço dos mortos, valsava ao som dos violinos vindos das janelas da vizinhança; o valsar era a esperança rechaçada outrora?; era o timbre do hospício futuro a chamuscar meu viver burocrático?

Valsar sozinho nas madrugadas de meus sonhos é acordar para a verdade: a valsa me faria mais feliz e menos cartorário. Será que toda arte transmutada de loucura satisfaria os que trabalham com tantos papéis, com tantos carimbos e alguns pergaminhos? Alcançar a paz imperfeita adquirindo coisas é o lema de alguns. O meu já foi esse. Hoje é nenhum. Minha meta? Deixemos pra lá. O que importa é satisfazer a sociedade, unir a equipe e soldar algumas portas nas horas vagas. E salgar algumas coxas de vez em quando.

E o tal ato jurídico perfeito está diante de mim: Srta. Westmacott. Com tantos nomes diferentes que cercam alguns papéis que guardo comigo, este soa especial. Nas fichas de assinaturas que são arquivadas em nossos gaveteiros, até a forma como ela ataca o papel ao assinar já foi motivo de juras minhas. Hoje, só me assombro ao vê-la. Não respiro seu balbuciar de poucas palavras quando deixo o trabalho. Expliquemos: eu bebo, às vezes para encarar a realidade, outras é o gosto carregado de anos; trabalho em cartório, fui estafeta no início, como os cães de antigamente, agora já tenho patamar que alguns querem e outros não; algumas noites passadas vi uma cena estranha na Rua da Cruz Cinza, após seguir uma mulher estranhada com o mundo que tenho como natural; depois do fato passei a tentar escrever sobre isso e outros temas, e tão logo termine algumas folhas, enviarei para um amigo publicar em algum compêndio. Não faço parte de nenhuma seita, não uso os poucos tóxicos que ainda resistem no mercado negro, após essa tentativa de revolução da natureza. Não tenho família, meus amigos estão arquivados em pastas pretas do trabalho e em retratos de nanquim, que guardo em casa.

Acho que o melhor é falar dela por agora... Srta Westmacott? Onde ela foi? Talvez seja melhor aproveitar o nevoeiro do momento e sair no encalço da mulher que puxa homens como se fossem crianças... Compêndio é a palavra certa para o que quero dizer? Onde está meu rum? Onde está a nova funcionária? É hora de sair daqui, o nevoeiro já vem.

A saia que ela vestia me lembrou da que usava quando de nosso primeiro ato. Satisfez todos os requisitos formais. Plenitude de efeitos, uma transa completa. Protegi do frio, enquanto ela abaixava para tirar os sapatos franceses. Depois daquele momento ela adquiriu em sentido amplo, meu ser, como seu libertino, para as horas que ela quisesse. Por isso ainda chamo a Srta Westmacott de meu ato jurídico perfeito. Nas escadas de incêndio de alguns prédios desta quadra, em salas e cubículos, nos tempos de paz e de luz natural, nos compreendemos sem palavras ou conversas, assinaturas, carimbos ou horário de entrada e saída. Apenas a junção de vontades. Agora, eu, caminhando novamente para Rua da Cruz Cinza. Aquela será a estranha do nevoeiro? Onde está meu conhaque? Um rumor assobia em meu íntimo, é poema de rimas brancas esse perfume.

4

Sozinho na repartição depois do expediente. É a segunda madrugada que não durmo bem. E logo vem a terceira. "Eu talvez sonhei sozinho por algo melhor". Talvez tenha sonhado com outras atitudes dessas pessoas que me cercam e, por isso, fique irritado quando fazem o contrário. Sistemático, eu sou sistemático, tornei-me para defender minha função durante os anos, fazer melhor que os outros em menos tempo e com mais exatidão. E com poucos erros. E eis que recebo algo de valor em mãos... Estou a olhar o papel que recebi da senhora da limpeza, há pouco. Um puxão de orelha por escrito. Que fui visto usando as colheres de plástico para mexer o café e não as joguei no lixo, devolvi ao copo onde estavam as novas colheres de plástico, e por sua vez, sujei-as, com as que eu já havia usado para mexer meu café. Morno, café morno por sinal. Fico a pensar sobre o que leva um ser a reparar nisso. Respondo por escrito? Respondo verbalmente? Respondo por escrito e peço para que a senhora da limpeza entregue para mim? Vou ao banheiro grampear o papel com o puxão de orelha no papel higiênico? Deixo tudo para trás e vou para as madrugadas tão ansiadas? Vejo sem querer meu reflexo no vidro que circunda os balcões da repartição. Sem querer. É quase um susto as marcas do tempo na face, no desalinho da cabeleira grisalha. E por citar reflexo, espelhamento, luz do meu eu transposto num móvel reflexivo fora de mim, talvez, digo talvez, alguém que leia este diga em voz baixa, que tem algo por trás dessa minha declaração do meu olhar fitar meu próprio eu em tal lugar da dita repartição. Estaria tornando-me parte, ou assemelhado, ou com viés de autenticidade do lugar que fixei o maior fragmento de minha vida?

Ao abrir a gaveta para guardar o papel, futuramente grampeado em algum lugar merecido, vejo os escritos de Tricia. Dois deles, os primeiros encaminhados a mim, reencaminhei ao amigo que publicará possivelmente meus textos. Ele apreciou. Dentro de mim penso que... Conforme releio e lembro-me do olhar dela ao mundo, e das dificuldades encontradas por ser uma estranha dentro do mundo que alguns assola, vejo o impacto do texto dela naquilo que entendo por existência. É plena a sensação de vida quando leio Tricia com minha alma. São percalços duros, de afogamento das vontades pessoais e buscas subjetivas demais para que... Sabe, entende... Traga-nos imediatamente o chamariz da vida. Levanto-me.

E sigo....

Vivo na maior cidade em centenas e centenas de quilômetros. Grande parte das pessoas que restaram das cidades menores veio para cá depois das destruições mundiais. Alguns pelo acúmulo de perdas foram encaminhados às chamadas "casas de saúde". Tricia foi uma delas. Hospitais psiquiátricos dobraram o número de leitos e perderam metade de seus profissionais. O fundamental pra mim é manter-me incólume neste momento. De todas as formas que um trabalhador pode querer permanecer. Para Tricia, de acordo com o escrito "001", fundamental é voltar abrir os olhos, caminhar e cuidar de si mesma sem ajuda de medicamentos. Beirar qualquer novo problema advindo da nova era, sem querer se matar. E para o Dr. Bethlem, novo proprietário do maior hospital da cidade, o fundamental é tirar proveito financeiro da situação. Eis uma trinca de cartas incomuns que não podem, por enquanto, frequentar mesma mesa.

Línguas estrangeiras se mesclam. Lá fora, perfume, nevoeiro, rum, valsa.

Escritos de Tricia – 001

O fundamental era encerrar aquele ciclo de maneira sadia. Nada de outras substâncias químicas para ajudar. Tentar sair sem remédios. Tentar e tentar até conseguir abrir a janela outra vez. Beirar o abismo e não querer se jogar. Nem molhar os pés na garoa que tende a virar tempestade. Alicerce de si mesma. Depois de tanto, conseguir voltar a si, sem olhares insones e desejos repentinos. Portanto, fundamental a conversa com o espelho.

Como se concentrar em olhar suas verdades estacadas pelo corpo? Suas vestes não estão rasgadas. Há três dias que se confronta e está de roupas inteiras. Há cinco dias que se cuida como a mulher feminina que sempre foi; que recolhe os pertences do passado enterrando no quintal. Unhas pintadas em vermelho vivo. Belo contraste com a pele alva e quase pálida. Quase pálida. Lábios trêmulos e pés descalços. O cálice está cheio, derrama de gratidão gotas e gotas. Nos seios o vinho se aconchega. No olhar a centelha invade. No espelho o sorriso resplandece o amanhecer de um ciclo, o anoitecer de outro. As curvas dos ombros, entre sardas e a tatuagem em língua antiga, as asas pendendo para as costas e o desenho todo formando uma silhueta admirada.

E o fundamental é sentir-se pronta para abrir a porta e caminhar de encontro ao que vier. Tornados expulsos diante do olhar. Aceitar o fardo e caminhar ainda que sobre labaredas? Ser sustentáculo de si mesma. O vinho já percorre mais que seios, virilhas e coxas. Fundamental.

Escritos de Tricia – 002

Onde estão minhas personagens malfadas? Malcriadas. Não é determinado que personagens se comparassem aos seus destinos. Nem tudo que escrevi do favorito foi premeditado. O único esboço que fiz foi do início e do fim. O recheio ocasionou-se no cotidiano da escrita. Então se assim o é, diálogos escritos no momento catártico dos dedos atrevidos na folha lânguida, como pensar que minha própria história é por outros completamente determinada? Quem nos fez sabia somente do primeiro choro e do último suspiro. Minha dita responsabilidade é um percalço moral aceso desde sempre, quando recordo da voz doce da genitora, empurrando meu olhar para mais lados que os homens queriam. Eu quase escolhi transpassar o pulmão de um inimigo com uma estaca. Esculpi ideias, regurgitei pensamentos, afoita, corri a lâmina na ponta da madeira, sedenta por ação. Olhei a folha do passado traquinando diante da retina, vez por outra. Na madrugada escolhida, fui vencida pela moral plantada pela voz e regada pelo exemplo do agir. Não estaria aqui descrevendo tal petardo se tivesse dado escuridão ao dia que parecia querer vir ensolarado. Não perdoei o inimigo, em tom brando e astuto, porém, confiei minha justiça aos olhos do além-nuvens. Escolhi livremente, após muito debater aquilo que pensara ser o merecimento da vida por minhas ações e reações.

Todo personagem tem um esboço que é o mesmo que tive no semear do óvulo. Irei correr os dedos nos fios leves dessa estrutura que é minha busca, minha sedenta busca por algo a contar.

5

Por mim mesmo abandonei o rum. Não encontrei facilmente meu quarto ontem. Cambaleei fitando o piso de madeira. Logo percebi o ambiente diferente, senti o gosto de algo cheiroso quando a boca estapeou o chão. Se era o piso que há tanto eu pisoteava, estava incrementado. Teria eu limpado tudo enquanto sonâmbulo? Não acordei entre corpos estranhos e suas vozes pigarreadas de vazio, acordei enfermo, o cartorário que acordava mais cedo que o dia, que abria as portas e seus cadeados mais solenemente que os próprios arquivos pessoais, agora ali, afastado de seu melhor, contrabalançado entre garrafas, sonhos com valsa e a perseguição a uma mulher estranha de perfume antigo e raro, e nocivo e caro a minha estima. Por mim mesmo abandonei o rum. E voltei para minhas funções em dois dias. Tentava recordar do que ocorrera entre a leitura dos dois primeiros escritos de Tricia e o resto, até estar enfermo. Diante da minha repartição, a advogada e seu cliente, e logo atrás dela, querendo ter comigo, Srta Westmacott. A estagiária agora é minha assistente pessoal. Ouvi comentários sobre terem compaixão por mim, ou algo assim. Os corredores dos cartórios ouvem cada lamento de clientes e funcionários... Apego-me ao vibrar dos afazeres, entre compartilhar com alguém um conhecimento simples, porém, útil; retirar do sopé de uma dúvida aflita o ajuste necessário para devolver ao cidadão a dita tranquilidade, diante do ato notarial. Eis uma bela missão então, talvez esquecida pela chance de alguns de querer trapacear contra o tabelião velhaco, a contabilidade, os novos negócios e todo aquele pungente dizer da fortaleza da função nossa de cada dia, e tantos anos.

E eu merecendo os carinhos do tempo na cabeleira grisalha e a compaixão da estagiária, agora assistente pessoal. Eis que esclareço: deixei o rum pelo conhaque, rio sozinho a recordar que disse isso ao médico. "Doutor, por mim mesmo abandonei o rum, e agora estou só no conhaque." E eu ria a dizer isso, como quem quer rir muito, abraçar alguém, qualquer alguém, e depois rir mais da incapacidade de entornar a vida novamente no melhor cálice e degustar tudo no controle de emoções e escolhas.

Contei piadas antes de sair da repartição, aquelas piadinhas sem sacanagem, aquelas para reavivar os laços com os colegas. Quando notei a tempestade se formando negra, incólume e carregada de força que não se contesta, saí para as ruas. Nada como a força natural dos tempos e dos ventos e tudo mais que uma tempestade digna possa trazer ao corpo, para que consiga sentir-me vivo, apesar de um pouco febril nos anseios. Rir diante da vida, sorrir diante da preferida, que ainda não me preferiu. E tudo isso, todas essas frases para dizer que irei sim investigar, sem rum durante o dia, e conhaque somente nos finais de semana, investigarei possíveis falsificações de documentos ditos forjados dentro da repartição que tanto defendi em minha vida. Sou um rastro de poeira no convés desse navio chamado vida? Sim! De fato! E me sinto bem em ser novamente útil, voltando do estapear de minha boca ao chão, motivo de anedotas cartoriais interessantes, para sair no encalço da sombra de quem quer levar vantagem ao custo do trabalho.

E sim, claro, escrevi para Tricia.

Eis:

I

Aquela sombra no canto da tarde, meio sem alarde no contorno do adeus. Aquele breu de olhar sem alarme, veio com a tarde sombreada de encantos teus.

Concordo, quando fragmento o dia numa frase é quase uma prece. Tece em mim outra névoa antes de sair pela vida e seus Romeus.

Desarme essas remadas sem charme em caminhada, neste fio de noite em apogeu. Ir à esquerda na vida, sempre, é como cantar o riso que perece.

Enquanto a goteira da esperança não é consertada, estarei no calafrio da saudade.

....

Sim, um canto, de fato. Todas as vozes deste lugar poderiam cantar em brado alto minhas dúvidas maiores, e, ainda assim, não sobreporia minha única certeza: estou só, com meu rum, com minha ilusão de mulher estranha que tem perfume de terras distantes, com minha única lembrança interessante: a cliente que cruza as pernas agora, Srta Westmacott, sobrenome que nunca conseguirei escrever três vezes seguidas sem errar uma das tentativas. A assistente me chama na sala reservada aos assuntos de fraudes cotidianas. Meu sangue vira gelo.

Na sala, a assistente mostra os documentos possivelmente falsos e leio rapidamente alguns nomes: Chanson Triste, Leon Chivalry, Mathieu d'Provence.

E o que me refresca as têmporas é pensar que, sim, visitarei Tricia, no hospício que vagarei um dia.

6

Mathieu d'Provence é um homem que se aproveitou das catástrofes para fazer dinheiro e poder com o que tem mais talento: juntar provas contra pessoas jurídicas e físicas, depois chantagear. Ele é conhecido como "Insone". Dizem que assina ainda com outro apelido, o fato que ele é uma mistura: Astúcia e luxúria. Teve problemas de saúde quando ao redor do mundo, tudo desmoronava em perdas naturais para suprir as necessidades ilimitadas dos bilhões de habitantes. Não dormia mais. Uma vez, encontrei-o por acaso, conversando com três pessoas no bosque que restou da antiga floresta vermelha, bem atrás da Praça do Lord B. Era noite e eu estava acompanhado de uma estudante da Universidade Central. Ouvi as vozes e parei de andar. Ouvi uma pergunta direcionada a Insone e, após uma pausa, uma respiração mais profunda, ouvi que ele colhe o que a sociedade planta. Que ele apenas colhe aquilo que ele tem boa jornada ao fazer. Leon Chivalry, por sua vez, já foi um cliente muito bom, tanto do cartório que trabalho quanto de outro Notário desta cidade. Abastado, inteligente e cortês. Em um momento de loucura, matou um proeminente homem, fabricante de remédios novos para a população ressentida da falta de tudo que os envolvia numa massa única sem conhecimento dos problemas sociais e sem consciência dos seus direitos. Leon fez isso dentro do Labirinto Invernal, em um duelo de lâminas, segundo dizem. Chanson Triste eu não conheço. Nome feminino francês. As assinaturas desses três foram reconhecidas aqui onde trabalho. Um contrato. Insone (Mathieu) e Leon tem cartão de assinatura aqui. Antigos por sinal. A assinatura de Leon está levemente tremida, sem a dinâmica característica no início e no final. Um caractere importante não está em parte da assinatura. Possível fraude mesmo. A assistente ouviu tudo atentamente, ela é grafotécnica, assim como eu, inexperiente em casos graves, talvez minha experiência em casos assim faça com que dê um salto de qualidade mais a frente.

A mulher envolvida, Chanson, não tem cartão de assinatura conosco. Resta saber se tudo foi feito aqui dentro ou se reconheceram assinaturas ditas boas e retiraram depois, em outro lugar, os papéis de segurança, para montar o contrato falso. Essa última informação guardei para mim. Não existiria motivo para eu confiar em qualquer pessoa aqui dentro; e se a assistente pensa que essa mão em minha coxa, cada vez mais procurando minha virilha, ausentará ela de minhas suspeitas mínimas, realmente não me conhece. Leon Chivalry não parece um homem preso nos caninos de Insone. Teve sempre a aura do cavalheiro: mulheres, amigos e clientes sempre manifestaram bem sua ideia a respeito de Chivalry, o que não acontece com Insone, obviamente. Chanson é uma incógnita, como algumas canções tristes mesmo. Leon transferindo terras para ela é pior que o labirinto da lâmina de Chivalry. E talvez seja tão mortal quanto.

Insone é o melhor chantagista que já tive notícia, então tudo pode acontecer. Se a fraude foi feita toda aqui, então, passaram para mim, pois, acham que eu não vou conseguir diferenciar assinatura falsa de um copo de tequila. Isso é um ponto positivo, terei tempo e sossego. Se foi reconhecido algo legítimo e depois foi fraudado, alguém aqui de dentro, da alta chefia, passou para mim achando que eu não vou dar contar. Com o histórico de semiembriaguês até eu penso isso de mim mesmo. Realmente estou a caminhar num comboio de rapinas. Hoje em dia, está tão difícil conseguir um pedaço de pão, que dirá emprego remunerado, qualquer pessoa faria qualquer coisa para ter o lugar do outro. E a Igreja voltou a vender perdão aos fiéis. Estamos bem nesse novo mundo, estamos sim...

Lá fora, bem, lá fora belos dias de ventania. Friamente idosos, rudes, a castigar mantos maltrapilhos. Na velhice dos homens chegam nuvens, cores carregadas. Na velhice deste mundo ouve-se formar a tempestade maior plantada outrora. E as notícias são de que sobrou trinta por cento do que havia. O que pensar então? Foi boa a encomenda daqueles governantes?

As várias fúrias emergem, instalam-se acima de nós, rodeiam, interceptam a todos, ainda que refugiados em telhados barrocos. E nos meus dias de cartorário absorvo o teor alcoólico para esquecer o que já vi. Pessoas carregam o mal dentro de si para terem o que nem sempre precisam. Quem sabe neste momento alguém me observe a traquinar contra meu cargo, minha história, contra a viela que irei passar com meu cavalo árabe. Por isso me calo, prefiro o silêncio e me esqueço na taça embriagante. No nervosismo, minha mão fica trêmula e só consigo me reencontrar no turbilhão da tempestade que todos se escondem. E febril, volto a querer encontrar a mulher estranha de perfume absurdamente magnífico. Por vezes... Por vezes sigo sem versar, observo valsas sociais dignas de outros versos. Manuseio a alma compulsivo na mistura de visão de mundo e discurso. Esqueço-me de mim no bailar das páginas. Esqueço-me do tempo no cintilar pulsante dos brincos da noite. Antes de sair desta cidade para visitar Tricia, costurarei antigas folhas na pele, percalços novos nas rimas. Sim, talvez faça, talvez recorde temores sobre solidão. Nunca me esquecerei dos poetas, costuradas estarão belas linhas de composição. Na pele, em mim. Belas linhas de composição. Em o mundo, decomposição.

E o cartorário que sou, entregue na lida difícil de buscar provas contra o farsante. E talvez o próprio me abrace a me desejar boa sorte. E talvez eu descubra para surpresa minha e de todos os outros que trabalham comigo. E talvez eu só queira sentir a febre dos desejos que tenho por Tricia, a febre curiosa pelo misterioso caminhar daquela estranha, a febre, a febre, a febre de viver fora dos muros desta cidade. Carregando minhas cantigas preferidas nos lábios, um machado novo para minha defesa e uma tocha reluzente para atravessar o descomunal Labirinto Invernal. Palidamente noto meu olhar cansado. Alguém me chama? Não sei. O rum me chama.

7

Nas entrelinhas da tua voz sigo acompanhando o discurso, a narrativa, a palavra que ressoa e retumba, o ato que se entrega para interpretação ambígua, morna. Interpreto cada sentido na meia-noite, cada zumbido no meio-dia, cada sussurro escuso na tarde em metade. Cada saliva que a língua empurra abaixo, cada mordida no próprio lábio quando me levanto e alcanço tua pele. Tento manifestar meu melhor quando teu olhar recebe claramente aquilo que sou, aquilo que melhoro e sou, aquilo que digo e soo. Minha interpretação elucida o momento que entrei no labirinto sem querer sair, sem realizar qualquer esforço para deixar de estar entre o pensar, o agir, o falar e o calar dos teus mornos dizeres.

Nos momentos que consigo diluir possíveis devaneios, movimentos irregulares e bruscos do que se passa dentro de mim, busco clarear cada momento que vivo e ouço contigo, e reflito depois, comigo.

O que esta plácida vizinhança me traz, quando deixo meu pequeno e alugado lar e deslizo ou pairo sobre cada respiração, é chuva ligeira que invade a janela deste pensar.

Ambígua língua e boca tua, morde e suga, molha, engole e machuca cada dobra, cada parte, por puro saborear. A natureza borrifou em ti tanta lucidez que os poemas querem te tocar e os repele incessantemente. O que resta, ácida confiança na paz quando deixo um aceno remendado ao que é fundamental para nós, a individualidade. Labirinto que se torna o conviver do pensar e o que nos cobre, lá fora.

É o que escrevo para ti, Tricia, que sedada não pôde me perceber. Sua necessidade de solidão a trouxe aqui? Minhas negativas a trouxeram aqui? A falta de algum remédio te trouxe? Deixarei esse recado e caminharei pelos corredores. Espero que esse teu olhar preso ao teto volte a mirar minha voz, os detalhes de minha quase velhice. Que a camisa de força não te dilacere a vontade de me abraçar. Vontade que abrasa meus sentidos. Aquece muito e não me destrói. Olhando agora pelos corredores, vejo a falta de tudo que deixa essas pessoas em um quase cárcere, percebo o tossir dos tempos, levando a natureza e suas premonições, tamanhas formas, voltadas tão puras aos turvos trilhos, da vida e suas dúvidas. Vinda da terra, surgida da fenda de um bom dia cinza, crie uma tenda, no ar uma emenda tal qual um sorriso, abrigo de todos os filhos do poema. É o que penso de ti, querida Tricia, sofre aqui por ser tu, filha deste pesar pós-caos. Um poema magistral, soberbo. Compreendo melhor hoje que a peregrina que é não terá fim. Tua vontade de ir noutros lugares. Ainda que o ponto crucial de uma frase minha argumente o bem comum e a ilusão. Não terá fim tua vontade, ajude-se, peregrina encarcerada. Essas são minhas maltrapilhas dúvidas. Nos poemas que leio sobre filhos mercantilizados, de algo então escravos ou escravizados, tão bem alienados pelos governantes... Se for verdade que muitos doentes aqui são vendidos, Tricia, tão cara a mim nesse despenhadeiro que tornou tudo... Matarei por tua respiração livre. E é tão confuso o tema, que não teima a loucura em abraçar-me também. Que os ditos médicos daqui não ouçam meus pensamentos. Não saibam de meus vícios. E os rudes a querer entorná-la no rio que não conhecem e temem... Uma loucura para muitos por vezes é o fato de não compreenderem a pessoa em seu íntimo. Não tem fim este rio que me contém e nele estou contido, arte que desemboca n'alma, meu apreço por ti, querida Tricia.

Saindo do hospital psiquiátrico, vejo o Dr. Bethlem, que deve estar contente com seus lucros. Quando olho novamente um homem se virando, chapéu marrom escuro, estilo inglês. Ele parece ter sido avisado de quem passava logo atrás dele. Eu que passava, noto com frio na espinha o calafrio do olhar, o esboço de sorriso trazido do mofo de uma vida. A barba feita apressadamente na cinza manhã deixou um machucado leve. Parei. Cumprimentado fui pela luva a segurar o chapéu, um dos homens temidos da região a me fitar firmemente. O Insone, o chantagista. Alvo de minha perseguição burocrática. Senti falta do rum na garganta. Um nevoeiro charmosamente encobriu-nos a visão. Leon Chivalry e Chanson Triste estarão aqui encarcerados? Sedados? Serão vendidos? Extorquidos? O contrato foi forjado aqui? Tricia poderia ter relatado algo de minha vida e comprometido o cartório? Sentei-me junto ao gramado cinzento logo depois que saí de lá. Ofegante. Suor repentino. Nevoeiros não costumam acompanhar os passos de alguém... De onde venho, nevoeiros são tão repentinos quanto qualquer outra forma da natureza, quanto qualquer susto e arritmia. Senti os passos dentro do nevoeiro próximo a mim. Não tive curiosidade para saber quem vinha de dentro, quem circundava meu corpo com uma respiração calma. Havia outro perfume, mais longe de quem chegava. Duas pessoas cercando aos poucos o burocrático homem que viera visitar sua querida e predileta. Das pernas e coxas que sempre ansiei tornar a ver... Dos olhares ternos que só me resta recordar o perceber... Um nome só ecoa... Tricia, Tricia. E nem clientes, furtivas paixões e outras mulheres fetichistas poderiam arrancar de mim esse nome. Tal nome. Ele sentou perto de mim. Não disse nada. Só pediu que eu olhasse o punhal cintilante que estava no meio do nevoeiro. Vi cinta-liga feminil. Invadiu-me o perfume como uma bênção que viaja o ar. É uma canção que nos embala fortemente ao melhor sono, aquele perfume. Que será que se escondia abaixo da roupa dela. Se o perfume é assim... Voltei a mim quando ouvi a voz absurdamente imperativa.

Que ele sabe de minha ventura. Que ele sabe de meus tombos secos pelas empoeiradas ruas. Que ele sabe quem quer meu lugar, minha cadeira semivazia. Que não quer meu mal ou de quem eu ame ou aprecie. Voz não tão seca, ritmada. Um recorte afinado de um desses instrumentos de palheta dupla, feito de jacarandá. Quase ouço um fagote ao fim das primeiras frases, palavras que aparentam possibilidades desta terra nova. Pós-caos. É uma chance que tenho de me refazer sem prejudicar-me, ou prejudicar quem é madeira mais alta nesse novo bosque. Meu próprio pós-caos. Tenho sido carrancudo. Um senhor disse de mim semanas atrás: sorumbático. Insone citou o nome de Tricia. Nessa hora olhei-o firme. Ele é elegante e arrogante. Mostra-se como quer. Passo teatral conforme a música da conversa se retrai ou expande. Enigmático e direto ao mesmo tempo, diz somente o que quer dizer. Sabe demais sobre quem quer alcançar com suas teias inibidoras de sentido. Quem me trouxe aqui foi Tricia. Ela que quero que me dispa minha neurose todas as noites. Ela quem eu quero lavar com água e esponja e sabonete de Marselha e minha língua. Quero zelar. Porém, com que me identifico? O que posso rascunhar primeiramente de minha identidade? Diferencio-me ou diferenciei-me no que nessas minhas décadas? Quando nos levantamos, ele me pediu um favor pequeno. Que eu levasse um jovem ao cartório para abrir cartão de firma; que mais adiante seria necessário reconhecer a assinatura do mesmo; que precisaria o jovem de estadia e comida por dois dias e duas noites; que o jovem era chamado Dezesseis; que tudo seria pago por ele, "o chantagista", Insone. Entregou-me um maço de dinheiros para as despesas todas. Entregou-me documentos pessoais do mesmo. Entregou-me um abraço forte e seco, sem ritmo. O mofo da vida se identifica com Insone. Caminhando de volta, pensei sentir cheiro de rum na roupa do rapaz. Nenhum nevoeiro nos cobriu até chegarmos aos muros da cidade. Preciso olhar para meu abismo e ver de quem estou mais próximo. Do que compartilho em ideias comigo, Chivalry, Insone, Tricia, o cartório. E o que o futuro pode reservar dentro de cada um desses caracteres que me assombra a estima.

Em casa, sozinho, a trancar a porta principal, tossindo por causa da temperatura e o ciclo de poeira que se levanta na cidade inteira, ouço baterem na porta três vezes compassadamente. Sem pressa. Abri lentamente. Um homem de tez árabe, altura mediana, com uma falha pequena, porém, perceptível, na sobrancelha esquerda, cabelo cortado bem rente ao couro cabeludo, principalmente nas laterais. Voz tranquila e potente. Pareceu-me um trovador, logo que vi. Pediu uns minutos de conversa. Perguntei qual era o tema. Disse-me somente: Leon Chivalry. Disse após isso que procurava Leon e acreditava ser ele um bom homem, talvez impulsivo como tantos nestes tempos pós-caos. Disse também que Leon provavelmente poderia estar com um grande amigo seu, chamado Mador. E que este tal Mador teria sido chantageado recentemente, não se sabe por quem. Perguntei rapidamente de onde então surgiria a hipótese de que eu saberia de algo disso tudo. Mostrou-me uma cópia de um contrato de Leon doando parte de suas terras para Chanson Triste. Como mediador estava o nome de Mathieu d'Provence (o chantagista Insone). Como o escrevente que reconheceu as assinaturas ali grafadas um nome conhecido por mim: eu mesmo. Pedi para ele entrar quando notei minha mente embaralhar. Ele entrou. Ofereci rum. Bebi imediatamente dois copos. Sorriu como se tivesse avistado um lunático. Disse-me seu nome: Eliéser Baco. Olhei para o chão durante dez segundos a tentar recordar desse nome. Levantei-me a fim de pegar um remédio. Decidi pegar um punhal também.

Novamente na sala, olhei com atenção cada detalhe de minha assinatura. Olhei com lupa. Ainda que estivesse eu analisando uma cópia, percebi ser realmente minha. Recorri a minha agenda para tentar verificar o dia do reconhecimento e meus afazeres. Minha respiração até mudou. Vi a cor dos olhos do tal Eliéser Baco bem de perto. Eu no chão. Olhos castanhos. Alguém mais batendo a porta. Zonzo, repetidamente balbuciando o nome que significa a tampa no meu caixão, bem aferrolhada, presa, sem me dar chance de escapatória. Senti o pescoço ser apertado, procurei as mãos do homem que tentava, ao que parecia, me acudir. Não era ele me esganando. Era eu mesmo, eu mesmo ali, sentindo cada curva da assinatura como sendo arremetida contra o papel no ar de minha sala.

É um calabouço malogrado essa descoberta. Melhorei e me sentei no sofá. Não sei até que ponto essas coisas... Insone unido ao tabelião e ao dono do hospital psiquiátrico? Um chantagista usa sua força para fazer um abastado e procurado homem ceder terras a terceiros, e o tabelião participa a deixar o ato juridicamente perfeito. O chantagista (Insone) precisa de armas fortes para controlar uma possível investigação. O reconhecimento é feito dentro da serventia por profissional antigo, eu. O cliente (Leon Chivalry) possivelmente forçado a assinar a cessão de terras, é procurado por assassinato. A peça que falta, Chanson Triste, é completamente desconhecida na região. E foi dada a mim a missão de procurar o possível fraudador. Ou seja, o tabelião dirá que nada sabe; que me incumbiu disso por nada saber. Eu direi que não falsifiquei minha própria assinatura. E tudo estará encaixado na artimanha textual.

É um risco forte no céu da minha noite. É um risco forte e tenebroso que se expande a me desencontrar comigo mesmo, por isso minha mão treme quando nervosamente tento controlar meu impulso de raciocinar com a força do punhal. Seria mais fácil e dócil com meus pensamentos a me fazer também um insone. Talvez injustiçado por tudo que plantei nas idas e vindas do meu respirar. Quem bate a porta desistiu. Dezesseis está acomodado em um, digamos hotel, ou o que sobrou de um, nas ruas paralelas aos prédios agora tornados públicos. Os documentos dele estão comigo, para me precaver que ele não saia por aí nas madrugadas soturnas enraizando desgraças oriundas de seu padrinho Insone. Tento não contar nada para Eliéser Baco. Envolver um estranho em detalhes seria como o passo do tonto que bebe e desanda a falar, como quem fala com o muro cinza que teima em ouvir e ouvir e ouvir e querer mais. Ele me serve rum e pede para sentar-se ao piano. Rum, minha voz deitada no sofá, rouca, trêmula, inquieta, por vezes silenciosa só pigarreia a garganta, eu ouço o piano a me levar nas lembranças, e levantar fantasmas dos tempos pré-caos e então ao período do caos que reduziu a população, e agora o pós-caos de minha derrocada a contar tudo, imaginando minhas vestes como seriam sem meu cargo de cartorário para poluí-las, como seria minha voz, meus cabelos se eu tivesse findado minha existência de cartorário e procurado outro rumo. A melodia é tão impactante, tão magnânima na forma de conduzir a palavra minha sob seus círculos e breves pausas. Quando me noto, estou de pé, olhando os cabelos da noite pela janela, e doces lembranças dos nomes que me fazem querer continuar de pé, ainda que arcado na estima. Recito poemas e me deixo embalar na força dos acordes e reviravoltas melódicas que ele conduz tão preciso ao piano. E eu abro garrafas e me sirvo de todas, um pouco está bem... É o fim do ciclo do silêncio. Despejo, admirado, minha função de adorador da vida e suas sutis transcrições. Transcrição que o tal amigo de Mador fez do contrato e mostrou-me; que fez da obra musical usando o piano como o catalisador de minhas lembranças; transcrição que faço de uma recópia de mim mesmo, de um registro oficial, minha certidão de vida, meu registro de identidade, para um ato jurídico – fatos humanos que derivam do comportamento humano nos quais os efeitos jurídicos estão fundamentalmente previstos em... Lei. Ergue-se como uma abóbada tudo isso. Minha assinatura naquele contrato tapou-me a visão de um porvir melhor para mim e minha velhice. Minha assinatura que reconheceu como autêntica aquela assinatura forjada – muito possivelmente – é uma construção em forma de arco que cobre espaços compreendidos entre muros e pilares ou colunas. Por muro, entenda-se, é a metáfora para Insone, por pilar, o tabelião e, por coluna, a mulher que me traiu, dizendo que poderia confiar em reconhecer por autenticidade, ou seja, como se a própria pessoa estivesse ali a assinar na minha presença. E eu reconheci. Assinei. Coloquei a tinta naquele papel perfumado e falso, coloquei meu sêmen naquelas virilhas perfumadas e falsas; coloquei a tinta vermelha de meu ser no chão desse mundo que fede e é real. Eliéser Baco agora sabe de tudo. O rum, o piano e minha voz rouca.

Nas entrelinhas da voz do piano, nos momentos que diluo o que esta plácida vizinhança me traz, é o que escrevo ou assino – depois de sair do hospital psiquiátrico, que sabe de minha ventura - em casa, sozinho, a trancar a porta principal, novamente na sala, que me torna um calabouço e um risco forte no céu de minha noite, minha vida anoitecendo.

Está a amanhecer. O dia, minha esperança e um sorriso. Caminharei uma vez mais ao cartório, levarei Dezesseis, farei o combinado. Depois lerei o que Eliéser Baco me deixou, dizendo ele, ser importante para eu iniciar a compreensão sobre Leon Chivalry e Chanson Triste... Os escritos "Mr. Chivalry" e "Zorzi".

......

Foram estranhos os dois dias que passaram. Dilemas a mais nos meus atos perante o mundo. Um minuto a mais e eu não poderia estar na chuva. Tudo parece mais brando quando dentro de uma forte tempestade. Fora das portas bem seguras do cartório. Fora do toque melancólico dos pedintes. Longe da hipocrisia dos colegas. Correndo para os braços do vento fortíssimo que traz tudo que é cinza. Dou risada como quem quer logo adentrar o melhor que perece no olhar humano. Perece no olhar humano. Pereço. Sonhei que era seguido pela advogada e seu cliente. Pela Srta Westmacott. A desbravar os fortúnios de minha sanidade. Perecerá a sanidade?

Acordado estou, correndo durante uma tempestade, pensando sobre os últimos passos em direção de minha saída. Um tabuleiro arguto esse momento. Preciso descobrir mais fatos sobre os envolvidos em minha pseudoinvestigação. Dizem que no Labirinto Invernal, imenso e glorioso, Leon Chivalry matou o homem dono do novo motivador da alienação. Que no Labirinto Invernal, encontraram Chanson Triste viva e seu acompanhante, então carregado por ela, morto. Que curras ocorrem por lá, nas madrugadas por demais escuras, praticadas por Insone, a cobrar dívidas novas e antigas. Murmuram que sua extensão é o dobro do que antes. Que só existem duas saídas. Atravessarei o labirinto um dia. Quando encontrar a mim mesmo nas gavetas do lugar que trabalho. Madeiras antigas demais essas gavetas.

Eu preciso me acalmar na tempestade de espírito vivo. Eu, que sou minha própria tempestade em calabouço no olhar, em desespero pulsivo no ato sexual, em filetes de juras de amor na febre da manhã. Minha morada estaria abandonada se não fosse boa vontade da antes estagiária, agora assistente pessoal, que manda a empregada lustrar meus móveis, enquanto ela castiga meu corpo com suas fendas quentes, apertadas. Sinto-me renovado a cada orgasmo. Creio que não conseguirei organizar-me a tempo de descobrir coisa alguma. Ela me dá rum e eu esqueço-me por dias a fio. Ela vai e volta do cartório cumprindo minhas ordens. Vai com uma roupa e volta noutra. Vai refeita e volta transtornada. E olho ao relógio que está sem ponteiros. E olho então ao meu relógio de bolso e não vejo as horas. Só dou ordens, que a empregada cumpre lustrando meu sexo, enquanto a assistente observa relendo meus relatórios, que ela escreveu! Desculpando-me perante a chefia, por ter abandonado tudo por meus vícios em torno da sala! O que escreveu ela então? Que eu me desculpo por meus vícios ou que ela se desculpa por seus vícios por mim?

Só sei que há pouco eu corria dentro de uma tempestade e que agora, após um banho quente, afundado estou no sofá olhando para Insone e o tabelião. Ouvi citarem Chivalry e Chanson Triste. A assistente estava alisando os papéis que Insone assinava. Um homem de branco adentra minha sala, seguido de mulheres de branco. Sacerdote e sacerdotisas? Dizem que verei Tricia, que ela chama por mim. E mais, que ela clama por mim. Levanto-me, anoto estas linhas, entrego para a assistente que tanto me lambeu a estima e peço que encaminhe ao meu amigo que publicará por algum meio que não sei ao certo. Deixam-me levar livros e papéis. Guardo os escritos entregues por Eliéser Baco.

Parece que ouço um adágio de Beethoven. Ela me beija ao rosto e pede que eu continue a escrever. Peço que me visite onde visitarei Tricia. Ela consente, beijo de Judas, beijo tão quente, que só falta a tempestade para eu me acalmar então. Meu labirinto tem mais de duas saídas...

Lerei, pois, a respeito de Chivalry e Zorzi.

Esta obra foi impressa em Calisto MT
para a Editora Pasavento em dezembro de 2014.